Jürgen Seibold
Schwarzer Nachtschatten

PIPER

Jürgen Seibold

SCHWARZER NACHTSCHATTEN

Die Apothekerin ermittelt

PIPER

Mehr über unsere Autoren und Bücher:
www.piper.de

Wenn Ihnen dieser Kriminalroman gefallen hat, schreiben Sie uns unter Nennung des Titels »Schwarzer Nachtschatten« an *empfehlungen@piper.de,* und wir empfehlen Ihnen gerne vergleichbare Bücher.

Von Jürgen Seibold liegen im Piper Verlag vor:
Kinder

Allgäu-Krimis:
Rosskur
Gnadenhof
Landpartie
Pferdefuß
Schandfleck
Spritztour
Volltreffer

Die Apothekerin ermittelt:
Schwarzer Nachtschatten

Originalausgabe
ISBN 978-3-492-31378-0
Oktober 2019
© Piper Verlag GmbH, München 2019
Redaktion: Annika Krummacher
Satz: Kösel Media GmbH, Krugzell
Gesetzt aus der Adobe Garamond
Druck und Bindung: CPI books GmbH, Leck
Printed in the EU

Nackt bis auf den Slip saß sie auf dem Stuhl. Die Seile an den Gelenken waren so stramm gezogen, dass ihre Fingerspitzen und Fußsohlen schon nach kurzer Zeit gekribbelt hatten, weil das Blut nicht mehr richtig zirkulieren konnte. Aber das würde keine Rolle mehr spielen. Ebenso wenig wie der Umstand, dass sie inzwischen ihre Beine und Hände kaum noch spüren konnte.

Natürlich hatte sie eine Zeit lang versucht, sich loszureißen. Oder aufzustehen, den Stuhl an der Wand zu zerschlagen und sich so von den Fesseln zu befreien. Aber der Stuhl war am Boden festgeschraubt, und er war aus Metall. Die Seile waren sorgfältig verknotet und bestanden aus einem widerstandsfähigen Kunststoff, der auch durch langes Hin-und-her-Reiben nicht in Mitleidenschaft gezogen wurde.

Auch mit Krach konnte sie nicht auf sich aufmerksam machen. Die Füße waren zu fest angebunden, als dass sie auf den Boden hätte stampfen können. Die Schreie, die aus ihrem zugeklebten und geknebelten Mund gedrungen waren, hatten nicht einmal Zimmerlautstärke erreicht. Schon bald hatte sie aufgegeben, um Kraft zu sparen, wofür auch immer. Nach einer Weile hatte sie sich darauf konzentrieren müssen, die aufsteigende Übelkeit niederzuringen – sich mit einem Knebel im Mund zu erbrechen war keine verlockende Aussicht.

Inzwischen hatte sich ihr letztes Essen einen anderen Weg gebahnt. Der ganze Raum war erfüllt von dem Gestank, außerdem drang Schweißgeruch in ihre Nase. Ihr war zuletzt immer heißer geworden, als habe sie Fieber. Das Fieber schien jetzt wieder zu sinken, aber nun wurde ihr kalt, obwohl draußen die Sonne schien.

Ein wunderbarer Sommertag.

Der Tag, an dem sie sterben würde.

Sie blinzelte ein paarmal. Durch die beiden Fenster rechts von sich konnte sie den fast wolkenlosen Himmel sehen, wenn sie die Augen dorthin wandte. Vor ihr, keine zwei Meter entfernt, befand sich ein Smartphone, das auf ein Stativ montiert und so auf sie gerichtet war, dass sie sich selbst auf dem Display sehen konnte. Ein Stück darüber hing ein Plakat an der Wand hinter dem Handy, ein schlichtes, großformatiges Stück weißes Papier, auf das Blätter im DIN-A4-Format geklebt waren. Sie waren mit dem Computer bedruckt, in großen, fetten Buchstaben, damit sie auch jetzt noch alles deutlich lesen konnte. Jetzt, da ihr das Atmen schwerer fiel und ihre allmählich panischen Blicke hierhin und dorthin huschten.

»Schwarzer Nachtschatten«, lautete die Überschrift, und darunter war beschrieben, was aus welchen Gründen an dieser Pflanze giftig war – vermutlich ein Auszug aus einem Wikipedia-Artikel. Die Symptome einer Vergiftung mit einem Wirkstoff, gewonnen aus diesem Nachtschattengewächs, waren aufgelistet – Übelkeit stand ganz oben, Durchfall, Krämpfe und Lähmungen darunter, Ansteigen und Abfallen der Körpertemperatur, erhöhte Herzfrequenz. Ganz unten stand Atemlähmung.

Anfangs hatte sie die Texte auf dem Plakat nur mit Mühe lesen können. Sie musste sich konzentrieren, um am Plastikschlauch vorbeizuschauen, der zwischen ihren Augen verlief. Er war mit Tape an ihrer Nase befestigt und führte durch ein Loch im Klebeband in ihren Mund und zwischen den Falten des Knebels hindurch bis über den hinteren Teil der Zunge. Das andere Ende des Schlauchs steckte in einem Infusionsbeutel, der über ihrem Kopf an einem Deckenhaken hing. Die Flüssigkeit lief tröpfchenweise aus dem Beutel in ihren Mund. An den ersten Tropfen hatte sie sich verschluckt, die nächsten spürte sie auf ihre Zunge fallen und in die Speiseröhre rinnen, seit einiger Zeit merkte sie davon nichts mehr.

Sie fröstelte, ihr Blick irrte umher. Sie zwang sich, nicht aufs Display zu schauen, sondern konzentrierte sich auf das Plakat. Las immer wieder die Wörter darauf. Angst stieg in ihr auf, in Wellen, die immer heftiger gegen ihre Willenskraft schwappten und sie mehr und mehr zu überschwemmen drohten. Sie schloss die Augen, stellte sich vor, wie sie sich von diesen Wellen davontreiben ließ, weit weg von hier, an einen friedlichen, stillen Ort. Die nächste Angstwelle konnte sie auf diese Weise fast schon aushalten. Die übernächste spürte sie schon im Vorfeld und stellte sich vor, wie sie zum Sprung ansetzte, um die Wucht der Panik zu brechen.

Dann spürte sie einen Druck auf dem Brustkorb, und es kam ihr so vor, als würde ihre Kehle zugeschnürt.

I

Drei Tage zuvor

Es war ein schöner Spätsommernachmittag. München lag unter einem sattblauen, wolkenlosen Himmel. Die Sonne hatte noch viel Kraft, sie spiegelte sich in den Dachziegeln der Frauenkirche, verfing sich spielerisch im stiebenden Wasser des Stachus-Brunnens und brachte auf der Terrasse des Kaufhauses Oberpollinger die Kaffeegäste zum Schwitzen, die keinen Platz mehr unter einem der Sonnenschirme ergattert hatten.

Ein paar Kilometer weiter westlich herrschte im klimatisierten Verkaufsraum der Laimer Dachstein-Apotheke unaufgeregte Betriebsamkeit. Eine Mutter trat an den Tresen, ihre kleine, hustende Tochter fest an der Hand, gab ihr Rezept ab und bekam das Medikament, dazu ein freundliches Lächeln und einen Traubenzucker für die Kleine. Beim Gehen stieß die junge Mutter beinahe mit zwei Männern zusammen, die direkt hinter ihr gewartet hatten. Sie murmelte eine Entschuldigung und zog ihr Kind zur Tür.

Die Apothekerin Maja Ursinus seufzte. Einen der Männer kannte sie bereits, also war wohl auch der andere von der Kriminalpolizei.

»Ich nehme an, Sie brauchen nichts gegen Kopfschmerzen?«, sagte sie und gab ihrer Kollegin mit einem schnellen Blick zu verstehen, dass sie sich in den nächsten Minuten um keine neuen Kunden würde kümmern können.

»Wie man's nimmt«, erwiderte Schnell, den sie schon kannte. »Aber Sie wissen ja: Uns helfen umfassende und ehrliche Aussagen mehr als Tabletten.«

Er verzog sein feistes Gesicht zu einem bemühten Grinsen. Maja taxierte seinen Begleiter. Ende dreißig, schlank, müde. Er sah aus, als könnte er doch eine Tablette brauchen.

»Mein neuer Kollege«, stellte Schnell ihn vor. »Kriminalhauptkommissar Brodtbeck.«

»Angenehm«, sagte Brodtbeck.

»Na ja«, brummte Maja. Sie ging am Verkaufstresen entlang außer Hörweite der Kollegin und wartete, bis die Kommissare ihr gefolgt waren. Dann wandte sich wieder an Schnell. »Was gibt es denn noch zu bereden? Sie haben mich doch schon ausgefragt. Reicht Ihnen mein Alibi nicht?« Sie beugte sich über den Tresen und zischte ihm zu: »Sie wissen doch, dass ich mit Sören Reeb zusammen war. Warum hätte ich ihn vergiften sollen?«

»Vielleicht weil er mit Ihnen Schluss gemacht hat? Weil er Sie betrogen hat?«

»Jeder normale Mensch würde einem sein Beileid aussprechen in einer solchen Situation, anstatt einem einen Mord zu unterstellen.«

Schnell zuckte mit den Schultern. »Mitgefühl ist nicht mein Metier«, erklärte er.

»Wohl wahr. Also, was wollen Sie noch wissen wegen Reebs Tod?«

»Nichts«, sagte Schnell und lächelte dünn.

»Aha? Dann vielleicht doch was gegen Kopfschmerzen? Und Sie, Herr …?«

»Brodtbeck.«

»Sie sehen leidend aus. Was fehlt Ihnen?«

Er lächelte und schwieg.

»Frau Ursinus«, sagte Schnell. »Wir ermitteln in einem neuen Mordfall. Es gibt Parallelen zum Tod Ihres früheren Freundes.«

»Ach, wirklich?« Maja schnaubte. »Lassen Sie mich raten. Sie dürfen mir nicht sagen, wer gestorben ist, und auch nicht, woran er gestorben ist.«

»Erst einmal nicht, das stimmt. Nur so viel: Auch diesmal war Gift im Spiel.«

Majas Miene verfinsterte sich.

»Und wieso kommen Sie damit wieder zu mir?«

Schnell reagierte nicht auf ihre Frage.

»Wir würden gern wissen, wo Sie gestern waren, zwischen acht und zwölf Uhr.«

Ein spöttisches Lächeln legte sich auf ihr Gesicht.

»Also bitte, Herr Kommissar! Wo werde ich um diese Zeit wohl gewesen sein?«

Sie machte eine Geste, die die ganze Apotheke einschloss.

»Und dafür haben Sie Zeugen, nehme ich an.«

»Natürlich! Alle Kunden, die in dieser Zeit hier waren.«
Schnell zückte einen Notizblock.

»Und meine Kollegin natürlich«, fügte Maja hinzu.
»Wir haben fast immer gleichzeitig Dienst.«

Brodtbeck sagte nichts, ging aber die paar Schritte zu
Majas Kollegin und wartete, bis sie ihre Kunden bedient
hatte. Dann redete er mit ihr so leise, dass Maja nichts verstehen konnte. Ab und zu warf ihr die Kollegin einen fra-
genden Blick zu, aber Maja zuckte nur mit den Schultern.

»Mich würde interessieren«, wandte sie sich an Schnell,
»warum Sie schon wieder mich nach einem Alibi fragen.
Bin ich jetzt immer verdächtig, wenn irgendwo in München jemand an Gift stirbt?«

Schnell antwortete nach kurzem Zögern.

»Nur, wenn es eindeutige Verbindungen zwischen
Ihnen und dem Opfer gibt.«

»Aha? Und die wären diesmal?«

»Sie werden es eh erfahren, wenn Sie nach Feierabend
heimkommen. Also kann ich es Ihnen auch gleich erzählen: Eine Nachbarin von Ihnen ist ums Leben gekommen.«

»Eine Nachbarin?«

»Die Frau aus der Wohnung unter Ihrer WG.«

Maja hatte Gertrud Mögel sofort vor Augen. Eine voll-
schlanke, unsympathische Frau von Mitte fünfzig, die
schon ewig im Haus wohnte, alleinstehend und mit allen
im Haus über Kreuz – vor allem natürlich mit Maja und
ihren WG-Mitbewohnern. Keine Party, nicht einmal längere Plauderrunden bei gemütlicher Musik vergingen,

ohne dass von unten mit dem Besenstiel gegen die Decke geklopft wurde. Frau Mögel hatte sogar ein paarmal die Polizei verständigt. Und egal, ob es um die Mülltrennung oder das Treppenwischen ging – ihr konnte man es nie recht machen.

»Frau Mögel wurde vergiftet? Wer tut denn so was?«

»Das wollen wir ja herausfinden. Nach allem, was wir bisher gehört haben, war sie nicht sehr beliebt im Haus.«

»Das stimmt. Und dass die Hausbewohner nicht gerade traurig sind, weil sie uns künftig keine Polizei mehr auf den Hals hetzen kann, wissen Sie sicher auch schon.«

»Einer Ihrer Mitbewohner hat etwas in der Art angedeutet, ja.«

Brodtbeck kam zurück. Schnell sah ihn an, der Kollege nickte knapp.

»Ich sehe, mein Alibi steht«, bemerkte Maja. »Wenn Sie mich dann bitte wieder entschuldigen würden?«

»Natürlich, wir müssen auch wieder«, sagte Schnell.

Die beiden Kommissare wandten sich zum Gehen.

»Ach, eins noch«, sagte Maja. »Mit welchem meiner Mitbewohner haben Sie denn gesprochen?«

»Mit einem gewissen Daniel Ziegler.«

»Haben Sie ihn auch nach einem Alibi gefragt?«

»Natürlich, das ist Routine.«

»Haben Sie sich bei der Gelegenheit auch gleich ein bisschen in der Wohnung umgeschaut?«

Majas Tonfall war bissiger geworden.

»Nein, Herr Ziegler hat uns nicht hereingebeten, also mussten wir uns damit zufriedengeben, ihn an der Wohnungstür zu befragen.« Schnell grinste. »Es hat etwas seltsam gerochen im Flur, schien aus der Küche zu kommen.«

»Ja, Daniel kocht gern, auch wenn er dafür kein Talent hat. Aber das, nehme ich an, ist noch nicht strafbar.«

»Nein, natürlich nicht.«

Schnell tippte sich mit Zeige- und Mittelfinger an die Schläfe wie zu einem schlampigen militärischen Gruß und verließ die Apotheke mit seinem schweigsamen Kollegen im Schlepptau.

Während Schnell ins Kommissariat zurückfuhr, übernahm Brodtbeck die Besprechung in der Rechtsmedizin. Er wurde von einem korpulenten Mann um die sechzig erwartet, der im Sektionssaal neben einem der Stahltische stand und ihn aufmerksam musterte, als er in die blauen Plastiküberschuhe schlüpfte, die für Besucher am Eingang bereitlagen. Der Sektionstisch war belegt, der aufgebahrte Leichnam war mit einem Tuch abgedeckt, und Brodtbeck warf einen schnellen Blick zu einem Wandregal, auf dem einige gefüllte Schraubgläser und ein kleiner weißer Kunststoffeimer mit Henkel und Deckel nebeneinanderstanden – die Gefäße für entnommene Organe.

»Herr Dr. Hoffmann, nehme ich an«, sagte Brodtbeck und nickte dem Mann am Stahltisch zu. Der erwiderte das Nicken, griff nach dem Tuch und schlug es mit einer geschickten Bewegung so um, dass der entkleidete Leichnam frei vor ihnen lag. Ruhig ließ Brodtbeck seinen Blick von den Beinen über den geöffneten Bauch und den aufgestemmten Brustkorb bis zum Schädel gleiten. Als er schließlich wieder den Rechtsmediziner ansah, bemerkte er, dass der ihn die ganze Zeit gemustert hatte und nun lächelte.

»Hat diesen Test denn schon mal ein Kollege nicht bestanden?«, fragte Brodtbeck und lächelte ebenfalls.

»Ja. Einer hat gleich am nächsten Tag versucht, bei den Kollegen vom Betrug unterzukommen.«

»Ich bleibe lieber bei Mord und Totschlag. Können wir loslegen?«

»Meine Kollegin von der forensischen Toxikologie musste leider schon los, der Feierabend ruft nach ihr lauter als nach mir – aber da scheinen keine Fragen mehr offen zu sein. Die Frau wurde mit Solanin vergiftet, einem Stoff, der in Nachtschattengewächsen enthalten ist. In Kartoffeln und Tomaten etwa – dort findet sich Solanin zum Beispiel in den grünen Stellen in etwas höherer Konzentration. Vor allem aber lässt es sich aus unreifen Beeren des Schwarzen Nachtschattens gewinnen. An der Dosis wurde nicht gespart, und der Körper zeigt die zu erwartenden Symptome.«

Hoffmann ratterte emotionslos alle Folgen der Vergiftung herunter, die am Leichnam festgestellt wurden. Nach seiner Einschätzung war die Frau am Vortag gegen sechzehn Uhr gestorben.

»Oder sagen wir es so: Gegen sechzehn Uhr endete ihr Sterben.«

Hoffmann ging um den Tisch herum, und Brodtbeck trat von der anderen Seite her näher an die Leiche. Der Rechtsmediziner deutete auf Druckstellen an den Fuß-

und den Handgelenken. Oberhalb des Fußknöchels war eine Stelle sogar blutig gescheuert.

»Sie war gefesselt, als sie starb, und zwar ziemlich fest. Die Stelle oberhalb des Knöchels hat sie sich vermutlich gestern am späten Vormittag wund gescheuert, als sie versucht hat, sich aus den Fesseln zu befreien. Seit gestern Morgen hat sie keine Nahrung und keine Flüssigkeit mehr zu sich genommen – na ja, vom Gift mal abgesehen. Sie starb im Sitzen.«

Der Arzt verstummte und sah den Kommissar gespannt an, als warte er auf dessen Reaktion. Brodtbeck tat dem Rechtsmediziner den Gefallen.

»Sie wurde aber im Liegen gefunden«, sagte er. »Unser Täter hatte es offenbar eilig und wollte sie gleich hinlegen, nicht erst nach dem Ende der Leichenstarre.«

Hoffmann grinste.

»Und woraus schließen Sie das?«

»Der Frau wurden die Kniegelenke gebrochen, sonst hätte man sie nicht ins Bett legen können«, erklärte Brodtbeck und deutete auf die entsprechenden Hautstellen, unter denen die Knochen sichtlich in Unordnung waren.

»Gut beobachtet«, lobte ihn der Rechtsmediziner. »Das muss spät in der Nacht gewesen sein. Vorher wäre die Totenstarre noch nicht so ausgeprägt gewesen.«

Brodtbeck dachte über die Einschätzung des Arztes nach, dann beugte er sich über das Gesicht der Toten und inspizierte ihre Nase und ihren Mund.

»War da Klebeband dran?«, fragte er dann und deutete auf die Lippen.

»Sieht so aus, aber gefunden wurde die Leiche ohne verklebten Mund.«

»Ich weiß.«

Hoffmann hob fragend die Augenbrauen.

»Ich habe die Tote gefunden«, erklärte Brodtbeck.

Der Rechtsmediziner wartete, aber der Kommissar schien weiter nichts dazu sagen zu wollen.

»Sie wurde gewaschen«, fuhr Hoffmann fort. »Im Intimbereich kam Desinfektionsspray zum Einsatz.«

»Hinweise auf sexuellen Missbrauch?«

»Nein.«

Brodtbeck betrachtete die Tote noch einmal aufmerksam von Kopf bis Fuß, bevor er weitersprach.

»Die Frau lag sorgfältig zugedeckt in ihrem Bett, die Arme auf der Bettdecke. Sie trug ein Nachthemd mit langen Ärmeln. Mal abgesehen davon, dass ich das Kleidungsstück für die Jahreszeit zu warm fand: Die Ärmel des Nachthemds reichten bis über die Handgelenke, der Stoff war unversehrt, wenn ich mich recht erinnere. Also wurden die Handgelenke unter den Ärmeln gefesselt oder …«

Der Rechtsmediziner grinste und nickte. »Das Nachthemd wurde ihr erst angezogen, als sie schon tot war. Die Kriminaltechniker sind sich sicher, dass ihr das altmodische Ding übergestreift wurde, als sie schon auf dem Bett lag. Während sie starb, trug sie vermutlich nur einen Slip. Sie dürfte auf einem harten Untergrund gesessen haben. Druckstellen und Schürfungen an Oberschenkeln, Po und Rücken passen meiner Ansicht nach zu einem Stuhl, wie ich ihn selbst mal vor einigen Jahren besaß – den gab's damals günstig im Set als Bistrositzgruppe. Meiner hatte einen Rahmen aus Stahlrohren und eine Sitzfläche und eine Rückenlehne aus gelochtem Stahlblech. Ich habe Ihren Technikern Fotos der Abschürfungen geschickt und die Maße eines solchen Stuhls, wie ich sie aus den Spuren am Leichnam ableiten würde.«

»Gut, vielen Dank«, sagte Brodtbeck. »Frau Mögel wurde gestern um acht Uhr gesehen, als sie das Haus verließ. Laut Kriminaltechnik starb sie nicht in ihrer Wohnung, sondern an einem bisher noch unbekannten Ort. Sie wurde nach Hause gebracht, als sie bereits tot war, vermutlich irgendwann spätnachts oder früh am Morgen. Als sie daheim im Bett lag, wurde sie am Hals und an den Armen parfümiert – auch die Bettdecke hat ein bisschen was abbekommen. Das Parfüm stammt aus einem Flakon, der bei ihr im Badezimmer stand, als ich sie fand. Auf der Flasche haben die Kollegen nur Fingerabdrücke von ihr gefunden, die waren aber verwischt – durch die Hand des Täters, der offenbar Handschuhe getragen hat.«

Der Arzt nickte.

»Sie starb also gegen sechzehn Uhr«, fuhr Brodtbeck fort. »Der Täter präparierte sie aber erst einige Stunden, nachdem der Tod eingetreten war. Und gefesselt war sie schon mehrere Stunden vor ihrem Tod.«

Hoffmann nickte erneut und sah den Kommissar gespannt an.

»Wenn ich Sie vorhin richtig verstanden habe«, sagte Brodtbeck nach einer Weile, »gehen Sie davon aus, dass ihr das Gift über einen längeren Zeitraum verabreicht wurde. Haben Sie Hinweise darauf gefunden, dass ihr ein Infusionsschlauch oder etwas in der Art in den Mund gelegt wurde?«

»Haben wir!«

Hoffmann zupfte die Einmalhandschuhe von den Fingern, rieb sich die Handflächen an der Hose trocken und reichte Brodtbeck die rechte Hand.

»Ich hoffe, Sie bleiben Mord und Totschlag treu. Auf gute Zusammenarbeit!«

Maja Ursinus war nach hinten gegangen, um einige Salben anzumischen, die für heute bestellt waren. Vorne im Verkaufsraum war gerade nicht viel los, da mussten sie nicht die ganze Zeit über zu zweit sein. Doch auch ohne die Ablenkung durch Laufkundschaft konnte sich Maja kaum auf ihre Arbeit konzentrieren. Einmal musste sie sogar einen Tiegel in die Abfalleimer leeren, weil ihr eine Mischung missraten war, die sie sonst im Schlaf angerührt hätte.

»Willst du nicht lieber den Rest des Tages freinehmen?«, fragte ihre Chefin, die mit gerunzelter Stirn im Türrahmen lehnte.

Maja fragte sich, wie lange Christiane Adamek dort wohl schon stand.

»Nein, nein, das geht schon«, behauptete sie.

»Du hast mich falsch verstanden, Maja. Das war keine Frage. Um ehrlich zu sein, will ich dich nach Hause schicken. Geh spazieren oder tu sonst etwas, damit du den Kopf freibekommst. Seit vorhin die Kripo da war, scheinst du nicht mehr ganz bei der Sache zu sein. Und das ist noch sehr vornehm ausgedrückt.«

»Ich würde lieber bleiben. Wenn ich arbeite, bekomme ich den Kopf am besten frei.«

Christiane Adamek wandte sich ab, und einen Moment lang glaubte Maja, sie überzeugt zu haben. Doch dann stand ihre Chefin wieder in der Tür, diesmal mit Majas Tasche in der Hand.

Nur etwas mehr als zweihundert Meter waren es von der Apotheke zu Majas Wohnung, das reichte nicht ansatzweise, um den Kopf freizubekommen. Also schlug Maja einige Haken durch das umliegende Wohngebiet und schlenderte nach einer Weile auf den Hogenbergplatz, der eigentlich nur aus einer Wiese bestand, die von Bäumen umstanden war. Ein ruhiger kleiner Park, obwohl auch hier der Verkehrslärm von der nahen Gotthardstraße zu hören war. Maja umrundete die Wiese auf einem der Kieswege und hielt sich im Schatten der Bäume. Schließlich ließ sie sich auf einer Bank nieder, schlug die Beine übereinander und sah zum Spielplatz hinüber, ohne die tobenden Kinder wirklich wahrzunehmen.

Nach einer halben Stunde fiel ihr auf, dass zwei Mütter immer wieder argwöhnisch zu ihr herüberschauten. Maja erhob sich, verließ den kleinen Park und folgte der Valpichlerstraße, bis sie den dreigeschossigen Wohnblock erreicht hatte, in dem ihre WG eine zweckmäßig eingerichtete Wohnung im ersten Stock belegte. Auf dem Gehweg blieb sie noch einen Moment stehen und betrachtete die

Fenster im Hochparterre. Dort, hinter den Fenstern rechts vom Treppenhaus, hatte Gertrud Mögel gewohnt.

Die Wohnung würde bestimmt nicht lange leer stehen, dachte Maja, während sie die Treppen hinaufging. Ein Apartment in der ersten Etage, direkt neben Majas WG, war erst vor zwei Wochen frei geworden und mittlerweile offenbar schon wieder bezogen.

Ihre Mitbewohner waren glücklicherweise nicht da, und so konnte sie sich in aller Ruhe einen Kaffee kochen. Vorsichtig drehte sie den Verschluss der Kaffeepackung auf und sog den aromatischen Duft der Bohnen tief ein. Das Geräusch ihrer elektrischen Kaffeemühle beruhigte sie. Nachdem sie das Pulver in den Kaffeefilter geschüttet hatte, räumte sie Bohnen und Mühle zurück in den Wandschrank. Als das Wasser im Wasserkocher die nötige Temperatur erreicht hatte, goss sie es portionsweise über das Kaffeepulver. Mit geschlossenen Augen lauschte sie dem Kaffee, der in einem dünnen Rinnsal in die Kanne lief, goss nach, lauschte, goss nach.

Als die Kanne voll war, kippte sie das gebrauchte Filterpapier in den Biomüll und ging mit dem Kaffee in ihr Zimmer, das in einer normal genutzten Wohnung das Arbeitszimmer dargestellt hätte. Hier war sie vor … sie dachte kurz nach … ja, vor mittlerweile dreizehn Jahren eingezogen, als sie im dritten Semester Pharmazie an der Münchner Ludwig-Maximilians-Universität studiert hatte. Bis dahin hatte ihr Vater von Füssen aus immer wieder seine Beziehungen in die Landeshauptstadt spielen lassen, hatte ihr Adressen in Haidhausen, Schwabing oder Neuhausen gemailt, wo seine alten Kommilitonen unter der Hand WG-Zimmer vergaben. Doch so zerstritten, wie sie seit Jahren mit ihm war, hauste sie lieber in einer schäbigen Bleibe, die sie sich aber wenigstens selbst ausgesucht hatte. Das Zimmer in der Valpichlerstraße war das erste gewesen, in dem es sich gut aushalten ließ. Entsprechend schweren Herzens hatte sie das Zimmer nach dem Studium aufgegeben, um die erste Hälfte ihres einjährigen Praktikums in der Apotheke ihres Großonkels in Neumarkt in der Oberpfalz zu absolvieren. Doch als anschließend die zweite Hälfte ihres Praktikums an der LMU begann, war das WG-Zimmer gerade wieder frei geworden. Es war ihr wie ein Wink des Schicksals vorgekommen. Seither war sie aus dem Raum mit Blick auf die Straße nicht mehr ausgezogen, und sie hatte es auf absehbare Zeit auch nicht vor.

Maja zog ihre Zimmertür hinter sich zu, obwohl außer ihr niemand in der Wohnung war. Sie ließ sich in ihren alten Polstersessel fallen, zog die Beine an und goss sich den Kaffeebecher voll, der auf dem Beistelltischchen neben ihr bereitstand. Milch nahm sie nie, aber am Zucker wurde nicht gespart. Langsam rührte sie um und schaute zu, wie sich die kleinen Luftbläschen auf dem Kaffee träge im Kreis drehten.

Seit einigen Jahren war sie die Hauptmieterin der Wohnung. Die ursprünglichen Mitbewohner waren längst in alle Richtungen verstreut, deshalb war der Mietvertrag auf sie als »Stubenälteste« umgeschrieben worden. Und jedes Mal, wenn ein Zimmer frei wurde, hatte sie in den ersten Jahren gründlich darüber nachgedacht, ob sie es auch wirklich wieder vermieten oder nicht doch lieber für sich selbst nutzen wollte. Vor allem, seit sie nach ihrer Promotion erst an der LMU geforscht und danach in der Dachstein-Apotheke eine Stelle angenommen hatte, hätte sie sich die Wohnungsmiete auch allein leisten können.

Erst hatte sie ein paarmal nur aus Mitleid untervermietet, weil Kollegen oder deren Freunde keine andere bezahlbare Bleibe in der Stadt gefunden hatten – ein Problem, das sie aus eigener Erfahrung kannte. Doch irgendwann war ihr klar geworden, dass ihr ohne Mitbewohner an manchen Tagen die Decke auf den Kopf fallen würde. Sogar das Chaos, das manchmal in der gemeinsam genutzten Wohnküche oder im Bad herrschte, erheiterte sie mehr, als dass es sie störte.

Mit ihren derzeitigen Untermietern hatte sie ohnehin Glück. Daniel Ziegler arbeitete als Pfleger im AWO-Sozialzentrum Laim. Er war einigermaßen ordentlich, und wenn er mal wieder gekocht hatte – was er sehr gern und sehr schlecht tat –, war mit kräftigem Durchlüften auch schon die schlimmste Hinterlassenschaft beseitigt. Andreas König hatte eine Schauspielausbildung an der Filmakademie gemacht, betreute inzwischen aber Führungen im Verkehrszentrum des Deutschen Museums. Und seine Freundin Katharina Ruoff, die seit einem Jahr sein Zimmer mit ihm teilte, arbeitete in der Verwaltung eines großen Bräuhauses in der Innenstadt. Tagsüber lebte jeder für sich, doch abends saßen die WG-Mitglieder gern und lang bei Wein oder Bier zusammen, quatschten über alles Mögliche und hörten Musik dazu.

Majas Gedanken wanderten wieder zur toten Nachbarin. Soweit sie es mitbekommen hatte, war Gertrud Mögel als Putzfrau tätig gewesen, obwohl sie selbst nicht allzu gepflegt wirkte. Und Maja war immer froh gewesen, wenn nicht sie, sondern ein anderer Hausbewohner ein Paket für die WG entgegennahm. Immer wieder hatte sie sich von der biestigen Frau abfällige Kommentare über Leute anhören müssen, die zu faul waren, zum Einkaufen zu gehen, und es dafür in Kauf nahmen, dass deren Nachbarn ständig vom Klingeln der Paketboten gestört wurden. Schade war es um dieses launische Weib eher nicht.

Ein Klopfen an der Zimmertür schreckte sie auf. Maja blinzelte. Draußen war es noch hell, aber das Licht, das durchs Fenster fiel, sah nach sehr spätem Nachmittag aus. Offenbar war sie eingeschlafen. Der Kaffee stand unberührt neben ihr. Sie griff nach der Tasse – kalt. Wieder wurde geklopft, dann öffnete sich die Tür einen Spaltbreit, und Daniel steckte seinen Kopf herein.

»Besuch«, raunte er.

»Besuch? Was für ein Besuch?«

»Na, komm schon, dann wirst du's sehen.«

Damit schloss er die Tür wieder, und sie hörte ihn gedämpft mit dem Besucher sprechen, einem Mann. Maja rieb sich die Augen, streckte ihre Glieder und stand auf. Ein kurzer Blick in den Spiegel, der blonde Pferdeschwanz war schnell wieder zurechtgezupft, und die nach dem

Nickerchen leicht verquollene Augenpartie musste der Besucher eben aushalten. Sie öffnete die Tür – und sofort waren alle Gedanken an ihr Aussehen verflogen.

»Was machen Sie denn hier?«, fragte sie entgeistert.

Brodtbeck hob abwehrend die Hände und lächelte entschuldigend.

»Ich bin nicht dienstlich hier«, sagte er. »Das habe ich auch Herrn Ziegler schon erklärt.«

»Soso, nicht dienstlich – und warum dann?«

»Nun ja, ich bin Ihr neuer Nachbar und wollte mich nur vorstellen. Ich bin in die Wohnung gegenüber eingezogen. Und ich habe einen Bordeaux mitgebracht.« Er deutete auf die Weinflasche, die Daniel in der Hand hielt. »Allerdings war ich mir nicht mehr sicher, ob man zu solchen Gelegenheiten Wein oder eher Brot und Salz mitbringt.«

»Nein, nein!«, rief Daniel, der schon auf dem Weg in die Küche war. »Wein passt gut. Ich glaube, Brot und Salz sollten Sie von uns bekommen, nicht umgekehrt.«

Stumm stand Maja da und musterte ihre neuen Nachbarn.

»Ich muss dann auch gleich wieder«, sagte Brodtbeck schulterzuckend. Er war ein sagenhaft schlechter Lügner. »Auspacken und so, Sie verstehen? Gut, dann entschuldigen Sie bitte den Überfall. Einen schönen Abend noch.«

Er wandte sich zum Gehen, aber er kam nicht weit. Aus der Küche war zu hören, wie der Wein entkorkt wurde, und Daniel rief: »Hier herein, Herr Brodtbeck! Den Wein lassen wir uns zusammen schmecken. Und wenn Sie Hunger haben: Ich wollte grad was kochen.«

»Äh ... nein, ich ... ich hab schon gegessen«, behauptete Brodtbeck und drehte sich zu Maja um. Seine Miene machte überdeutlich, dass er inständig hoffte, mit seiner Notlüge durchzukommen. Nun musste sie doch lächeln.

»Na, dann gehen Sie schon mal in die Küche, ich komm gleich nach«, sagte sie. »Wenn Sie schon hier sind, können wir uns ja auch ein bisschen unterhalten.«

Als Maja mit der Kaffeekanne und ihrem Becher nachkam und den kalten Kaffee in den Ausguss schüttete, hatte Daniel schon drei Weingläser gefüllt. Er betrieb ein wenig Small Talk mit dem neuen Nachbarn, aber kaum hatte sich seine Mitbewohnerin gesetzt, kam er auch schon auf das Thema zu sprechen, das ihn am meisten interessierte.

»Wie ist die alte Mögel denn gestorben?«

Maja warf Daniel einen bösen Blick zu, aber der bemerkte es nicht, weil er wie gebannt auf die Antwort des Kommissars wartete.

»Tut mir leid, Herr Ziegler, dazu werden Sie von mir nichts erfahren. Erstens darf ich Ihnen nichts verraten – und zweitens bin ich, wie gesagt, ausschließlich privat hier.«

Daniel nickte enttäuscht.

»Na gut, Herr Brodtbeck, dann lassen wir das Thema halt. Die Alte hat uns ohnehin schon viel zu sehr beschäftigt. Prost auf alle, die noch leben!«

Er hob sein Glas, und Maja und Brodtbeck stießen mit ihm an. Nach eineinhalb Stunden steuerte auch Maja noch eine Flasche Rotwein bei. Die war allerdings erst halb geleert, als Daniel darauf bestand, ihnen allen jetzt doch noch etwas zu kochen. Daraufhin machte sich Brodtbeck schnell davon, um endlich auszupacken, wie er vorgab – und Maja entschuldigte sich ebenfalls, brachte den neuen Nachbarn noch zur Tür und zog sich dann in ihr Zimmer zurück.

Eine Weile sah sie nachdenklich zum Fenster hinaus. Auf der Valpichlerstraße war nicht viel los um diese Zeit, aber ihre Gedanken waren ohnehin ganz woanders. Einerseits war sie dem neuen Nachbarn dankbar, dass er ein Gespräch über den Mord an Gertrud Mögel abgeblockt hatte – andererseits würde sie schon gern in Erfahrung bringen, was die Polizei bisher über diesen Fall wusste. Sie rang mit sich, aber schließlich nahm sie doch das Handy und wählte die Nummer ihrer Freundin Hanna Wöllpert. Die beiden hatten knapp zwei Jahre lang an einem Projekt an der LMU zusammengearbeitet, in dem der Einsatz verschiedener Medikamente bei Brustkrebs erforscht wurde. Sie hatten sofort einen guten Draht zueinander gefunden, und auch als Maja ihre Stelle an der Uni aufgegeben und in der Dachstein-Apotheke angefangen hatte, war der Kontakt zwischen den beiden keineswegs abgebrochen, sondern sie telefonierten noch immer mehr oder weniger regelmäßig und verabredeten sich für Kinoabende und Restaurantbesuche.

»Hallo Maja«, meldete sich Hanna am anderen Ende.

»Hanna, grüß dich. Ich wollte mich einfach mal wieder melden.«

Inzwischen forschte auch Hanna nicht mehr in dem alten Projekt, sondern war innerhalb der LMU ans Institut für Rechtsmedizin gewechselt. Am Abend bevor Majas Ex-Freund Sören Reeb vergiftet aufgefunden worden war, hatte sich Hanna mit ihrem Verlobten zum Urlaub auf Korsika aufgemacht. Das war drei Wochen her, seither hatten die beiden nicht mehr telefoniert, sondern sich nur per SMS ausgetauscht.

»Tut mir leid wegen Sören«, sagte Hanna nach einer kurzen Pause. »Ich wollte dich noch anrufen, aber seit wir am Wochenende aus dem Urlaub zurück sind, war echt der Teufel los. Entschuldige bitte.«

»Kein Problem. War's denn schön auf Korsika?«

Wieder entstand eine kurze Pause.

»Du willst nicht über Sören reden, richtig?«, vermutete Hanna schließlich.

»Nein, lieber nicht.«

»Gut, versteh ich. Aber falls du doch mal jemanden zum Quatschen brauchst – du weißt schon, dass du immer …«

»Ja, danke, ich weiß. Das ist lieb.« Maja räusperte sich. »Wie geht's dir denn?«

»Super, nur dass die Erholung nach einer stressigen Woche schon fast wieder aufgebraucht ist.«

Hanna hatte sich auf forensische Toxikologie spezialisiert, und sie war sehr gut in ihrem Fachgebiet. Das war auch ihrer Vorgesetzten Martina Gräff nicht entgangen, und so wurde Hanna häufig in anspruchsvolle und aufwendige Untersuchungen mit einbezogen. Maja hoffte sehr, dass das auch für den Fall Gertrud Mögel galt.

Doch zunächst unterhielt sie sich mit ihr über alles Mögliche, sie sprachen über aktuelle Kinofilme und klopften Termine ab, an denen sie den einen oder anderen gemeinsam ansehen konnten. Als keiner der Abende in den kommenden Wochen passen wollte, kam Maja auf das Thema zu sprechen, das sie eigentlich umtrieb.

»Du weißt doch, dass ich mich für alles interessiere, was mit pflanzlichen Wirkstoffen zu tun hat.«

»Natürlich weiß ich das. Und?«

»Ich habe aufgeschnappt, dass ihr eine Frau bei euch liegen habt, die vergiftet wurde. Leider konnte ich nicht herausbekommen, woran eure Tote gestorben ist – deshalb dachte ich, du könntest es mir vielleicht sagen.«

Am anderen Ende entstand eine kleine Pause.

»Entschuldige bitte, wenn ich dich damit so überrumple, aber … Falls es sich um einen biogenen Wirkstoff handelt, würde mich das schon interessieren«, fuhr Maja fort. »Ich würde dir ja meine Hilfe anbieten, aber du und deine Chefin seid ja selbst vom Fach, da braucht ihr mich nicht auch noch.«

Sie lachte, um die Atmosphäre etwas aufzulockern, und wartete dann gespannt auf Hannas Antwort.

»Woher … woher weißt du von der Toten? Die Frau ist doch erst heute reingekommen.«

»Das hat mir eine Bekannte erzählt, die wiederum mit der Toten um ein paar Ecken bekannt war. Du weißt ja: München ist manchmal ein Dorf.«

»Ja, manchmal schon.«

»Aber wenn du mir nicht davon erzählen magst, kein

Problem, das verstehe ich. Du sollst ja keinen Ärger bekommen. Ich dachte nur … für meine Arbeit könnte das vielleicht interessant sein, und …«

Hanna blieb stumm und schien nachzudenken.

»Du, vergiss einfach, dass ich danach gefragt habe«, schob Maja schnell nach. »Ist ja auch nicht so wichtig. Entschuldige bitte, dass ich überhaupt davon angefangen habe.«

»Nein, schon gut«, gab sich Hanna versöhnlich. »Ich kann dir schon ein bisschen was erzählen. Behalt es einfach für dich, ja?«

»Klar – alles, was du mir anvertraust.«

»Gut. Die Frau starb an Solanin, das ihr über Stunden hinweg tröpfchenweise oral verabreicht wurde. Die Dosis war viel zu hoch, tödlich wäre auch schon die halbe Menge gewesen.«

»Solanin – aus Schwarzem Nachtschatten gewonnen, nehme ich an.«

»Das können wir nicht eindeutig sagen. Wer immer das Gift hergestellt hat, verstand sein Geschäft und arbeitete sehr sauber. Aber ich würde auch auf Schwarzen Nachtschatten tippen – daraus lässt sich das Zeug einfach leichter und in größerer Menge gewinnen als aus anderen Pflanzen.«

»Kein schöner Tod … über Stunden und tröpfchenweise. Was wisst ihr denn noch darüber?«

»Na komm, Maja, das solltest du wirklich nicht fragen. Dazu wirst du auch von mir als deine Freundin nichts hören.«

»Ja, natürlich, sorry – das muss ich ja auch gar nicht wissen.«

»Genau. Und bringt dich das weiter? Arbeitest du mit Solanin?«

»Na ja, im Grunde genommen arbeite ich mit allen pflanzlichen Wirkstoffen.«

»Die Menge, die der Frau von dem Zeug eingeträufelt wurde, ist wirklich weit jenseits jeder Dosis, die für eine deiner Salben oder Tinkturen interessant sein könnte. Das passiert dir nicht aus Versehen, Maja, da musst du schon töten wollen.«

»Und wer will das schon, nicht wahr?«

Das Telefonat ging noch einige Minuten hin und her und endete mit dem Versprechen, möglichst bald einen neuen Anlauf für einen Kinoabend zu unternehmen.

Maja legte auf. Sie räusperte sich, ihre Stimme war während des Gesprächs rau geworden, als bahne sich eine Erkältung an. Sie stellte sich ans Fenster und schaute in die Nacht hinaus.

Markus Brodtbeck hatte Umzüge schon immer gehasst. Die Möbelschlepperei hatte er einer Umzugsfirma überlassen, aber er hasste das Einpacken und das Auspacken fast noch mehr. Vielleicht war das ein Grund dafür gewesen, dass er sich jahrelang mit dem eher langsamen Fortgang seiner Karriere in der Kriminalpolizeiinspektion Regensburg zufriedengegeben und sich nirgendwo nach einer Position mit besseren Aufstiegschancen umgesehen hatte. Auch jetzt war er nicht ganz freiwillig nach

München gewechselt, aber daran wollte er jetzt nicht denken.

Zwei Kartons schaffte er ganz, den dritten packte er nur zur Hälfte aus, dann schloss er den Fernseher an, ließ sich aufs Sofa sinken und zappte durch die Programme, bis er an einer Nachrichtensendung hängen blieb.

Als er wieder aufwachte, waren die Spätnachrichten vorüber, und es lief die Wiederholung eines alten Liebesfilms. Brodtbeck schlurfte in die Küche und riss das Fenster auf, denn es roch vom Streichen noch immer nach Farbe. Er überlegte, ob er sich vor dem Schlafengehen noch ein Bier aufmachen oder lieber einen Tee aufsetzen sollte – da hörte er von nebenan ein Husten.

Ob das Maja Ursinus war, seine neue Nachbarin? Von der Lage der Wohnung her müsste es stimmen. Brodtbeck lehnte sich aus dem Fenster und schaute zu ihr hinüber. Sie stand aufrecht, hatte sich mit den Händen auf dem Fensterbrett abgestützt und schien ins Leere zu starren. Sie wirkte aufgewühlt, besorgt, und einen Moment lang war es ihm, als hätten sich ihre Lippen bewegt. Er löschte das Küchenlicht, stellte sich ans Fenster und lauschte. Noch ein- oder zweimal war ein Husten zu hören, sonst nur die üblichen Geräusche einer Wohnstraße am späten Abend. Schließlich wandte sich Brodtbeck ab, schaltete den Fernseher aus und ging ins Bett.

Er konnte nicht einschlafen, und als er sich gut eine Stunde später in der Küche ein Glas Wasser einschenkte, brannte nebenan immer noch Licht.

Danach lag Brodtbeck eine ganze Weile wach und

dachte darüber nach, warum seine Nachbarin noch nicht im Bett lag. Vermutlich hielt der Todesfall von Gertrud Mögel sie wach. Nur: Trieb sie allein die Tatsache um, dass eine Nachbarin getötet worden war – oder gab es mehr an diesem Mord, was ihr Sorgen bereitete?

Die Besprechung war erfreulich schnell vorüber, und im Anschluss daran nahm die Leiterin der Rechtsmedizin ihre Mitarbeiterin Hanna Wöllpert beiseite.

»Hanna, ich muss dir noch etwas zu der Frau sagen, die wir gestern reinbekommen haben«, begann Martina Gräff, und das Gespräch schien ihr nicht leichtzufallen, so umständlich, wie sie begann. »Ich weiß, dass du ohnehin Stillschweigen über alles bewahrst, was uns hier so auf den Tisch kommt, aber … na ja … ich kenne das selbst, wenn man mit alten Kollegen oder mit Freunden spricht – da plaudert man schon mal aus dem Nähkästchen, nicht wahr?«

Hanna Wöllpert stutzte. Wusste ihre Chefin etwa, dass sie gestern Abend mit Maja telefoniert und auch über deren tote Nachbarin gesprochen hatte?

»Du hast doch noch immer Kontakt zu deiner früheren Kollegin Maja Ursinus, oder?«, fuhr Martina Gräff fort.

»Ja, klar. Warum fragst du?«

»Nun ja, die tote Mittfünfzigerin, die wir untersucht haben, war eine Nachbarin von Frau Ursinus.«

»Ach?«

Hanna Wöllpert versuchte die Miene ihrer Chefin zu deuten. Nichts deutete darauf hin, dass Martina Gräff ihr irgendwelche Vorhaltungen machen wollte. Allerdings spürte sie, dass in ihr selbst Ärger über ihre Freundin aufstieg. Warum hatte Maja ihr diese Tatsache verschwiegen? Warum hatte sie stattdessen behauptet, die Tote sei die Bekannte einer Bekannten?

»Und noch etwas … das ist nicht offiziell, und wir beide dürfen das eigentlich gar nicht wissen, aber ein Freund von mir ist bei der Kripo, und er hat mir gesteckt, dass … dass deine frühere Kollegin zu den Verdächtigen in diesem Mordfall zählt.«

»Maja soll …?«

Nun war Hanna sprachlos.

»Wie gesagt, wir wissen das eigentlich nicht, verstehst du?«

»Das verstehe ich schon, aber …«

»Wie gesagt, Hanna, du wirst ja ohnehin nicht mit ihr darüber reden, aber ich wollte es einfach gesagt haben. Bitte nimm es mir nicht übel, ja?«

Martina Gräff stutzte und sah ihre Mitarbeiterin fragend an.

»Warum bist du denn auf einmal so blass, Hanna?«

»Weil Maja Ursinus mich gestern am späten Abend angerufen hat. Nach einer Weile ist sie wie zufällig auf unsere Tote zu sprechen gekommen …«

Aus Gewohnheit erwachte Maja zur selben Zeit wie an ihren Arbeitstagen, und obwohl sie müde war und sich noch einmal umdrehte, konnte sie nicht mehr einschlafen. Sofort kreisten ihre Gedanken um die tote Nachbarin und um den Giftmord, für den zumindest dieser Kommissar Schnell sie als Täterin in Verdacht hatte. Draußen klapperte Geschirr, Schritte und Stimmen waren zu hören. Maja musste sich erst besinnen, bevor ihr einfiel, dass ihre Mitbewohner sie hatten überreden wollen, mit in die Berge zu gehen. Sie hatte abgelehnt, weil sie ausschlafen wollte.

Sie blieb liegen, bis die letzten Geräusche ihrer Mitbewohner verstummt und die Wohnungstür ins Schloss gefallen war.

Zwei Tassen Kaffee brauchte sie, bis sie sich halbwegs wach fühlte, und die dritte trank sie, während sie durchs Küchenfenster auf die Straße hinunterschaute. Gerade verließ ihr neuer Nachbar, der Kripokommissar, das Haus und ging zu einem Kombi am Straßenrand. Bevor er einstieg, warf er einen kurzen Blick zu ihr herauf. Er wirkte nachdenklich und zögerte ganz kurz, bevor er ihr lächelnd zunickte. Sie nickte zurück und sah ihm nach, bis er mit seinem Wagen außer Sichtweite war. Ob er wohl einkaufen ging – oder ob die Kripo sich um Wochenenden nicht scherte, wenn ein Mord aufzuklären war?

Schon am gestrigen Freitagabend war ihr die Idee gekommen, am Wochenende ihren Großonkel und ihre Großtante in der Oberpfalz zu besuchen, zumal sie keinen Dienst in der Apotheke hatte. Sie wusste, dass sie jederzeit zu ihnen fahren und sie um Rat fragen konnte, wenn sie einen brauchte. Und im Moment waren Heribert und Hildegard die einzigen Verwandten, die sie um sich haben mochte.

Als Erstes rief Maja in der Apotheke an und bat darum, auch in der kommenden Woche ein paar Tage Urlaub nehmen zu dürfen. Ihre Chefin leistete am Telefon keinen großen Widerstand, und so eifrig, wie sie ihrer Mitarbeiterin vorschlug, doch gleich die ganze kommende Woche freizunehmen, war es Maja schon fast unangenehm. Wollte Christiane Adamek damit vermeiden, die Kripo in der Apotheke zu haben? Oder traute sie ihr womöglich sogar zu, die vergiftete Gertrud Mögel auf dem Gewissen zu haben?

Maja schob diesen Gedanken von sich und rief stattdessen bei ihrem Großonkel und ihrer Großtante an, um ihren Besuch anzukündigen. Schon bald dominierte die Vorfreude auf die geliebten Menschen, die sie noch heute wiedersehen würde. Während sie darüber nachdachte, was sie den beiden über ihre derzeitige Situation erzählen würde und was sie unerwähnt lassen konnte, ohne auf hilfreiche Ratschläge verzichten zu müssen, packte sie das Nötigste für die nächsten Tage ein, schulterte ihre Reisetasche und trug sie zum Auto hinunter. Nun war sie abfahrbereit – nur einen Besuch musste sie noch machen, bevor sie München verließ.

Die Firma von Ernst Pleidering hatte ihren Sitz im ersten Stock eines aufwendig renovierten Gebäudes an der Landshuter Allee. Zu ihrer eigenen Überraschung fand Maja einen Parkplatz direkt an der Straße, kaum einen Block vom Büro ihres Vermieters entfernt. Dass sie von Pleiderings älticher Sekretärin, die ihre Samstagvormittage wie ihr Chef ganz selbstverständlich am Arbeitsplatz verbrachte, schon bald in dessen geräumiges Büro geführt wurde, wunderte sie weniger: Bei ihrem Vermieter hatte sie einen guten Stand, weil sie nie die Miete schuldig geblieben war und – von Gertrud Mögels Beschwerden abgesehen – nie für Ärger sorgte. Außerdem hatte Pleidering einen Onkel in Füssen, der mit Majas Familie entfernt bekannt war und ihm ausführlich von der in der Stadt sehr angesehenen Familie Ursinus erzählt hatte. Zum Glück wusste dieser Onkel in Füssen nicht, dass Maja mit ihrem Vater über Kreuz lag – und von sich aus würde sie das ihrem Vermieter ganz bestimmt nicht auf die Nase binden.

»Frau Ursinus, was kann ich für Sie tun?«

Pleidering erhob sich schwerfällig und schleppte seine imposante Wampe zur Besprechungsecke, wo er Maja einen Stuhl anbot. Sie ließ sich Kaffee einschenken, obwohl sie für diesen Morgen eigentlich schon genug davon gehabt hatte. Aber sie wusste, dass ihr Vermieter viel redseliger und verträglicher war, wenn er mit jemandem Kaffee trinken konnte. Von den angebotenen Keksen nahm sie einen, während Pleidering sich um die übrigen kümmerte.

»Ich bin mir nicht ganz sicher, ob das okay ist«, setzte Maja umständlich an, als sie den Mund wieder leer hatte. »Aber ...«

»Immer raus damit, Frau Ursinus, immer raus damit!«

»Nun ... Sie wissen ja, wie schwer es ist, in München eine bezahlbare Wohnung zu finden.«

»Natürlich weiß ich das, und zumindest mir ist das nicht unrecht, wie Sie sich denken können.«

Pleidering hatte früher eine kleine Handelsfirma betrieben, aber nachdem er zwei Mietshäuser geerbt und sich nach und nach weitere dazugekauft hatte, war er mit dem Verwalten seiner Immobilien vollauf ausgelastet. Auch das Gebäude, in dem er sein Büro betrieb, gehörte ihm.

»Trotzdem ist es vielleicht etwas pietätlos«, fuhr Maja fort, »aber ... ach, ich wollte Sie fragen, ob ...«

»Ob?«

»Unsere Nachbarin, Frau Mögel, ist doch verstorben, und bevor Sie ihre Wohnung in der Zeitung ausschreiben, wollte ich für eine Bekannte mal vorfühlen, ob sie sich bei Ihnen um die Wohnung bewerben dürfte.«

Pleidering blinzelte irritiert.

»Sie sind wirklich sehr früh dran«, sagte er schließlich und nahm einen Schluck Kaffee. Über den Rand seiner Tasse hinweg musterte er seine Besucherin. »Andererseits kommt Ihre Bekannte schon zu spät.«

Maja hob die Augenbrauen.

»Frau Mögel wollte ausziehen, nämlich zum übernächsten Ersten«, fuhr Pleidering fort. »Ich hatte mich gewundert, denn eine so günstige Wohnung wie ihre muss man lange suchen in München. Sie wissen ja, dass sie schon sehr lange hier gewohnt hat, entsprechend niedrig war ihre Miete. Wie auch immer: Sie hatte mich gefragt, ob ich ihre Wohnung im Anschluss an einen Neffen von ihr vermieten könnte. Ich habe den Neffen und seine Frau auch schon getroffen, nette Leute, beide haben gute Jobs –

und mit ihren beiden Kindern würden sie ganz gut ins Haus passen.«

Er zwinkerte der überraschten Maja zu.

»Vielleicht würde ich dann auch nicht mehr so viele Beschwerden über Ihre lebenslustige WG auf den Tisch bekommen. Wenn im Erdgeschoss eh schon die Kinder toben, sind die Leute vielleicht nicht so empfindlich wegen etwas Lärm von oben.«

»Oder sie sind noch empfindlicher als Frau Mögel, weil die lieben Kleinen abends früh ins Bett sollen.«

»Oder das«, entgegnete Pleidering grinsend. »Sie werden sich bestimmt miteinander arrangieren. Vielleicht schon früher als gedacht – ich wollte den Neffen in den nächsten Tagen ohnehin mal anrufen. Jetzt, wo die Wohnung so plötzlich frei geworden ist. Noch hat die Kripo die Hand drauf wegen der Spurensicherung, aber das dauert wohl nicht mehr allzu lange.«

»Wer hat Frau Mögel denn gefunden?«

»Ihr neuer Nachbar, Herr Brodtbeck, und stellen Sie sich vor: Der ist ausgerechnet Kommissar bei der Münchner Kripo!« Er schüttelte den Kopf, als könne er diesen Zufall immer noch nicht fassen.

Maja sagte nichts dazu, denn es war ihr ganz recht, wenn ihr Vermieter nicht über alles informiert war, was sie schon wusste.

»Herr Brodtbeck«, fuhr Pleidering unterdessen fort, »wollte gestern früh seine Sachen in die Wohnung bringen, und Frau Mögel sollte ihn reinlassen. Als sie nicht auf sein Läuten reagierte, hat er mich angerufen. Ich habe daraufhin bei einem Freund nachgefragt, dessen Wohnung Frau Mögel jeden Freitagvormittag putzt … ich meine: geputzt hat, aber dort war sie nicht, obwohl es schon halb neun war und sie normalerweise pünktlich um acht dort anfing. Als ich Herrn Brodtbeck Bescheid gab, war der schon durch die Färbers ins Haus gelassen worden.«

Ilse und Walter Färber waren Rentner und lebten seit Jahrzehnten in der Erdgeschosswohnung neben Gertrud Mögel. Auch sie hatten ihre Probleme mit der rechthaberischen Nachbarin gehabt, während sie mit den anderen Mietern im Haus gut auskamen – den »netten jungen Leuten« in der WG brachten sie sogar ab und zu selbst gemachte Marmelade vorbei, weil die für sie im Winter das Schneeräumen übernahmen.

Etwas weitschweifig erzählte Pleidering, wie es zu dem Fund der Leiche gekommen war. Offenbar war Ilse Färber aufgefallen, dass die Wohnungstür ihrer Nachbarin nur angelehnt war. Als Brodtbeck bei ihr klingelte, war Ilse Färber gerade aus dem Keller zurückgekommen, wo sie die Waschmaschine gestartet hatte. Sie beriet sich mit ihrem Mann, was wegen der angelehnten Tür zu unternehmen sei, denn sie hatte erwartet, Gertrud Mögel im Keller anzutreffen. Nun aber schien es, als habe die Nachbarin das Haus verlassen und wohl vergessen, die Tür richtig zuzuziehen – was einer Pedantin wie ihr aber nicht ähnlich sah. Brodtbeck stellte sich den beiden Rentnern als neuer Mieter vor, wies sich aber außerdem als Kripokommissar aus und bot an, in der Nachbarwohnung nach dem Rechten zu sehen. Das Angebot nahmen die Färbers gern an, und so arbeitete sich Brodtbeck unter wiederholtem Rufen durch die Wohnung von Gertrud Mögel, bis er ihre Leiche auf dem Bett entdeckte. »Herr Brodtbeck hat seine Kollegen herbeigerufen und gleich danach auch mich informiert«, schloss Pleidering seinen Bericht und fügte bedauernd hinzu: »Wenn auch, ohne Details zu nennen. Wissen Sie denn mehr, als dass sie tot in ihrem Schlafzimmer aufgefunden wurde?«

»Nein.«

»Schade. Immerhin ist das ja mein Haus, und da würde ich schon gern wissen, was darin vorgeht.« Pleidering zuckte mit den Schultern. »Na ja, da sich die Kripo drum kümmert, wird Frau Mögel kaum eines natürlichen Todes gestorben sein, nicht wahr? Und wenn die Ermittlungen abgeschlossen sind, wird mir Herr Brodtbeck schon noch alles erzählen. Das muss ich halt abwarten.«

Er trank noch etwas Kaffee, dann wurde seine Miene ganz betrübt.

»Ach, meinem Freund muss ich ja noch erzählen, dass er sich eine neue Putzfrau suchen muss. Und weil ich Frau Mögel auch ein paar andere Putzstellen vermittelt habe, darf ich die Leute jetzt alle anrufen. Kaum tut man jemandem einen Gefallen, schon hat man Verantwortung übernommen … Ärgerlich!«

Maja nickte und dachte nach, ob sie ihrem Vermieter noch eine Information aus der Nase ziehen konnte – da kam ihr ein Gedanke.

»Vielleicht kann ich Ihren Freunden sogar aus der Patsche helfen. Eine Bekannte von mir arbeitet nebenbei ebenfalls als Putzfrau. Sie ist sehr tüchtig, zuverlässig und nicht allzu teuer.«

Pleidering winkte ab. »Wegen des Stundenlohns muss sich Ihre Bekannte keine Gedanken machen. Meine Freunde zahlen gut, aber ...« Er musterte Maja. »Ist das dieselbe Frau, die die Wohnung haben wollte?«

»Äh ... nein, das ist eine andere.«

»Sie haben ja einen interessanten Bekanntenkreis.«

»Die Bekannte, die als Putzfrau arbeitet, wohnt nicht weit von hier und hat ein Auto, könnte also jede Adresse problemlos erreichen.«

Pleidering schien zu überlegen.

»Na ja, wenn Sie für diese Bekannte die Hand ins Feuer legen, wird sie schon in Ordnung sein«, sagte er schließlich.

»Prima. Wenn Sie wollen, kann sie sich demnächst mal bei Ihnen melden. Aber da Sie so viel Arbeit haben, dass Sie auch am Samstag im Büro sein müssen, wären Sie vielleicht froh, wenn Sie sich darum nicht auch noch kümmern müssten. Geben Sie mir doch einfach die Adressen oder Telefonnummern Ihrer Freunde, wenn Sie mögen. Dann übernehme ich das. Sie könnten Ihre Freunde vielleicht schon mal vorab informieren? Meine Bekannte würde sich dann auf mich berufen, wenn sie sich dort meldet, dann sollte eigentlich alles glattgehen. Und sollte meine Bekannte nicht nach dem Geschmack Ihrer Freunde sein, fällt das auch nicht auf Sie zurück, sondern auf mich.«

Der Gedanke schien Pleidering zu gefallen. Er zog sein

Handy aus der Tasche, notierte ein paar Telefonnummern und Adressen aus seiner Kontaktliste und reichte Maja den Zettel.

»Das hier«, sagte er und deutete nacheinander auf die Adressen, »ist mein Freund, in dessen Haus Frau Mögel am Freitagvormittag geputzt hätte. Das Ehepaar DeLeyden hatte sie, glaube ich, donnerstags gebucht. Und diesen beiden Bekannten von mir hat sie die Büros geputzt, abends, ich weiß allerdings nicht, an welchen Wochentagen. Warten Sie bitte kurz …«

Er rief seinen Freund sofort und gleich danach die DeLeydens an, und Maja hörte mit, wie er ihre erfundene Bekannte auch gleich als Nachfolgerin von Gertrud Mögel empfahl. Die anderen beiden Nummern waren besetzt.

»Egal«, sagte er. »Ihre Bekannte kann es ja zunächst mit den beiden ersten Adressen versuchen. Die anderen erreiche ich sicher im Lauf des Tages auch noch.« Er hob sein Handy hoch. »Ich schreibe Ihnen eine SMS, sobald es geklappt hat.«

Dann verabschiedete er sie, dankte ihr für ihr Angebot und begleitete sie zur Tür.

Markus Brodtbeck kam gar nicht bis zu seinem Büro. Kollege Schnell fing ihn im Flur ab.

»Unsere feine Apothekerin hat gestern am späten Abend eine Freundin aus der Rechtsmedizin angerufen und sie über die Todesumstände von Gertrud Mögel ausgefragt. Deren Chefin Martina Gräff hat vorhin angerufen, um uns das mitzuteilen. Wir sollten noch einmal mit Frau

Ursinus reden. Am besten kommst du gleich mit in die Apotheke.«

»Als ich mich vorhin auf den Weg gemacht habe, war sie noch zu Hause. Vielleicht hat sie heute frei. Wenn sie ihre Freundin ausgefragt hat, bedeutet das vielleicht nur, dass sie neugierig ist. Ich würde auch mehr über einen Mord wissen wollen, wenn die Kripo mich zu den Verdächtigen zählt.«

»Oder sie wollte in Erfahrung bringen, was wir schon wissen – vielleicht um sich für künftige Befragungen zu wappnen und sich etwas Passendes zurechtzulegen.«

Brodtbeck gab sich einstweilen geschlagen. Schnell hatte Maja Ursinus im Visier, und obwohl sie noch nicht so lange zusammenarbeiteten, so wusste Brodtbeck doch, dass sich der Kollege nicht gern von einer lieb gewonnenen Fährte abbringen ließ.

»Dann fahr ich wieder nach Hause und schau, ob ich sie noch daheim erwische, okay?«

»Gut, und ich versuch's in der Apotheke. Wer sie antrifft, gibt dem anderen Bescheid.«

Brodtbeck hatte kein Glück. Weder seine neue Nachbarin noch einer ihrer Mitbewohner öffnete ihm. Und als er es auf gut Glück an der Tür des Rentnerehepaars im Erdgeschoss versuchte, erzählte ihm Ilse Färber bereitwillig, dass sie die junge Frau aus der WG vorhin aus dem Haus habe gehen sehen.

»Sie hatte eine Reisetasche dabei«, raunte sie ihm zu, »und ist mit dem Auto weggefahren. Ich hatte den Eindruck, dass sie in Eile war.«

Noch bevor er seinem Kollegen Bescheid geben konnte, klingelte Brodtbecks Handy. Schnells Nummer erschien auf dem Display.

»Unsere Apothekerin hat ein paar Tage freigenommen«, gab sein Kollege durch. »Hast du sie daheim angetroffen?«

»Nein. In der WG ist grad niemand, und die Rentner im Erdgeschoss haben Frau Ursinus vorhin mit einer Reisetasche aus dem Haus gehen und wegfahren sehen.«

Schnell schnaubte.

»Alles klar«, knurrte er. »Noch Fragen, Kollege?«

Maja schaute eine Weile unschlüssig auf den Zettel, den Pleidering ihr mitgegeben hatte. Dann gab sie sich einen Ruck, rief ihren Großonkel an und verschob den Besuch in der Oberpfalz um ein paar Stunden.

»Was ist eigentlich los, Maja?«, fragte Heribert Ursinus, und seinem Tonfall war anzuhören, dass er sich Sorgen machte um seine Großnichte.

»Erzähle ich euch heute Abend. Ich habe ein Problem, und ich hätte dazu gern euren Rat. Aber wie gesagt, das erfahrt ihr alles, wenn ich da bin. Es bringt euch doch nicht den Tag durcheinander, wenn ich etwas später komme?«

»Nein, ist schon recht. Du kommst, wann du kommst. Wir sind hier, und einen Rat geben wir dir gern, wenn wir können.«

»Danke, Onkel Heribert.«

»Passt schon. Wir freuen uns auf dich – und du pass bitte auf dich auf, ja?«

»Versprochen.«

Sie legte auf und beschloss, das Ehepaar DeLeyden in der Kirchmairstraße aufzusuchen, die letzte Putzstelle, die für Gertrud Mögel vor ihrem Tod auf dem Plan gestanden hatte. Die Adresse war ihr ein Begriff, weil sie nur etwa dreihundert Meter von ihrer WG entfernt lag. Das Haus wirkte von der Straße aus nicht schöner oder größer als die umliegenden Gebäude, aber ein blank poliertes Messingschild neben dem Gittertor zur Hofeinfahrt und ein teurer Wagen vor der Garage deuteten darauf hin, dass hier der Stundenlohn einer Putzfrau kein finanzielles Problem darstellte.

Ein wenig zögerte sie noch, dann stieg sie aus dem Auto, steckte den Zettel in die Hosentasche und drückte den Klingelknopf. Von drinnen war ein dunkler, kräftiger Gong zu hören, und kurz danach knackte die Gegensprechanlage.

»Ja, bitte?«

»Ich … äh … Herr Pleidering hat Sie schon angerufen. Es geht um die Nachfolge für Frau Mögel, Ihre Putzfrau.«

Eine kurze Pause entstand, dann summte der Öffner für das Gartentor, und Maja betrat das Grundstück. Die Haustür schwang auf, und eine große, hagere Frau erschien, der Maja weder in der Apotheke noch auf der Straße jemals zuvor begegnet war. Sie trug ein eng anliegendes graues Kostüm und hochhackige Schuhe, und ihre vollen schwarzen Haare waren zu einer Art Bob geschnitten. Unter dem Pony hervor sah sie Maja prüfend an.

»Frau DeLeyden?«, fragte Maja, und auf das ungnädige Kopfnicken der Frau hin fuhr sie fort: »Mein Name ist …«

»Schon gut«, unterbrach sie die andere. »Kommen Sie erst mal rein.«

Cornelia DeLeyden trat etwas zur Seite und wies mit einer knappen Geste ins Innere des Hauses. Sie drückte die Tür hinter Maja zu, hüllte ihren Gast im Vorübergehen in den Duft eines teuren Parfüms und stöckelte ihr über große, dunkelgraue Fliesen voraus in eine Wohnhalle, die in starkem Kontrast zu dem eher zurückhaltenden Äußeren des Gebäudes stand.

»Nehmen Sie bitte Platz«, sagte die Hausherrin und deutete auf ein cremefarbenes Zweisitzersofa, während sie selbst sich auf der Vorderkante eines Sessels niederließ. »Ich wollte gerade los, aber da Sie nun schon so schnell hier sind, können wir meinetwegen auch jetzt alles besprechen. Sie sind also eine Bekannte von Ernsts Mieterin?«

Maja stutzte, und Cornelia DeLeyden deutete die Reaktion falsch.

»Ich rede von Herrn Pleidering, Ernst Pleidering, dem Vermieter Ihrer Bekannten.«

»Ich …«

Maja zögerte, ob sie das Missverständnis nicht doch lieber aufklären sollte. Was, wenn Frau DeLeyden sie irgendwann einmal in der Apotheke gesehen hatte? Doch die Frau schaute sie an, und in ihrem Blick war nicht ein Funken des Erkennens. Sie schien ihre Medikamente anderswo abzuholen. Und außerdem … wenn Maja sich hier als Putzfrau ausgab, konnte sie womöglich etwas Nützliches über Gertrud Mögel erfahren. Und falls sie zum Putzen in diesem Haus allein gelassen würde, konnte sie vielleicht

Hinweise auf den Täter finden und so letztlich beweisen, dass sie zu Unrecht zum Kreis der Verdächtigen zählte? Immerhin war dieses Haus vielleicht der letzte Ort, an dem Gertrud Mögel lebend gesehen worden war.

»Nun, Frau ...«

Die drängend klingende Stimme von Cornelia DeLeyden schreckte sie aus ihren Gedanken auf.

»Entschuldigen Sie bitte«, versetzte Maja eilig und legte sich mit flauem Magen eine improvisierte Geschichte zurecht. »Ich bin heute ein wenig durcheinander. Meine ... meine Bekannte hat mich gleich nach ihrem Besuch bei ihrem Vermieter angerufen. Ich habe noch schnell meinen Tag umorganisiert, damit ich gleich zu Ihnen kommen kann. Meine Bekannte meinte, dass Ihre Putzfrau gestern bei Ihnen Dienst hatte, aber sie konnte mir gar nicht sagen, ob ... nun ja ...«

Die Dame des Hauses wurde offenbar ungeduldig. Sie setzte sich etwas aufrechter hin und schaute auffällig unauffällig auf ihre Armbanduhr, ein elegantes Stück aus Platin oder Weißgold.

»Nein«, erklärte sie leicht gereizt. »Frau Mögel ist gestern nicht zu uns gekommen. Leider. Wir haben morgen Mittag Gäste, da wäre es schon gut gewesen, wenn sie noch einmal durchgewischt hätte.«

Maja hörte ein leises Tapsen, und aus den Augenwinkeln bemerkte sie einen sehr gepflegten, aber wohl schon älteren Kater, der langsam näher kam. Ganz kurz huschte ein Lächeln über ihr Gesicht, dann räusperte sie sich und schaute Cornelia DeLeyden an. In deren eben noch kühle

Miene mischte sich jetzt wohlwollendes Interesse, und sie nickte kurz in Richtung des Tiers.

»Das ist Felix. Sie haben doch kein Problem mit Katzen?«

»Im Gegenteil«, versicherte Maja, und sie war froh, dass sie diesmal bei der Wahrheit bleiben konnte. »Ich liebe Katzen!«

Der Kater hatte inzwischen ihre Beine erreicht. Ohne darüber nachzudenken, streckte sie den rechten Arm nach unten, berührte mit den Fingerspitzen ganz sachte seinen Hinterkopf und begann ihn, als er nicht zurückwich, langsam zwischen den Schulterblättern zu kraulen. Felix setzte sich und achtete dabei darauf, dass er in der Reichweite von Majas Fingern blieb.

»Haben Sie selbst Katzen?«

»Nein, ich … ich hätte gern eine, aber ich wohne im ersten Stock und arbeite viel, damit würde ich der Katze, die ich zu mir nehme, keinen Gefallen tun.«

»Dürfen Sie denn keine Katzenleiter anbringen, die zum Balkon hochführt? Und eine Katzenklappe müsste sich doch auch einbauen lassen.«

»Danach habe ich meinen Vermieter noch gar nicht gefragt. Wie gesagt, ich liebe Katzen und hätte gern eine – aber ich möchte ungern Mäuse in der Wohnung haben, die sie mir anschleppt, wenn sie einfach so hereinkann.«

Maja zuckte entschuldigend mit den Schultern und erntete dafür ein breites Lächeln von Cornelia DeLeyden.

»In dem Punkt kann ich Sie nur zu gut verstehen, Frau …«

»Ziegler«, sagte sie, weil ihr als erster unauffälliger Nachname der ihres Mitbewohners einfiel. Ihren eigenen konnte sie nicht nehmen, wenn sie sich hier als Putzfrau ausgeben wollte – in Pleiderings Büro hatte sie mitgehört, wie er den Namen seiner Mieterin erwähnte, die für ihre Bekannte bürgte.

Cornelia DeLeyden stand auf.

»Gut, Frau Ziegler«, sagte sie und streckte ihr die Hand hin. »Wenn Sie möchten, können Sie bei uns anfangen. Ich zeige Ihnen noch, wo das Putzzeug steht. Wo sich die Türen nicht öffnen lassen, müssen Sie auch nicht hinein.«

Auf dem Weg zur Waschküche kamen sie an einigen verschlossenen Türen vorbei. Hinter einer glaubte Maja ein leises Geräusch zu hören. Ganz hinten im Kellerflur gab es links eine Metalltür, die aussah wie ein Hinterausgang, und rechts gegenüber war eine breite Glastür eingebaut, hinter der man ein bläuliches Licht sehen konnte – vermutlich befand sich dort ein Pool.

»Hier unten müssen Sie sich um nichts kümmern«, erklärte Cornelia DeLeyden. »Nur die Waschküche betrifft Sie. Dort finden Sie alles, was Sie zum Putzen brauchen. Und sollte etwas fehlen, lassen Sie es mich wissen.«

Sie zückte ihr Handy, ließ sich Majas Nummer geben und schickte ihr eine SMS.

»Jetzt haben Sie meine Kontaktdaten. Wann immer was ist, wenden Sie sich bitte an mich. Frau Mögel ist immer donnerstags gekommen, in der Regel war sie bis vierzehn, fünfzehn Uhr fertig. Falls nötig, war sie auch am Dienstag noch einmal da. Könnten Sie an denselben Tagen kommen?«

»Das sollte gehen. Aber wenn Sie wollen, kann ich auch heute schon das Nötigste erledigen – Frau Mögel war ja am Donnerstag nicht da.«

Cornelia DeLeyden zögerte einen Moment.

»Ja, gern«, antwortete sie dann. »Nur eine Bitte hätte ich, seien Sie heute nicht allzu laut, mein Mann möchte nicht gestört werden.« Sie deutete auf eine der verschlossenen Türen. »An freien Tagen ist er dort drin gern für sich. Aber wenn Sie Franz mal oben in der Wohnung antreffen sollten: Erzählen Sie ihm unbedingt, warum Sie keine Katzenklappe wollen! Darüber streiten wir uns seit Jahren.«

Sie lachte, verabschiedete sich kurz darauf von ihrer neuen Angestellten, und wenig später fiel die Haustür ins Schloss. Maja überlegte, wo sie am besten beginnen sollte und was sie nebenbei durchsuchen konnte. Sie sah sich um. Schon bald fielen ihr die Kameras auf, obwohl sie sehr geschickt in die Deckenverkleidung integriert waren. Sie würde sich sehr unauffällig umsehen müssen.

Der Raum war leer bis auf einen Wandschrank, einen breiten Metalltisch und einen Bürostuhl, auf dem jemand saß. Im gleißenden Gegenlicht zweier Bauscheinwerfer, die den Raum von der Wand her beleuchteten, war von der Person nur der Umriss zu erkennen. Sie hielt in der linken Hand ein Smartphone und betrachtete das Video, das auf dem Display lief.

Nach einer Weile beugte sich die Gestalt vor, legte das Smartphone auf den Tisch, griff stattdessen zu Stift und Papier, stützte beide Ellbogen auf und begann damit, eine Skizze anzufertigen. Die Zeichnung wurde ohne besondere Begabung zu Papier gebracht, aber mit viel Eifer, und bald schälten sich aus den grau und schwarz schraffierten Flächen erste Konturen. Hier zwei gefesselte Fußgelenke, da die nackten Oberschenkel. Ein etwas üppiger Oberkörper. Aus dem geknebelten und verklebten Mund verlief ein Schlauch nach oben und verlor sich im Grau eiliger Striche. Die aufgerissenen Augen waren schlecht getroffen und das Gesicht nicht zu erkennen. Dazu reichte das Zeichentalent offenbar nicht.

Aber das machte nichts. Die Person auf dem Bürostuhl hatte das Gesicht der sterbenden Gertrud Mögel noch gut in Erinnerung. Das Video zeigte gerade ihre letzten krampfhaften Versuche, durch die immer enger werdende Kehle einzuatmen. Dann endete die Aufzeichnung.

Die Türen des Wandschranks ließen sich lautlos öffnen, und mit ruhigem Blick prüfte die Gestalt, ob alles Nötige an seinem Platz war.

Das alles hätte ein Beobachter gesehen, wenn er den Raum durch die Tür betreten hätte.

Doch da war niemand.

Und die Tür war verschlossen.

2

Der Besuch hatte etwas länger gedauert als gedacht, und so wunderte sich Cornelia DeLeyden nicht, dass ihre neue Putzfrau nicht mehr da war, als sie nach Hause kam. Sie fuhr prüfend mit dem Finger über einige Flächen und nahm den Boden aus verschiedenen Blickwinkeln in Augenschein – alles schien zur Zufriedenheit erledigt. Die Futterschüssel und die Wasserschale für Felix waren gesäubert und frisch befüllt, der Kater selbst lag in seinem Körbchen und schlief.

Auch die Küche war blitzblank, nur einige wenige Pfannen standen auf dem Küchentisch, versehen mit einem kleinen Zettel, auf dem die Putzfrau erklärte, dass sie nicht gewusst habe, wo diese hingehörten. Cornelia DeLeyden lächelte und nahm sich vor, Frau Ziegler beim nächsten Mal etwas genauer einzuweisen.

Auch im kleinen Arbeitszimmer im ersten Stock war gewischt, gefegt und staubgesaugt worden, nur das leichte Durcheinander auf dem Schreibtisch hatte niemand angerührt. Cornelia DeLeyden registrierte das zufrieden, denn sie hasste nichts mehr als Putzkräfte, die in ihren Unterlagen stöberten oder beim Staubwischen umräumten und alles durcheinanderbrachten. Mit der Neuen schien sie einen guten Griff getan zu haben, und sie nahm sich vor, Ernst Pleidering am Montag oder Dienstag eine gute Flasche Wein als Dankeschön für die Empfehlung bringen zu lassen.

Trotzdem wollte sie auf Nummer sicher gehen. Aus einer der verschlossenen Schreibtischschubladen nahm sie ein Tablet und stellte die Verbindung zu den im Haus verteilten Überwachungskameras her. Sie verfolgte den Weg von Frau Ziegler durch das Erdgeschoss und die obere Etage und sah sie zügig putzen, obwohl sie den Eindruck hatte, dass sie in manchen Details anders als ihre bisherigen Putzfrauen vorging. Aber letztlich zählte das Ergebnis, und damit war sie zufrieden.

Ab und zu schien sich Frau Ziegler umzusehen und dabei mit dem Wischen oder Fegen innezuhalten, und einmal hatte Cornelia DeLeyden fast den Eindruck, als hätte die Putzfrau direkt in die Kamera geschaut und dabei wie ertappt gewirkt. Bisweilen geriet Frau Ziegler in den toten Winkel der Kameras und blieb dort ein wenig länger, als es ein schnelles Wischen erfordert hätte. Doch bald darauf tauchte sie wieder auf und putzte konzentriert. Offenbar hatte sie für das Reinigen im toten Winkel einfach länger gebraucht.

Auf der Aufzeichnung sah sich Frau Ziegler ein letztes Mal um, schien mit dem Ergebnis zufrieden zu sein und trug das Putzzeug zur Kellertreppe hinunter. Cornelia

DeLeyden wollte zur Kamera im Flur des Kellergeschosses wechseln, doch es kam nur die Meldung, dass von der fraglichen Kamera kein Signal verfügbar sei. Darum würde sich ihr Mann kümmern müssen, und notfalls musste eben der Kundendienst kommen. Sie holte die Kamera in der Waschküche aufs Display, gerade im richtigen Moment, in dem die Putzfrau alles an seinem Platz verstaute, sich die Hände wusch und den Raum wieder in Richtung Kellerflur verließ.

Da die Kamera im Flur defekt war, musste sie warten, bis Frau Ziegler wieder von den Geräten im Erdgeschoss erfasst wurde. Doch das Bild der entsprechenden Kamera blieb menschenleer. Cornelia DeLeyden schaltete sich nacheinander durch alle verfügbaren Kameras, aber nirgendwo war jemand zu entdecken. Sie rief die Außenkameras auf, doch diese schienen ebenso defekt oder ausgeschaltet zu sein wie die Kamera im Kellerflur.

Ob sie sich Sorgen machen musste? Sie zögerte, dann schaltete sie das Tablet aus und legte es zurück in die Schublade. Wahrscheinlich hatte sie der neuen Putzfrau gesagt, dass sie das Haus auch über die hintere Kellertür verlassen konnte. Dort war von innen nie abgeschlossen, und nach dem Hinausgehen fiel die Tür von selbst wieder ins Schloss und verriegelte sich automatisch gegen Zugriffe von außen. Ja, so wird es gewesen sein, redete sie sich selbst jeden weiteren Verdacht aus. Sie ging in den ersten Stock hinauf und zog sich um. Etwas Sport und danach einige Bahnen im Pool und eine Runde in der Sauna würden ihr guttun.

Brodtbeck hatte seinen Kollegen davon überzeugen wollen, dass es längst kein Schuldeingeständnis war, wenn Maja Ursinus gerade jetzt einige Tage freinahm. Doch er musste zugeben, dass er Schnell gegenüber nicht viele Argumente vorzubringen hatte. Zwar konnte er anführen, dass es ganz normal war, wenn eine Frau, die nun schon zum zweiten Mal innerhalb weniger Wochen von der Kripo wegen eines Mordfalls befragt worden war und zum Kreis der Verdächtigen zählte, etwas Abstand brauchte, um über alles nachzudenken, was über sie hereingebrochen war. Aber Schnells Ansicht, dass sich eine Verdächtige noch verdächtiger machte, wenn sie plötzlich untertauchte, war auch nicht von der Hand zu weisen.

Schnell war ins Kommissariat gefahren, wo er die Kollegen auf Streife bitten wollte, sich nach der jungen Apothekerin umzusehen. Brodtbeck dagegen hatte sich angeboten, es noch einmal in der WG zu versuchen.

Nach wie vor wirkte die Wohnung neben seiner verlassen. Niemand öffnete auf sein Klingeln hin, und durch die geschlossene Tür war nicht das geringste Geräusch zu vernehmen. Auch unter der Handynummer seiner Nachbarin war niemand zu erreichen, als er es jetzt zum wiederholten Mal versuchte. Das Ehepaar Färber war dagegen zu Hause, und sie hatten außer der Nummer von Maja Ursinus auch noch die ihres Mitbewohners Daniel Ziegler. Der meldete sich zwar schon nach dem zweiten Klingeln, war aber völlig außer Atem und musste sich mehrmals räuspern, bevor er auf Brodtbecks Frage antworten konnte.

»Nein«, sagte er und schnaufte noch einmal tief durch. »Maja ist nicht bei uns. Wir haben sie gefragt, ob sie mit in die Berge kommen will, aber sie hatte keine Lust. Und als wir heute früh aufgebrochen sind, wird sie wohl noch geschlafen haben. Ich habe sie jedenfalls heute noch nicht zu Gesicht bekommen.«

»Schade. Falls sie sich doch noch bei Ihnen meldet, könnten Sie ihr bitte ausrichten, dass sie mich möglichst schnell anrufen soll? Meine Nummer sehen Sie ja auf dem Display.«

Es entstand eine kurze Pause, in der nur noch leise Schritte, Schnaufen und Windgeräusche zu hören waren. Brodtbeck horchte.

»Sind Sie noch da?«, fragte er. »Hallo? Hören Sie mich?«

»Ja, kein Problem«, meldete sich Ziegler nun wieder. »Der Empfang ist gut. Ich hab Sie nur kurz als Kontakt gespeichert.«

»Alles klar. Dann wünsche ich Ihnen noch eine schöne Bergtour!«

»Wir haben's gleich geschafft. Noch eine Viertelstunde bis zur Bergstation, dann gibt's ein Bier und eine Brotzeit, und dann geht's mit der Seilbahn wieder nach unten.«

»Dann guten Appetit.«

Hildegard Ursinus kniete im weichen Erdreich und war so in ihre Arbeit versunken, dass sie nicht hörte, wie sich ihr Mann vom Haus her näherte. Doch nach einer Weile spürte sie seine Anwesenheit und hob den Blick von dem Beet, mit dem sie beschäftigt war.

»Hast du Maja noch immer nicht erreicht?«, fragte sie ihn.

Er schüttelte betrübt den Kopf und sah noch besorgter aus als vorhin. Zwar hatte ihre Großnichte am Morgen angerufen, um ihren Besuch in Neumarkt zu verschieben, und angedeutet, dass sie es vielleicht heute nicht mehr schaffen würde, aber es sah ihr nicht ähnlich, sich gar nicht zwischendurch zu melden. Und noch beunruhigender war, dass sie nicht einmal ans Telefon ging, wenn ihr Großonkel anrief. Wie oft hatten er und seine Frau sich darüber lustig gemacht, dass Maja das Haus eher ohne Schuhe als ohne Smartphone verlassen würde. Und jetzt? Seit zwei Stunden war Heribert Ursinus jedenfalls nicht mehr zu beruhigen – wobei er selbst nicht recht sagen konnte, was er eigentlich konkret befürchtete.

»Vielleicht ist der Handyakku leer?«, schlug Hildegard Ursinus vor, ohne selbst davon überzeugt zu sein. »Oder sie ist in einer wichtigen Besprechung.«

Der Blick ihres Mannes machte ein weiteres Kopfschütteln überflüssig.

»Vielleicht ist sie im Labor und tüftelt wieder mit ihren Pflanzen herum«, fügte sie hinzu. »Du weißt doch, dass sie da manchmal das Handy ausschaltet oder zumindest stumm stellt. Und in der Apotheke ist im Untergeschoss sicher auch kein guter Empfang, könnte ich mir vorstellen.«

»Ach, Hildegard, die haben doch heute längst überall WLAN, und erhalten hat sie meine WhatsApp-Nachrichten ja auch. Schau selbst.«

Er hielt ihr sein Smartphone hin. Zwei Nachrichten an Maja hatte er verschickt, hinter beiden waren zwei graue Häkchen zu sehen, die signalisierten, dass Sie angekommen, aber noch nicht geöffnet worden waren.

»Was genau macht dir denn Sorgen, Heribert?«

Er zuckte mit den Schultern. Sie bedachte ihn mit einem warmen Lächeln, erhob sich etwas schwerfällig und nickte ihm aufmunternd zu.

»Du kannst jetzt sicher mal einen ihrer Mitbewohner anrufen, wenn du sie selbst schon nicht erreichst. Vielleicht weiß der was. Die Nummer hast du doch, oder?«

»Ja, hab ich. Aber ist das nicht … wie sagt Maja immer … uncool?«

»Mag schon sein, aber wenn wir beiden Alten nicht uncool sein dürfen, wer denn dann?«

Ihr heiseres Lachen erfüllte ihn mit neuer Zuversicht, und kurz darauf hatte er Daniel Ziegler am Apparat. Nach einigen Höflichkeitsfloskeln hörte Heribert Ursinus nur noch zu. Er wurde blass, und schließlich ließ er das Handy sinken, ohne sich von dem jungen Mann verabschiedet zu haben. Im nächsten Moment ging eine WhatsApp ein. Er las sie und tippte dann nervös auf seinem Handy herum.

»Um Himmels willen!«, entfuhr es seiner Frau. »Was ist denn los?«

»Daniel meinte, ich solle unbedingt sofort einen Kommissar von der Kriminalpolizei München anrufen. Er hat mir gerade die Nummer von einem Markus Brodtbeck geschickt, zuständig für Tötungsdelikte.«

»O Gott!«

Brodtbecks Handy klingelte. Daniel Ziegler rief an, und er klang etwas zerknirscht.

»Ich glaube, ich habe Mist gebaut«, sagte er. »Gerade hat mich Majas Lieblingsonkel angerufen. Auch er hat mich gefragt, ob ich weiß, wo sie steckt, wie Sie vorher. Da habe ich ihm Ihre Nummer gegeben und ihn gebeten, Sie am besten gleich anzurufen.«

»Das war kein Fehler, im Gegenteil.«

»Na ja … ich habe dem Onkel gesagt, dass Sie Kripokommissar sind und zuständig für Tötungsdelikte. Majas Onkel hat danach kein Wort mehr gesagt, und ich fürchte, ich habe ihm mächtig Angst eingejagt.«

»Am besten geben Sie mir die Nummer des Onkels durch, dann kann ich ihn gleich anrufen und beruhigen«, bot Brodtbeck an.

»Schick ich Ihnen als WhatsApp«, versprach Daniel Ziegler und legte auf.

Doch gleichzeitig mit der Textnachricht ging schon ein zweiter Anruf ein.

»Heribert Ursinus hier. Herr Ziegler meinte, ich solle Sie gleich anrufen. Was ist denn mit Maja?«

»Nichts«, antwortete Brodtbeck, obwohl er sich da inzwischen nicht mehr ganz so sicher war. »Und ich kann mich nur bei Ihnen entschuldigen, wenn ich Sie mit der Bitte, sich bei mir zu melden, erschreckt haben sollte. Ich ermittle zwar wirklich in einem Mordfall, aber da geht es zum Glück nicht um Ihre Nichte. Ich hätte nur noch ein paar Fragen an sie und kann sie im Moment nicht erreichen.«

Der ältere Mann am anderen Ende atmete hörbar auf.

»Maja ist nicht meine Nichte, sondern meine Groß-nichte«, erklärte er. »Für meine Frau und mich ist sie aller-dings wie eine Tochter. Eigentlich wollte sie uns heute besuchen, aber dann ist ihr wohl etwas dazwischengekom-men. Heute früh hat sie telefonisch angekündigt, dass sie im Lauf des Tages herfährt, aber dann hat sie sich etwas später noch einmal gemeldet und gesagt, dass sie vielleicht doch erst morgen kommen kann, weil sie vorher noch etwas Wichtiges erledigen müsse.«

»Wo wohnen Sie denn? Auch in München?«

»Nein, in Neumarkt in der Oberpfalz.«

Brodtbeck dachte kurz nach.

»Zwei Stunden Autofahrt von München, kommt das ungefähr hin?«

»Wenn kein Stau ist, ja.«

»Machen Sie sich Sorgen, dass ihr unterwegs etwas zu-gestoßen sein könnte?«

»Dass sie einen Unfall hatte, meinen Sie? Eigentlich nicht. Sie fährt sicher und nicht übertrieben schnell, und wenn was passiert wäre, hätten Sie als Polizist doch sicher davon erfahren, oder?«

»Stimmt. Aber was befürchten Sie denn sonst?«

Heribert Ursinus zögerte.

»Es ist eher so ein Gefühl«, brummte der Alte schließ-lich. »Maja klang heute früh am Telefon ziemlich aufge-wühlt. Sie wollte uns besuchen, um sich Rat von uns zu holen.«

»Und in welcher Angelegenheit?«

»Das hat sie nicht gesagt, aber ich könnte mir vorstellen, dass es mit Ihren Ermittlungen zu tun hat. So etwas ist ja keine angenehme Sache. Warum haben Sie denn zu diesem Mordfall Fragen an Maja?«

»Die Tote war eine Nachbarin Ihrer Großnichte.«

»Ach je ... Wer denn? Doch nicht die nette Rentnerin aus dem Erdgeschoss, diese Frau Färber?«

»Nein, Gertrud Mögel heißt die Tote.«

»Das ist besser«, befand Ursinus, schob aber sofort eine Entschuldigung nach. »Nicht, dass Sie jetzt einen falschen Eindruck bekommen, nur ... so richtig schade ist es um diese Beißzange nicht.«

»Sie hat sich mehrfach über Ihre Nichte und deren WG beschwert. Davon wissen Sie?«

»Ja, davon hat Maja ab und zu erzählt. Aber sie hat das nicht so ernst genommen. Ihr Vermieter mag sie ganz gern, und dem sind die Beschwerden wohl zum einen Ohr reingegangen und zum anderen wieder raus. Soweit ich weiß, hat Maja deshalb jedenfalls nie Schwierigkeiten bekommen.«

»Frau Mögel wurde vergiftet. Mit einem pflanzlichen Wirkstoff, den jemand, der sich darauf versteht, recht leicht selbst herstellen kann.«

»Sie wollen damit aber nicht andeuten, dass Sie meine Maja für die Mörderin halten, oder? Nur weil sie Apothekerin ist?«

»Wir müssen alle Möglichkeiten in Betracht ziehen.«

»Aber das ist doch ...«

»Wir haben sie befragt, aber das ist reine Routine«, versicherte ihm Brodtbeck, und es war ja auch nur halb geschwindelt. »Außerdem hat Ihre Nichte ein Alibi.«

»Oh, sie braucht Ihrer Meinung nach ein Alibi? Dann brauche ich vielleicht ebenfalls eines? Ich habe mich inzwischen zwar zur Ruhe gesetzt, aber Pharmazie habe ich auch studiert!« Der Mann schnaubte. »Na, dann ist es kein Wunder, dass sie sich nicht mehr allein zu helfen weiß!«

»Welchen Rat hätten Sie ihr denn gegeben?«, fragte Brodtbeck, verbesserte sich aber schnell, als ihm klar wurde, wie die Formulierung auf den besorgten Großonkel wirken musste: »Ich meine, welchen Rat werden Sie ihr denn geben, wenn sie bei Ihnen eintrifft?«

»Das werde ich Ihnen ganz sicher nicht auf die Nase binden – denn ich muss wohl damit rechnen, dass Sie Maja daraus einen Strick drehen.«

»Ich drehe niemandem einen …«

»Geschenkt, Herr Brodtbeck. Ich weiß nicht, was Ihnen meine Nichte über ihre Familie erzählt hat – aber sie hat zu dem größten Teil der buckligen Verwandtschaft kein gutes Verhältnis. Und das hat sie mit mir gemeinsam. Vielleicht besteht zwischen uns deshalb eine so vertrauensvolle Beziehung.«

»Hat sie deshalb denselben Berufsweg gewählt wie Sie?«

Ursinus lachte freudlos.

»Wollen Sie das wirklich wissen? Hoffen Sie, dass ich mich verplappere und Ihnen meine Nichte ans Messer liefere?«

»Nein, das hoffe ich nicht«, versetzte Brodtbeck. »Ich

versuche mir nur von allen Menschen im Umfeld des Opfers ein möglichst genaues Bild zu machen. Ich will Sie keineswegs aus der Reserve locken. Und ganz nebenbei: Ich halte Sie für schlau genug, Ihrer Nichte durch Ihre Äußerungen nicht zu schaden.«

Es entstand eine Pause, dann hörte der Kommissar am anderen Ende ein Seufzen.

»Dann will ich Ihnen mal zu diesem genauen Bild verhelfen. Aber eins können Sie mir jetzt schon glauben: Meine Nichte hat ganz sicher nicht ihre Nachbarin vergiftet – und davon dürften Sie auch ausgehen, wenn sie kein Alibi gehabt hätte.«

Brodtbeck schwieg und wartete darauf, dass der andere weiterredete. Es dauerte einen Moment.

»Maja wurde Apothekerin, weil es die Familientradition so vorgesehen hat«, fuhr Heribert Ursinus schließlich fort. »Ihr Vater Manfred ist der Sohn meines jüngeren Bruders, und er leitet die Apotheke in Füssen, die seit 1804 im Besitz der Familie ist. Erstes Haus am Platz, gern gab's auch mal einen Sitz im Gemeinderat für den Apotheker und so weiter, das übliche Platzhirschprogramm. Damit konnte Maja natürlich vor allem als junges Mädchen nicht viel anfangen. Der Beruf der Apothekerin hat sie trotzdem gereizt, also hat sie in München Pharmazie studiert. Sie war an der LMU ein paar Semester unter ihrem großen Bruder Michael, der als Nachfolger von Manfred später einmal die Apotheke in Füssen hätte übernehmen sollen – bis sich herausgestellt hat, dass ihn am Pharmaziestudium vor allem das Wissen gereizt hat, wie man selbst Drogen herstellen kann. Letztlich hat er das Studium abgebrochen, hält sich mit wechselnden Jobs leidlich über Wasser und pumpt zwischendurch seine Schwester an. Nun rückte Maja zur designierten neuen Chefin der Familienapotheke auf, aber sie wollte nicht. Füssen war ihr immer schon zu eng gewesen, und in München genoss sie vor allem die Forschungstätigkeit an der Universität. Nach zwei Jahren in einer Apotheke in der Innenstadt hat sie sich zur Promotion erneut an der LMU eingeschrieben. Dabei stieß sie zu einer Forschungsgruppe, in der sie sich sehr wohlfühlte. Hat sie Ihnen von dem Projekt erzählt, an dem sie beteiligt war?«

»Nein.«

»Fragen Sie sie bei Gelegenheit mal danach. Tolle Sachen haben die dort gemacht. Maja ist sehr gut in dem, was sie tut. Ich bin ausgesprochen stolz auf meine Großnichte, wie Sie ja hören.«

»Sie forscht aber nicht mehr an der LMU, sondern arbeitet in einer kleinen Apotheke in München-Laim. Ich vermute mal, auch für Pharmazeuten ist Laim nicht gerade der Hotspot der Stadt. Warum hat sie denn die tolle Stelle an der Uni aufgegeben?«

»Da ist nichts vorgefallen, wofür sich Maja schämen müsste, falls Sie darauf anspielen. Sie hat mir nie genau erzählt, warum sie von der LMU wegging. Ich habe zwar herausgehört, dass ihr Vater irgendwie seine Finger im Spiel hatte, aber sie wollte nicht, dass ich die ganze Geschichte kenne. Vermutlich hat sie befürchtet, ich würde Manfred ordentlich den Kopf waschen, wenn ich erst mal die Hintergründe kennen würde – und damit lag sie natürlich vollkommen richtig.«

»Warum sollte ihr Vater die Finger im Spiel gehabt haben, wie Sie sagen?«

»Also, ich muss mich schon wundern, Herr Brodtbeck, dass Sie als Kriminalist nicht selbst darauf kommen! Mein Neffe Manfred will, dass seine Tochter die Apotheke der Familie übernimmt – sie aber ist glücklich mit ihrer Stelle an der Uni. Also lässt er ein paar Beziehungen spielen, bis Maja die Uni verlässt oder aus fadenscheinigen Gründen verlassen muss, was weiß ich. Und dann steht der gütige Papa ganz zufällig im richtigen Moment auf der Matte und bietet der arbeitslosen Tochter die Übernahme der Apotheke in Füssen an. Ich glaube nicht, dass ich mir das aus dem wenigen, was mir Maja dazu erzählt hat, völlig falsch zusammenreime.«

»Aber stattdessen hat sie lieber in Laim angeheuert.«

»Genau – und sei es nur, um den Vater ordentlich zu ärgern. Übrigens gefällt es ihr sehr gut in der Dachstein-Apotheke. Die Chefin weiß sie als zuverlässige Mitarbeiterin zu schätzen und stellt Maja das Labor im Untergeschoss für ihre Arbeiten zu biogenen Wirkstoffen zur Verfügung.«

Heribert Ursinus unterbrach sich.

»Damit meine ich nicht, dass sie dort unten Gifte zusammenmischt«, fügte er nach einer kleinen Pause hinzu.

»Ich habe nichts in dieser Richtung gesagt.«

»Gut. Und was den geplanten Besuch bei uns angeht: Sie will uns jetzt zwar um Rat bitten, aber sie kommt zum

Glück auch ohne besonderen Grund immer wieder zu uns. Einen Teil ihres Praktikums während des Studiums hat sie hier absolviert. Ich habe in Neumarkt eine eigene kleine Apotheke gegründet, nachdem ich mit dem Füssener Zweig meiner Familie gebrochen hatte. Das Geschäft führt inzwischen einer meiner früheren Mitarbeiter, aber wir wohnen noch im selben Haus, und Maja kommt zum Glück recht häufig bei uns vorbei. Manchmal ratschen wir stundenlang. Sie hilft auch im Apothekergarten hinter dem Haus mit, den meine Frau hegt und pflegt.«

Er seufzte erneut.

»Um es kurz zu machen: Maja ist eine gute Seele, und Sie sollten sich nicht darin verrennen, ihr irgendetwas anhängen zu wollen.«

»Will ich auch gar nicht.«

»Das hoffe ich. Und wenn es etwas mit ihrem Familiennamen zu tun haben sollte, dass Sie sie für eine Giftmörderin halten, wäre das ziemlich durchschaubar.«

»Ich weiß, auf wen Sie anspielen: Sophie Charlotte Elisabeth Ursinus, 1760 geboren, 1803 in Berlin wegen mehrfachen Giftmordes angeklagt und schließlich unter anderem wegen eines Mordversuchs an ihrem Diener zu lebenslanger Festungshaft verurteilt. Ist das eine Verwandte von Ihnen?«

»Respekt, Herr Kommissar!«

»Es ist eine Angewohnheit von mir, Namen, die ungewöhnlicher sind als Müller oder Maier, einfach mal zu googeln.«

»So wie Brodtbeck?«

Der Kommissar lachte trocken. »Meinen Familiennamen sollten Sie wirklich mal googeln, auch das lohnt sich. Es gab Ende des neunzehnten Jahrhunderts in Niedersachsen einen Serienmörder namens Brodtbeck – leider ein Vorfahre von mir. Manchmal stoße ich auf interessante Informationen, wenn ich einem ungewöhnlichen Namen nachgehe, auch wenn diese Tatsachen selten mit dem konkreten Fall zu tun haben.«

»Wie bei Majas vergifteter Nachbarin. Die Giftmörderin aus Berlin ist tatsächlich mit mir verwandt – die Frau eines entfernten Vetters. Da mein Urahn wegen dieses Vorfalls um seinen Ruf als Apotheker fürchtete, ist er von Berlin nach Füssen ausgewandert. Und was wollen Sie nun so Dringendes von Maja wissen?«

»Das würde ich gern direkt mit ihr besprechen.«

»Sie haben ihre Handynummer?«

»Ja.«

»Dann schicke ich ihr gleich noch eine WhatsApp mit Ihren Kontaktdaten und bitte sie, bei Ihnen anzurufen. Aber ich weiß nicht, ob das etwas nützt: Meine bisherigen Nachrichten hat sie nicht geöffnet.«

»Haben Sie noch eine Idee, wo sich Ihre Großnichte aufhalten könnte?«

»Leider nein.«

»Schade. Aber vielen Dank für Ihren Anruf. Und sobald ich etwas zum derzeitigen Aufenthaltsort von Frau Ursinus herausgefunden habe, gebe ich Ihnen Bescheid.«

Direkt im Anschluss rief Brodtbeck seinen Kollegen an. Es dauerte einen Moment, bis Schnell ranging. Er hatte bereits dafür gesorgt, dass die Kollegen auf Streife im gesamten Stadtgebiet nach der jungen Apothekerin Ausschau hielten. Mehr war im Moment nicht zu erreichen.

»Eine Fahndung nach Maja Ursinus wurde nicht genehmigt«, knurrte er. »Ich hoffe, dass sich das nicht noch rächt.«

»Vermutlich nicht«, antwortete Brodtbeck und berichtete, was er von dem pensionierten Apotheker aus der Oberpfalz erfahren hatte. »Im Moment gehe ich eher davon aus, dass Maja Ursinus nicht abgehauen ist, sondern … tja … wenn wir das wüssten.«

»Dann klappern wir doch mal ein paar Stellen ab, die uns mit etwas Glück weiterhelfen können. Kommst du mich abholen? Ich habe einige Adressen zusammengestellt, die ich an der Stelle von Frau Ursinus aufsuchen würde, wenn ich Dreck am Stecken hätte – oder wenn ich aus irgendeinem anderen Grund gern mehr über den Mord an Gertrud Mögel in Erfahrung bringen würde.«

Martina Gräff hatte den Samstagnachmittag in ihrem Büro verbracht, um Unterlagen zu sichten, Dienstpläne zu prüfen und auch die eigenen Aufgaben ein wenig zu sortieren. Schon immer hatte sie gern am Wochenende gearbeitet, denn dann hatte sie ihre Ruhe, und niemand störte sich daran, wenn sie das Rennrad an die Wand vor ihrer Bürotür lehnte.

Als sie fertig war, stand sie auf, griff nach ihrem knallgrünen Helm, einem Geschenk von ihm, und hängte sich das leichte Rad über die Schulter. Für die paar Minuten bis zu ihrer Wohnung in der Frauenlobstraße ließ sie sich mehr Zeit als sonst, doch als sie vor dem Haus stand, hatte sie noch immer keine rechte Lust hinaufzugehen. Also schwang sie sich noch einmal in den Sattel und tauchte in den Alten Südfriedhof ein. Einige ältere Besucher warfen ihr missbilligende Blicke zu, weil sie zwar langsam über die Wege rollte, aber doch nicht abgestiegen war.

Eine Zeit lang radelte sie kreuz und quer durchs angrenzende Glockenbachviertel. Sie bog mal hierhin und mal dorthin ab, folgte der Isar und hätte in diesem Moment jeden Eid darauf geschworen, dass sie kein bestimmtes Ziel im Sinn hatte. Und doch fand sie sich irgendwann in Schwabing wieder. Am Habsburger Platz blieb sie schließlich stehen, hielt sich im Schatten der Bäume und sah an dem Haus hinauf, das sich vor ihr erhob. Unter dem Geäst war die große Dachgaube zu erahnen. Sie war nie in der Maisonettewohnung gewesen, aber er hatte ihr Fotos von den aufwendig renovierten Räumen und dem großzügigen Balkon gezeigt, der nach hinten hinausging. Auf manchen der Bilder war auch seine Frau zu sehen, und wann immer Martina ihm zu verstehen gegeben hatte, dass ihr das wehtat, hatte er sie schick ausgeführt, reich beschenkt oder gleich an Ort und Stelle …

Er fehlte ihr, und sie vermisste ihn so sehr, dass sie immer wieder glaubte, seine Finger auf ihrer Haut, seinen Mund an ihrem Hals und sein Gewicht auf ihrem Körper zu spüren. Manchmal erwachte sie nachts mit pochendem

Herzen, das Bett zerwühlt und sie schweißnass. Sie senkte den Blick wieder, kehrte um und merkte erst im Englischen Garten, dass sie das Rad noch immer schob und auf diese Weise natürlich nur sehr langsam vorankam.

Aber wohin sollte sie auch schneller wollen?

Seit drei Wochen erschienen Katrin Reeb die Tage länger als je zuvor. Es war elend gewesen, all die Jahre auf ihn zu warten und nicht zu wissen, von wem er diesmal zu spät nach Hause kommen würde. Aber nein, um ehrlich zu sein: Elend war vor allem gewesen, dass sie gewusst hatte, dass sie hier in der gemeinsamen Wohnung auf ihn wartete, während er anderswo …

Sörens Tod sei kein schöner gewesen, hatte der Kommissar angedeutet. Die Fragen der Kriminalpolizei hatten ihr zugesetzt. Wann sie sich an diesem Tag wo aufgehalten habe und wer das bezeugen könne – nicht unbedingt das richtige Gesprächsthema für eine Frau, die eben zur Witwe geworden war. Aber dieser Kommissar war ihr gegenüber nicht besonders feinfühlig aufgetreten, und er schien – passend zu seinem Namen – zu schnellen, wenn nicht gar voreiligen Schlüssen zu neigen. Ein Ehemann, der seine Frau betrügt, und eine Ehefrau, die darüber verbittert geworden ist: in seinen Augen ein ganz klares Mordmotiv. Und dann auch noch mit Gift, der Klischeemethode mordender Frauen!

Immerhin hatte Schnell irgendwann von ihr abgelassen, weil er wohl jemanden gefunden hatte, den er für verdächtiger hielt. Er hatte ihr nie verraten, wen er an ihrer

Stelle verstärkt ins Visier genommen hatte, aber sie kannte einige der Frauen, mit denen Sören ins Bett gegangen war, und mindestens zwei von ihnen hatten beruflich Erfahrung mit Giften.

Ab und zu ließ Sören versehentlich Parkscheine oder Restaurantquittungen in seinen Taschen stecken, die ihr Hinweise gaben. Und er war nicht besonders vorsichtig, wenn er von der Arbeit zu einer dieser Schlampen fuhr. Es war leicht gewesen, ihn dorthin zu verfolgen. Manche Treffen fanden bei den Frauen zu Hause statt, manche in der kleinen Eigentumswohnung in der Süskindstraße draußen in Zamdorf, wo er auch tot aufgefunden worden war.

Katrin Reeb hatte sich lange nicht für ihre gemeinsamen Finanzen interessiert und sich darauf verlassen, dass er schon alles in ihrem Sinne regeln würde. Doch als sie durch Zufall auf das zusätzliche Konto stieß, auf das er regelmäßig Geld von der Firma abzweigte und von dem die Raten für die Eigentumswohnung bezahlt wurden, von der sie nichts gewusst hatte, begann sie nachzuforschen.

Ihre Ehe war damals in einer schwierigen Phase gewesen, und sie befürchtete zunächst, dass er Geld beiseiteschaffte, um sich finanziell auf eine Trennung vorzubereiten. Doch er dachte wohl nicht daran, sich von ihr zu trennen – und es war eine furchtbare Demütigung für sie, als sie feststellen musste, warum: Er hatte sich in ihrer Ehe eingerichtet und tröstete sich für alles, was ihm in ihrer Beziehung fehlte, durch Affären mit anderen Frauen.

Sie hatte um ihn gekämpft. Sie hatte ihn verführt und war aktiver geworden als in all den Jahren zuvor seit ihrer Hochzeit. Er hatte es … nun ja … genossen? Da war sie sich nicht sicher. Mitgemacht hatte er, das ja, aber sie wurde den Verdacht nicht los, dass er dabei immer an eine der anderen dachte, bei denen er sonst lag.

Wie an die pummelige Frau mit dem knallgrünen Fahrradhelm, die jetzt unten auf dem Habsburger Platz stand, halb verdeckt von den Bäumen am Gehweg, und zu ihrer Wohnung hochstarrte. Das Fenster war verspiegelt, deshalb war Katrin Reeb unsichtbar für die andere, und sie starrte zurück, mit vor Hass lodernden Augen. Auch die Frau dort unten war von Sören betrogen worden. Ob sie das wohl gewusst hatte? Und ob sie das wohl ebenso rasend gemacht hatte wie sie? Immerhin war sie eine der beiden Geliebten von Sören, die sich mit Gift auskannte.

Maja Ursinus war nach ihrer Zeit bei den DeLeydens noch zu einem weiteren Haus gefahren, dessen Adresse Pleidering ihr notiert hatte. Das Haus lag in einem gepflegten Garten an der Montenstraße, doch es war niemand da gewesen. Und da die beiden letzten Anschriften zu Geschäftsgebäuden gehörten, in denen Gertrud Mögel Büroräume geputzt hatte, konnte sie sich die Fahrt dorthin an einem Samstagnachmittag vermutlich schenken. Stattdessen ließ sie ihren Wagen stehen und spazierte zum Schlosskanal hinüber.

Auf halbem Weg drückte sich eine Katze durch eine enge Lücke in einem Holzzaun, blieb auf dem Gehweg

stehen und sah ihr neugierig entgegen. Maja wurde langsamer und ging in die Hocke.

»Na, du Schöne?«, sagte sie und streckte die Hand aus.

Einen Moment zögerte die Katze noch, ließ sie aber
nicht aus den Augen. Dann näherte sie sich bis auf einen
Meter und hob die Schnauze ein wenig.

»Komm ruhig her, ich tu dir nichts«, fuhr Maja fort.

Kurz sah sich die Katze noch einmal nach dem Garten
um, aus dem sie gekommen war, bevor sie die letzten
Schritte auf sie zumachte. Maja fuhr dem Tier mit dem
Zeigefinger vorsichtig über den Schädel und begann, es
hinter den Ohren zu kraulen. Als die Katze wie auf Kom-
mando zu schnurren begann, ließ Maja ihre Finger weiter
zu den Schulterblättern wandern und kraulte sie auch dort.
Die Katze blieb aufrecht sitzen, und als Maja dazu überging, sie mit der flachen Hand zu streicheln, stand sie auf
und umrundete ihre neue Bekanntschaft mit erhobenem
Schwanz. Sie streifte an ihrer Hose entlang und sah beinahe enttäuscht zu Maja auf, als diese schließlich aufstand.

Während sie das Tier kraulte, waren ihre Gedanken
zum Ehepaar DeLeyden zurückgewandert. Sie kannte das.
Wann immer sie eine Katze streichelte oder sie auch nur
eine Weile aus der Ferne beobachtete, breitete sich eine
innere Ruhe in ihr aus, die einen Raum öffnete für Gedanken, die sie insgeheim beschäftigten.

Am Schlosskanal angekommen, blieb sie kurz stehen
und wandte sich um. Die Katze saß noch immer an der
Stelle, wo Maja sie eben gestreichelt hatte. Als sie keine
Anstalten machte, für weitere Streicheleinheiten zurückzu-

kehren, schaute das Tier sich aufmerksam um, ob irgendwo ein neues Abenteuer wartete.

Maja schlug ein flottes Tempo an, hielt auf Schloss Nymphenburg zu und dachte über das nach, was ihr im Haus der DeLeydens aufgefallen war. Sie hatte sich längst nicht so gründlich umsehen können, wie sie gehofft hatte. Überall im Haus waren Kameras installiert, und sie wollte kein Risiko eingehen, selbst wenn die Geräte vielleicht nicht ständig aufzeichneten, sondern nur für die Nacht scharf geschaltet waren. Nur zu gern hätte sie sich den Schreibtisch und alles andere im Arbeitszimmer des Obergeschosses genauer angesehen, aber dort gab es kaum einen Winkel, den die Kamera nicht erfassen konnte. Im einen oder anderen Raum schätzte sie die Reichweite der Objektive so ein, dass sie einige Ecken etwas eingehender untersuchen konnte – doch nur an zwei Stellen lohnte sich das auch. Maja hatte sich beeilt und darauf geachtet, weder Spuren zu hinterlassen noch Geräusche von sich zu geben – gefunden hatte sie aber nichts von Interesse.

Schließlich war sie mit ihrer Runde fertig gewesen, hatte gewischt, gespült, geputzt und alles in den Keller zurückgebracht, was sie von dort geholt hatte. Auf dem Weg in die Waschküche hatte sie einen kurzen Blick hoch zu den beiden Kameras riskiert, die den Kellerflur abdeckten. An der ersten konnte sie ein loses Kabel erkennen, und auch an der zweiten Kamera hing ein Kabelende. Langsam näherte sie sich und nahm die losen Kabel genauer in Augenschein. Sie wiesen blanke Drahtenden auf – offensichtlich waren die Verbindungen mit einer Zange gekappt worden. Daraus hatte sie gefolgert, dass der Kellerflur im Moment nicht von der Überwachungsanlage erfasst wurde. Also hatte sie sich ein wenig umgesehen, aber in dem leeren Gang nichts Auffälliges entdecken können. Sie ging bis zur Treppe, hielt sich dabei allerdings außerhalb der Reichweite einer Kamera, die sie im Flur im Erdgeschoss entdeckt hatte. Vom Kellerflur gingen mehrere Türen ab, darunter eine Metalltür, die wohl in den Garten hinausführte, und eine Glastür zum Pool.

Beide Türen waren abgeschlossen, doch als sie das Ohr an die dritte legte, meinte sie dahinter leise Geräusche zu hören. Ein Stuhl knarzte, gelegentlich glaubte sie das Klappern einer Computertastatur zu vernehmen, und manchmal drang ein Räuspern aus dem Raum. Als der Stuhl lauter knarrte als zuvor und Schritte zu hören waren, wollte sie sich schon zurückziehen, doch dann fiel ihr auf, dass die Schritte von der Tür wegführten. Nun wurde drinnen eine Schranktür geöffnet, und es klang, als schiebe jemand Gegenstände hin und her.

Maja war so konzentriert, dass sie den Kater erst bemerkte, als er ihr um die Waden strich. Sie erschrak und horchte angespannt auf weitere Geräusche, die aus dem Raum drangen. Doch es war still geworden hinter der Tür.

Dann vernahm sie einen einzelnen Schritt, dann noch einen, und als weitere folgten, beeilte sie sich, von der Tür wegzukommen. Die Tür schräg gegenüber der Waschküche hatte sie noch nicht geprüft, aber auch hier war abgeschlossen. In dem Schloss der Tür, an der sie eben gelauscht hatte, drehte sich nun ein Schlüssel, und Maja wusste, dass sie es nicht mehr ungesehen aus dem Keller schaffen würde.

Ihr Blick fiel auf die Kellertreppe – der Weg dorthin führte direkt an der Tür vorbei, die nun jeden Moment aufschwingen musste. Sie schloss einen Moment lang die Augen. Was hatte sie zu befürchten? Sie hatte heute ihren ersten Tag als Putzfrau im Haus, also auch allen Grund, sich im Keller aufzuhalten, um das Putzzeug zurück in die Waschküche zu bringen. Und hinter der Tür befand sich der Hausherr, der nicht gestört werden wollte – was sie aber auch nicht getan hatte.

Als die Kellertür einen Moment später aufschwang, stand sie so unauffällig vor der Waschküche, als wollte sie gerade nach oben in die Wohnung gehen. Franz DeLeyden warf ihr einen missmutigen Blick zu, in dem sich Argwohn und Überraschung mischten. Er hob eine Augenbraue und sah sie fragend an.

»Herr DeLeyden?«, fragte Maja möglichst unbeschwert. »Ich habe Sie doch hoffentlich nicht gestört mit meiner Putzerei?«

Für einen Augenblick war der Mann aus dem Konzept gebracht, und Maja schob schnell nach: »Ich bin Frau Mögels Nachfolgerin. Ihre Frau hat mir vorhin alles erklärt, und ich bin gerade fertig geworden und wollte jetzt nach Hause gehen. Sie hat mir auch eingeschärft, dass ich Sie auf keinen Fall stören soll, weil Sie gern Ihre Ruhe haben, wenn Sie … wenn Sie da drin sind.«

Der Redeschwall zeigte Wirkung, und ihre aufgesetzte Fröhlichkeit schien ihm nicht aufzufallen. Er nickte und fuhr sich mit der Hand durch die sorgfältig nach hinten gegelte Tolle. Er hatte volles, teilweise schon ergrautes Haar, war etwa eins neunzig groß und eine schlanke Erscheinung, fast schlaksig, und Maja fiel auf, dass er knochige Handgelenke und auffallend lange Finger hatte.

»Nein, nein«, erwiderte er zögernd und ließ sie dabei nicht aus den Augen. »Sie haben mich nicht gestört. Ich dachte nur, ich hätte etwas an der Tür gehört. Und da ich davon ausging, dass ich allein im Haus bin, wollte ich lieber mal nachsehen.«

»Wie gesagt, entschuldigen Sie bitte, wenn ich beim Aufräumen in der Waschküche vielleicht zu laut geklappert habe.«

»Machen Sie sich da keine Gedanken«, sagte DeLeyden und nickte zu dem Kater hin, der inzwischen um seine Beine strich. »Wahrscheinlich hat unser Schwerenöter ein wenig gemaunzt. Das macht er gern mal, wenn ihm langweilig ist und er bespaßt werden will.«

»Gut, dann will ich Sie auch nicht weiter stören, Herr DeLeyden.«

Maja machte Anstalten, auf die Treppe zuzusteuern.

»Sie brauchen nicht den Umweg durch die Wohnung zu nehmen«, erklärte DeLeyden. »Oder müssen Sie oben noch irgendwas holen?«

»Nein, mehr als den Autoschlüssel habe ich nicht bei mir. Der Rest ist im Wagen.«

»Gut, dann können Sie gern auch hinten raus. Das ist etwas näher.« Er deutete auf die Metalltür. »Von innen brauchen Sie keinen Schlüssel, die Tür ist nur von außen verriegelt. Und dann einmal ums Haus herum, und schon sind Sie vorne an der Straße.«

»Danke, Herr DeLeyden.«

Sie trat auf ihn zu und streckte die Hand zur Verabschiedung aus. DeLeyden lächelte sie dünn an, machte aber keine Anstalten, ihre Hand zu ergreifen. Also nickte Maja ihm kurz zu und verließ das Haus durch die Hintertür. Während sie einige Steinstufen hinaufging, fiel hinter ihr die Kellertür ins Schloss. Sie bog um das nächste Hauseck und sah schon Einfahrt und Straße vor sich. Auf dem Weg vom Grundstück hatte sie unauffällig kurze Blicke nach links und rechts geworfen, mehrere Kameras erspäht und bei mindestens einer den Eindruck gehabt, dass auch dort ein Kabelende lose herunterhing.

Während sie am Schlosskanal entlanglief, ließ sie sich die Szene wieder und wieder durch den Kopf gehen, spürte den widersprüchlichen Gefühlen nach, die der zugleich freundliche und abweisende Hausherr in ihr geweckt hatte, kam aber zu keinem abschließenden Urteil darüber, was sie von Franz DeLeyden halten sollte. Inzwischen war sie an der letzten Brücke vor dem Hubertusbrunnen angekommen. Dort ließ sie ihren Blick noch einmal über das Wasser schweifen, überquerte die Brücke und kehrte zu ihrem Wagen zurück. Sie schaute auf die Uhr. Wann würde sie wohl in Neumarkt eintreffen? Sie entschied sich, ihren Onkel erst anzurufen, wenn sie die Stadt hinter sich gelassen hatte und die verbleibende Fahrtzeit besser abschätzen konnte.

Bald hatte sie den Mittleren Ring erreicht. Der Verkehr

war dicht, doch kurz hinter Schwabing ging es etwas zügiger voran. Ihr Handy lag in der Mittelkonsole und war noch immer stumm geschaltet. Sie griff danach und schaute sich kurz um, ob nicht womöglich ein Polizeiauto in Sichtweite war. Dann warf sie einen Blick aufs Display und stellte fest, dass einige WhatsApps eingegangen waren.

Arne Mögel legte nachdenklich den Hörer weg und rieb sich die Nasenwurzel. Seine Frau war gerade noch mit den Kindern unterwegs, und bis zu ihrer Rückkehr wollte er gern für sich entscheiden, was er von dem Anruf halten sollte. Ernst Pleidering war dran gewesen, der Vermieter seiner Tante. Von deren Tod hatte er schon gestern erfahren, die Münchner Kripo hatte ihn angerufen und war anschließend vorbeigekommen, um ihn zu befragen. Die beiden Kommissare waren sogar leidlich taktvoll gewesen und schienen ihn auch nicht als Tatverdächtigen einzustufen. Natürlich hatten sie ihn routinemäßig gefragt, wo er von Donnerstagabend bis Freitag früh gewesen war, aber als er von dem Fernsehabend mit seiner Frau, der unruhigen Nacht wegen der Jüngsten, dem Aufstehen gegen halb sieben am Freitagmorgen und der Abfahrt ins Büro gegen halb acht berichtete, machten sie sich nur kopfnickend Notizen und fragten nicht weiter nach.

Doch nun hatte Pleidering angerufen, mit dem schon besprochen war, dass er zum übernächsten Ersten die Wohnung seiner Tante übernehmen würde. Sie hatte wohl ein Angebot erhalten, eine kleine Einliegerwohnung zu beziehen, die sie mietfrei bewohnen durfte, wenn sie im Gegenzug das Haus putzte. Seiner Tante war die Wohnung in Laim zu groß geworden, wie sie sagte, und dass sie Ärger mit den Nachbarn hatte, wusste er auch schon. Ihnen wiederum würde vor allem die Lage der neuen Wohnung sehr guttun – obwohl nur ein paar Hundert Meter Luftlinie von der alten entfernt, war es dort deutlich ruhiger.

Pleidering hatte ihnen angeboten, nach dem Tod der Tante schon früher einzuziehen. Im ersten Moment hatte er das als unpassend und pietätlos empfunden, aber bald gefiel ihm der Gedanke, und er ertappte sich dabei, dass er sich bereits Argumente zurechtlegte, mit denen er seine Frau von einem früheren Umzug überzeugen konnte. Dass sie mehr Miete zahlen würden als die Tante, hatte er schon im ersten Gespräch mit seinem künftigen Vermieter akzeptiert.

Dann hörte er auch schon Schuhgetrappel im Treppenhaus, die mahnenden Rufe seiner Frau, doch bitte etwas leiser zu sein, und dann das Geräusch des Schlüssels im Schloss, die aufschwingende Tür und die hereinstürmenden Kinder. Seine Frau folgte den beiden kopfschüttelnd in die Wohnung, legte den Schlüsselbund neben das Telefon, schlüpfte aus den Schuhen und lächelte ihn an. Der Spaziergang an der frischen Luft und sicher auch die zwei Treppen hinauf zur Wohnung hatten ihre Wangen ein wenig gerötet, und sie strich sich eine Strähne aus dem Gesicht.

Arne Mögel erwiderte ihr Lächeln.

Mein Gott, wie schön sie war! Und wie wenig er seit der Geburt der Kinder davon hatte.

Maja war überrascht, als sie bemerkte, dass ihr Smartphone gleich mehrere verpasste Anrufe anzeigte. Ihr Mitbewohner Daniel Ziegler und ihr Großonkel hatten es bei ihr probiert, außerdem jemand, dessen Nummer sie nicht in ihren Kontakten abgespeichert hatte. Den WhatsApps ihres Onkels entnahm sie, dass ihr neuer Nachbar, der Kripokommissar, in Neumarkt angerufen und dort vermutlich für viel Aufregung gesorgt hatte. Mit dem ersten Telefonat beruhigte sie ihren Onkel, und mit dem zweiten wollte sie Kommissar Brodtbeck den Kopf waschen, dessen Nummer ihr der Onkel in seiner jüngsten WhatsApp geschickt hatte – es war der Anschluss des unbekannten Kontaktes in ihrer Anrufliste.

»Es tut mir leid, wenn ich Ihren Onkel beunruhigt haben sollte«, versicherte Brodtbeck. Im Hintergrund waren Verkehrsgeräusche zu hören, er telefonierte offensichtlich im Wagen über die Freisprecheinrichtung. »Aber ich hatte den Eindruck, dass er sich schon Sorgen um Sie gemacht hat, bevor ich angerufen hatte. Warum haben Sie denn auf seine Anrufe und WhatsApps nicht reagiert?«

»Das geht Sie ja wohl gar nichts an!«, versetzte Maja etwas pampiger als gewollt.

»Geht es Ihnen gut?«, entgegnete Brodtbeck, als hätte sie ihn nicht soeben barsch zurechtgewiesen.

»Ja, warum fragen Sie?«

»Immerhin ermitteln wir in zwei Mordfällen, in denen das Opfer aus Ihrem Umfeld stammt. Das kann einem durchaus zusetzen. Und dann nehmen Sie kurz entschlossen ein paar Tage frei und sind plötzlich spurlos verschwunden.«

»Ist das neuerdings verboten?«

»Ich will es mal so ausdrücken: Es hätte sicher besser gewirkt, wenn Sie Ihren Mitbewohnern oder dem Ehepaar Färber hinterlassen hätten, dass Sie Ihre Verwandten in der Oberpfalz besuchen wollen.«

»Ach, muss ich mich neuerdings abmelden? Bin ich die Hauptverdächtige? Glauben Sie wirklich, dass ich meine Nachbarin vergiftet habe? Und vielleicht auch gleich noch meinen Ex-Freund? Obwohl ich für beide Morde ein Alibi habe?«

»Wir ermitteln noch in alle Richtungen«, meinte Brodtbeck. »Und künftig wäre ich Ihnen sehr verbunden, wenn Sie uns kurz Bescheid geben, wenn Sie die Stadt verlassen. Meine Handynummer haben Sie ja.«

»Gut, dann sage ich Ihnen jetzt, dass ich gerade unterwegs nach Neumarkt bin. Momentan stehe ich mit meinem Wagen auf dem Parkplatz Echinger Gfild, weil ich keine Freisprecheinrichtung habe.«

Brodtbeck lachte. »Vorbildlich, Frau Ursinus.«

Maja hatte sich schon eine weitere patzige Bemerkung zurechtgelegt, aber das Lachen des Kommissars brachte sie für einen Moment aus dem Konzept.

»Jetzt mal im Ernst«, fuhr Brodtbeck fort. »Sie dürfen die Stadt jederzeit verlassen, und Sie müssen sich auch nicht abmelden. Aber es muss Ihnen klar sein, dass in beiden Mordfällen manche Punkte Sie verdächtig machen. Und ich an Ihrer Stelle würde schon ein bisschen darauf achten, wie Ihr Verhalten auf die Kriminalpolizei wirken könnte. Bis ein Fall geklärt ist, lassen wir natürlich keine Spur außer Acht, die uns wichtig erscheint. Und wenn Sie solche Spuren legen, müssen Sie damit rechnen, dass wir ihnen nachgehen.«

»Was lege ich denn für Spuren?«

»Bis zu Ihrem Anruf eben waren Sie von der Bildfläche verschwunden, von jetzt auf gleich, und nicht einmal Ihr Onkel wusste, wo Sie stecken. Das kann auf uns durchaus den Eindruck machen, dass Sie untertauchen wollten – und wozu sollten Sie untertauchen, wenn Sie nicht doch etwas mit den beiden Morden zu tun hatten?«

»Ich bin nicht untergetaucht! Ich …«

»Ist ja gut, Frau Ursinus. Das weiß ich – jetzt. Aber bis vor ein paar Minuten …«

»War ich spazieren am Schlosskanal.«

»Das hilft beim Nachdenken, nehme ich an.«

»Ja, das hilft.«

»Und worüber mussten Sie nachdenken?«

»Ich … über dies und das.«

»Vermutlich auch über den Mord an Ihrer Nachbarin, richtig?«

»Sie haben selbst gesagt, dass einem das schon zusetzen kann.«

»Haben Sie vielleicht auch über das nachgedacht, was Sie direkt vor Ihrem Spaziergang erlebt haben?«

Maja war einen Moment lang sprachlos. Konnte Brodtbeck wissen, dass sie im Haus der DeLeydens gewesen war?

»Was meinen Sie damit?«, versuchte sie es mit einer Gegenfrage.

»Ihr Onkel erwähnte, dass Sie sich zunächst für einen Besuch in Neumarkt angekündigt und den Besuch dann kurz danach verschoben hätten, weil Sie noch etwas Dringendes erledigen müssten.«

Maja schwieg.

»Dass Sie mir darüber nichts erzählen wollen, ist nicht gut, Frau Ursinus. Vor allem nicht, wenn es mit dem Tod Ihrer Nachbarin zu tun hat – und davon gehe ich aus.«

»Sie haben recht, ich will Ihnen darüber nichts erzählen.«

»Ihre Entscheidung«, sagte Brodtbeck. »Aber machen Sie bitte keinen Blödsinn.«

Er klang aufrichtig besorgt. Leicht irritiert beendete Maja das Telefonat und fuhr weiter Richtung Neumarkt.

Natürlich genoss es Cornelia DeLeyden, ungestört ihrem Sport nachgehen zu können. Aber nun hatte sie an allen Geräten im Fitnessraum ihre Übungen absolviert, hatte ein erstes Mal geduscht, war ausgiebig joggen gegangen, hatte sich in der Sauna entspannt und anschließend ein zweites Mal geduscht. Mittlerweile waren die Schatten der Bäume im Garten länger geworden, der frühe Samstagabend hatte begonnen, und es war höchste Zeit, dass Franz seinen Kellerraum verließ und den Rest des Wochenendes mit ihr verbrachte. Sie klopfte an die Tür, lauschte und klopfte noch einmal. Hinter der Tür blieb es still, und schließlich drückte sie die Klinke – die Tür war verschlossen.

»Franz?«, rief sie halblaut und horchte. »Ist alles okay? Bist du eingeschlafen, oder was?«

Sie klopfte ein drittes Mal, und nun endlich knarrte dort drinnen ein Stuhl.

»Was ist denn?«, fragte er so genervt, als würde sie ihn alle naselang in seiner wohlverdienten Ruhe stören. Aber zum Streiten hatte sie keine Lust, also schluckte sie den aufkeimenden Ärger hinunter, bevor sie fortfuhr.

»Komm doch mal raus da«, sagte sie. »Es ist Samstagabend, und wenn wir schon nichts zusammen unternehmen, könnten wir es uns wenigstens oben gemütlich machen. Wir lassen uns was zu essen kommen, und ich mache uns eine schöne Flasche Wein auf.«

»Ja, mach das.«

»Und kommst du dann auch nach oben?«

»Ich komme, aber lass mich noch ein bisschen.«

»Du bist doch schon den ganzen Tag hier unten. Wie lange denn noch?«

»Eine halbe Stunde noch, nicht viel mehr. Okay?«

Cornelia DeLeyden gab sich damit zufrieden, bestellte ein kleines Menü vom Italiener, das in etwa einer Stunde eintreffen sollte, kehrte wieder in den Keller zurück, schlüpfte aus ihrem Morgenmantel und tauchte langsam in das angenehm kühle Wasser des Pools. Sie schloss die Augen und atmete mehrmals tief ein und aus, bevor sie sich vom Rand abstieß und langsam und kraftvoll ihre Bahnen zog.

Mit leisem Knacken drehte sich ein Schlüssel im Schloss. Franz DeLeyden zog langsam die Tür auf. Im Keller war es mittlerweile schon dämmrig, nur am Ende des Flurs huschten blaue Lichteffekte über Wand und Decke. Er blieb an der Glaswand stehen, durch die er den Pool sehen konnte und dahinter jenen tiefer gelegten Teil des Gartens, der Platz für einige Liegestühle und eine Außendusche bot. Die blauen Lichter zuckten nun über sein Gesicht, Reflexionen der Unterwasserscheinwerfer des Pools, durch das hin- und herschwappende Wasser gebrochen. Reglos stand er da und beobachtete seine Frau, die gleichmäßig vom einen Ende des Schwimmbeckens zum anderen schwamm, mit einer eleganten Rolle wendete und gleich danach ihre Arm- und Fußbewegungen wieder aufnahm. Cornelia hatte die Augen meist geschlossen, nur wenn es auf die Wende zuging, schaute sie auf den nahen Beckenrand, nahm aber sonst nichts um sich wahr.

Wie oft hatte er schon so gestanden und sie beobachtet, ohne dass sie etwas davon gemerkt hatte? Und wie oft noch würde er hier stehen und sie beobachten?

Er dachte an ihre ersten Jahre, kramte die erregendsten Erinnerungen hervor, aber immer wieder schweiften seine Gedanken ab. Und schließlich ließ er es seufzend sein, ballte die Hände zu Fäusten und hob den Blick wieder. Cornelia zog noch immer ihre Bahnen, achtete auf nichts in ihrer Umgebung und machte Wende um Wende, schwamm hin und schwamm her, atmete ruhig und entspannt. Und er stand nur da und beobachtete sie.

Wie oft noch? Wie lange noch?

3

Weit war Maja noch nicht gekommen auf ihrem Weg in die Oberpfalz, als ihr Handy den Eingang einer neuen SMS meldete. Der Verkehr auf der A9 war im Moment nicht besonders dicht, und es war kein Polizeiauto in Sicht, also hob sie das Telefon aus der Mittelkonsole und ließ sich die Nachricht anzeigen – aus der sie nicht schlau wurde.

Nasses Eck Am Knie Beate klaut.

Vom Absender wurden weder Name noch Telefonnummer angezeigt – Maja kannte eine App, die das ermöglichte. Als sie trotzdem auf gut Glück die Rückruffunktion wählte, führte das erwartungsgemäß zu nichts.

Nasses Eck Am Knie Beate klaut.

Was sollte das bedeuten? Wer war Beate, und warum sollte Maja sich dafür interessieren, wenn diese Frau irgendetwas stahl? Am Knie – da fiel ihr nur die gleichnamige Trambahnstation in München-Pasing ein. Gut möglich, dass die Nachricht nur ein schlechter Scherz oder ein Irrläufer war, und doch ließ sie ihr keine Ruhe.

Am nächsten Parkplatz ließ sie den Wagen ausrollen und kopierte die Nachricht in das Suchfenster des Internetbrowsers. Die Treffer, die angezeigt wurden, listeten unter anderem einen Gasthof in Mecklenburg-Vorpommern auf und einen Platz in Potsdam. Doch ein Link führte zu einem Lokal namens *Nasses Eck* in Pasing, in der Nähe der besagten Trambahnstation. Also doch mehr als ein blöder Scherz?

Maja sah auf die Uhr. Wenn sie bei nächster Gelegenheit wendete, konnte sie in weniger als einer Stunde in diesem Lokal sein, nach dieser Beate fragen oder sich einfach mal unauffällig umsehen und umhören. Allerdings wusste sie ja gar nicht, ob die Nachricht wirklich für sie bestimmt war. Und wonach hätte sie in dem Lokal suchen sollen?

Sie legte das Handy zurück in die Mittelkonsole, startete den Motor und beschloss, heute Abend mit ihrem Onkel über die seltsame SMS zu sprechen.

Als Brodtbeck vor dem Kommissariat eintraf, wartete Schnell schon auf ihn.

»So«, knurrte er und ließ sich auf den Beifahrersitz fallen. »Hat uns deine Apothekerin also doch noch angerufen. Damit ist sie natürlich sofort aus dem Kreis der Verdächtigen auszuschließen.«

»Natürlich«, versetzte Brodtbeck grinsend, der seinen Kollegen trotz seiner brummigen Art gut leiden konnte. Schnell arbeitete gut und flink, und abgesehen von der Angewohnheit, sich schon früh auf einen Verdächtigen einzuschießen, war er ein exzellenter Ermittler.

»Ich habe ihr aber schon zu verstehen gegeben, dass sie sich mit ihrem plötzlichen Verschwinden verdächtig gemacht hat«, fügte Brodtbeck hinzu. »Wo fahren wir zuerst hin?«

Schnell hatte eine Liste zusammengestellt. Sie enthielt die Adressen der Büros und Wohnhäuser, in denen Gertrud Mögel geputzt hatte, außerdem die Büro- und die Privatanschrift ihres Vermieters Ernst Pleidering samt Handynummer, die Adresse ihres Neffen Arne Mögel, zwei Lokale, in denen sie häufiger zu Gast war, und eine Arztpraxis, in der sie in den vergangenen Wochen mehrere Termine wahrgenommen hatte. Nun dirigierte er Brodtbeck zur ersten Adresse auf der Liste, einem Wohnhaus in der Villenkolonie Neuwittelsbach, das einem Ehepaar Kielmayr gehörte. Sie brauchten keine Viertelstunde für die Fahrt zur Montenstraße, und obwohl Schnell ihm stets rechtzeitig sagte, wo er abbiegen musste, warf Brodtbeck zwischendurch immer mal wieder einen Blick auf den Bildschirm des Navis, das immer mitlief. Das hatte er schon so gemacht, als er in Regensburg neu angefangen hatte, und so wollte er sich auch ein Bild von seiner neuen Heimat München machen.

»Was ist denn das für ein Fluss?«, fragte er und deutete auf die blaue Linie, die das Navi etwa sechzig Meter hinter ihrem Ziel anzeigte.

»Der Schlosskanal«, erklärte Schnell. »Der verläuft vom Schloss Nymphenburg schnurgerade bis zum Hubertusbrunnen. Falls du eine Joggingstrecke suchst: Das wär was für dich. Und wenn du dann mal richtig fit bist, kannst du deine Runde nach Belieben ausdehnen. Am Kanal entlang geht es auch durch den Schlossgarten und, wenn du magst, bis raus nach Pasing.«

Brodtbeck hörte ihm inzwischen nur noch mit halbem Ohr zu. Schlosskanal ... Hatte Maja Ursinus ihm nicht erzählt, dass sie am Schlosskanal spazieren war? Warum gerade dort? Hatte sie womöglich ...? Er nahm sich vor, die Kielmayrs zu fragen, ob sie heute schon unerwarteten Besuch gehabt hatten. Seinem Kollegen gegenüber behielt er seine Befürchtung aber einstweilen noch für sich.

Der Klingelknopf war in ein etwas protziges Namensschild eingearbeitet, und als Schnell drückte, ertönte die Melodie von Big Ben und pflanzte sich in Wiederholungen durch das Haus fort. Niemand öffnete. Gerade als Schnell ein weiteres Mal klingeln wollte, machte ihn Brodtbeck auf einen Sportwagen aufmerksam, der in die Garageneinfahrt der Kielmayrs einbog.

»Und diese Mitteilung sagt dir gar nichts?«

Maja schüttelte den Kopf, und Heribert zeigte das Smartphone seiner Frau, die ebenfalls nur mit den Schultern zuckte.

Sie saßen im Wohnzimmer am großen Tisch. Beim ersten Glas Wein hatte sie ihren liebsten Verwandten in groben Zügen geschildert, was ihrer Nachbarin zugestoßen war und wie die Kripo sie bisher dazu befragt hatte. Während ihrer Erzählung hatte sie ständig überlegt, was sie den beiden anvertrauen und was sie ihnen lieber verschweigen wollte. Inzwischen hatte Heribert Ursinus nachgeschenkt, und seine Frau Hildegard hatte ein Holzbrett mit Käse und Rauchfleisch und dazu einen Korb mit Bauernbrot gebracht.

»Kennst du dieses Lokal in Pasing?«, fragte Heribert Ursinus.

»Nein, ich war da noch nie. Ich hab mir nur vorhin die Homepage angeschaut. Das ist wohl eher eine Kneipe als ein Restaurant.«

»Und eine Beate kennst du auch nicht?«

»Nicht dass ich wüsste.«

»Kannst du denn irgendwie rausbekommen, wer dir die Nachricht geschickt hat?«

»Die SMS kam anonym rein, es gibt Apps, die so etwas ermöglichen – ich habe keine Ahnung, von wem die Nachricht sein könnte. Natürlich kann das Ganze auch ein schlechter Scherz sein oder jemand hat sich verwählt, aber das kann ich natürlich nicht herausfinden, wenn ich nicht weiß, wer der Absender ist.«

»Die Polizei könnte dir vielleicht dabei helfen.«

»Denen zeige ich das lieber erst mal nicht. Die halten mich doch ohnehin schon für die Mörderin von Frau Mögel und womöglich auch von Sören.«

»Und wenn du die Nachricht nur diesem Brodtbeck zeigst? So, wie du ihn beschrieben hast, scheint der ganz vernünftig zu sein. Und ich hatte auch den Eindruck, dass er dich eher für unschuldig hält als sein Kollege.«

Maja blinzelte irritiert und sah ihren Onkel an. Der erwiderte ihren Blick mit einem leichten Grinsen.

»Ach, Onkel Heribert, was du dir wieder zusammenreimst!«, meinte Maja. »Auch Brodtbeck ist bei der Kripo, und der wird den Teufel tun, seinem Kollegen in den Rücken zu fallen. Nein, dieser Geschichte gehe ich am besten selbst nach. Und außer euch beiden werde ich vorerst niemandem davon erzählen.«

Heribert Ursinus nickte und wurde wieder ernst.

»Ich pass schon auf mich auf«, sagte sie, als sie bemerkte, wie er die Stirn in Falten legte. »Und was soll auch schon passieren, wenn ich mich nur mal umsehe in dieser Kneipe?«

Auch im zweiten Anlauf hatte sie es nicht hinauf in ihre Wohnung geschafft. Martina Gräff war kreuz und quer durch den Englischen Garten geradelt, hatte immer wieder Beschimpfungen von Spaziergängern auf sich gezogen, weil sie zu knapp an ihnen vorbeigeflitzt war oder sich nicht die Mühe gemacht hatte, sie mit der Klingel rechtzeitig auf sich aufmerksam zu machen. Als sich der Hunger meldete, dachte sie zwar einen Moment lang daran, nach Hause zu fahren, aber dann kehrte sie doch unterwegs ein und aß eine Kleinigkeit, trank dazu ein kleines Bier und schwang sich anschließend wieder auf den Sattel.

Es war schon dunkel, als sie den Englischen Garten verließ und an der Isar entlang bis zur Wittelsbacherbrücke radelte. Sie überquerte den Fluss und hatte bald den Alten Südfriedhof erreicht. Ganz kurz zögerte sie, dann schob sie das Rad ins dichte Gebüsch und kletterte über die niedrige Friedhofsmauer.

Schlagartig umfingen sie Stille und Dunkelheit. Nichts

anderes suchte sie hier. Und dass der Friedhof im September schon um neunzehn Uhr seine Tore schloss, kam ihr nur entgegen. Sie ging im Gras neben den Kieswegen, um die Ruhe nicht zu stören. Einige der Gräber kannte sie, erinnerte sich an die Inschriften, die sie tagsüber bei früheren Besuchen gelesen hatte. Ab und zu fuhr sie mit den Fingerspitzen über die Gesichtszüge der Engelsfiguren, die über manche Gräber wachten, oder zeichnete die Schriftzeichen auf den Grabsteinen nach.

Tief atmete sie die feuchte Nachtluft ein und lauschte dem Rascheln der Blätter, das vermutlich von einem der Tiere herrührte, die hier ein Refugium gefunden hatten. Immer wieder schaute sie sich vorsichtig um. Manchmal hatte sie Jugendliche gesehen, die es sich mit Mischgetränken zwischen den Gräbern gemütlich machten. Sie wollte die jungen Leute nicht stören, und sie wollte aber auch nicht riskieren, dass die Streitlustigeren unter ihnen sie womöglich angingen.

Dann hatte sie das Grab erreicht, an dem sie besonders gut zur Ruhe kam. Unter einem Baum, dessen Stamm von Efeu umrankt war, ließ sie sich im Schneidersitz ins Gras sinken. Rechts von ihr stand ein schlichtes Steinkreuz auf einem brüchig wirkenden Fundament aus asymmetrisch gearbeiteten Sandsteinblöcken. Es war als Familiengrabstätte angelegt, doch nach den Eltern war hier offenbar nur noch der Sohn begraben worden. Die Inschrift, die sie jetzt nicht mehr lesen konnte, aber längst auswendig wusste, wies den letzten Toten auf der kurzen Liste als Apotheker aus. Er wurde von seiner Frau betrauert, doch

unter seinem Namen war kein weiterer in die glatte Stein-
fläche getrieben worden. Weder der Name der Ehefrau
noch der von irgendwelchen Nachkommen. Geradezu jäh
schien hier die Geschichte einer Familie zu enden. Ein
ebenes, unbeschriebenes Feld, als wären weitere Namen
weggewischt worden.

Hätte auch sie mit Sören eine solche Familie gründen
können? Oder hätte sie lediglich dafür gesorgt, dass seine
bisherige Familie ausgelöscht würde? Zwei müßige Fragen, weil Sören sich nicht für sie entschieden hatte. Und
weil zumindest er ausgelöscht war.

Weggewischt.

Das erste Fotoalbum legte sie nach einer Weile beiseite. Es
enthielt Fotos von Sören und ihr, von der Hochzeit, von
den ersten Urlauben danach. Auf einigen Bildern waren
Sörens Eltern zu sehen, die nur wenige Jahre nach der
Hochzeit gestorben waren. Das ererbte Vermögen hatte er
zum Teil in die Firma gesteckt, die diese Finanzspritze damals gut gebrauchen konnte, und vom Rest hatten sie die
Wohnung am Habsburger Platz gekauft und renoviert,
und schließlich hatte Sören sich einen Sportwagen ange-
schafft. Und diese teure Armbanduhr, die seit seinem Tod
spurlos verschwunden war.

Das zweite Album hatte Sören nie zu Gesicht bekommen, obwohl er die darin abgebildeten Frauen alle kannte.
Katrin Reeb blätterte durch das Album, verharrte mal auf
der einen, mal auf der anderen Seite. Dabei hatten sich all
diese Fotos, sowohl die lächelnden Gesichter als auch die

aus größerer Entfernung gemachten Aufnahmen, längst in ihr Gedächtnis eingebrannt.

Jede der Frauen hatte mindestens eine Doppelseite für sich, einige auch mehrere. Ganz voll war das Album nicht geworden, aber zu allen Gesichtern gab es handschriftliche Notizen. Mal war es nur ein Vorname, mal eine Adresse, dann wieder Bemerkungen über Auffälligkeiten der Frauen, über ihren Beruf oder die Orte, an denen sie sich üblicherweise mit Sören getroffen hatten. Von manchen waren Telefonnummern notiert, von manchen die Anschrift des Arbeitsplatzes oder auch nur der Name der Firma oder Institution, in der sie beschäftigt waren.

Die meisten Frauen waren jünger als sie, nur eine war fast zehn Jahre älter, sah aber deutlich jünger aus – wobei sie sich in diesem Fall nicht sicher war, ob Sören wirklich etwas mit ihr gehabt hatte. Manches deutete darauf hin, anderes widersprach diesem Eindruck. Gelegenheit jedenfalls hätten die beiden gehabt: Die Frau arbeitete im Lager von Sörens Firma, noch immer. Und vielleicht lag der Grund dafür, dass er sie nicht entlassen hatte, darin, dass sie mit ihm …

Katrin Reeb musterte das Foto der Lageristin, dachte einen Moment lang daran, es aus dem Album zu reißen – und ließ es dann doch, wo es war. Sie knipste die Schreibtischlampe aus, klappte das Album zu und stellte es zu dem anderen ins Regal. Zwei Alben, ein Leben. Zwei Seiten einer Medaille.

Im Küchenschrank stand kein Rotwein mehr, also ging

sie in den Keller, um eine Flasche zu holen. Vielleicht heute Abend lieber zwei.

Die schwere Holztür öffnete sich mit einem lauten Knarren. Die Scharniere ächzten in den Angeln, und schon durch den Türspalt konnte sie hören, wie drinnen die Gäste johlten und mit ihren klirrenden Gläsern anstießen. Der Lärm erstarb augenblicklich, als Maja den Raum betrat.

Zigarettenrauch umfing sie, der saure Geruch ungewaschener Menschen und eine unangenehme Mischung weiterer Aromen, die auf schales Bier, scharfen Schnaps und billiges Essen schließen ließen. Das Licht war schummrig und wurde durch den Qualm weiter gedämpft, der wie dichter Nebel in alle Ritzen kroch.

Maja machte einige Schritte in den Gastraum hinein und spürte, wie sie angestarrt wurde. Hinter der altmodischen Theke stand ein vierschrötiger Typ, der mit einem fleckigen Geschirrtuch Gläser polierte und sie ebenfalls nicht aus den Augen ließ. Sie war umgeben von Gaunern, Proleten und Halsabschneidern beiderlei Geschlechts, und was den Anwesenden gerade durch den Kopf ging, wollte sie lieber nicht so genau wissen.

Stocksteif setzte sie einen Fuß vor den anderen. Der Boden aus unebenen Holzbohlen schien unter ihren Schritten nachzugeben, aber sie behielt den Mann hinter dem Tresen im Blick und arbeitete sich durch das frostige Schweigen auf ihn zu. Seine dunklen Augen funkelten gefährlich unter den buschigen Augenbrauen. Im Mundwinkel hing eine erloschene Zigarette, tiefe Falten zogen sich durch sein Gesicht, und die rechte Wange war von einer schlecht verheilten Narbe entstellt.

Die Wände der Kaschemme begannen sich unmerklich auf sie zuzuschieben, während der Tresen vor ihr zurückwich. Sie schritt fester aus, ballte ihre Hände zu Fäusten und beugte sich ein wenig nach vorn, um schneller voranzukommen. Doch der Tresen entfernte sich immer weiter von ihr, und allmählich legte sich ein spöttisches Lächeln auf das Gesicht des Wirts. Die Gäste verblassten, dafür rückten die Wände näher an Maja heran. Die Luft war zum Schneiden dick, und sie musste tief und schwer atmen, um überhaupt noch Sauerstoff in ihre schmerzenden Lungen zu pumpen. Der Mann hinter der Theke wuchs auf einmal ins Riesenhafte, doch sie konnte den Tresen nicht erreichen, obwohl sie inzwischen schon rannte und sich mit den Händen durch die Luft zu schaufeln versuchte. Ihre Schritte wurden gebremst, als laufe sie durch Gelee, und je mehr Kraft sie in ihre Bewegungen legte, desto mehr Widerstand stellte sich ihr entgegen. Die Wände waren nun so nah, dass sie sie mit den Fingerspitzen erreichen konnte. Sie waren warm und glitschig, und sie rückten immer näher. Der Mann hinter dem Tresen stand breit grinsend da. Sein Mund blieb geschlossen, aber seine schnarrende Stimme konnte sie direkt in ihrem Kopf hören.

»Ich kenne keine Beate«, sagte er, rief er, schrie er.

Und dann erwachte Maja. Schweißnass und mit rasendem Herzen.

Markus Brodtbeck hatte seinen Kollegen zu Hause abgesetzt und war danach zu einem Supermarkt gefahren, um sich schnell noch fürs Wochenende einzudecken. Allerdings war er so sehr in Gedanken vertieft gewesen, dass er nur Wein, Salami und geschnittenes Bauernbrot in den Einkaufskorb gelegt hatte. Als ihm zu Hause aufgefallen war, dass das kaum fürs Wochenende reichen würde, war es zu spät, um noch mal loszugehen. Er erwog, sich eine Pizza zu bestellen, entschied sich dann aber dafür, sich mit Salamibroten und Wein vor den Fernseher zu setzen.

Mittlerweile war die Flasche Wein halb leer. Die Salami war verputzt, und vom Brot waren nur noch wenige Scheiben da. Brodtbeck lehnte mit dem Weinglas in der Hand am offenen Küchenfenster und schaute in die Nacht hinaus. Vereinzelt brannte noch Licht hinter den Fenstern jenseits der Valpichlerstraße, in manchen Wohnungen verriet das flackernde bläuliche Licht, dass der Fernseher lief. Das Zimmer von Maja Ursinus war dagegen dunkel.

Wie lange sie wohl in der Oberpfalz bleiben würde? Gerade heute hätte er ihr gern einige Fragen gestellt. Vermutlich hätte er ihr auch etwas von den Gesprächen erzählt, die er heute im Zusammenhang mit den Ermittlungen im Fall Mögel geführt hatte.

Schnell und er hatten mit dem Ehepaar Kielmayr gesprochen, das zum Glück gerade nach Hause gekommen war, als die beiden Kommissare vor ihrer Villa in der Montenstraße standen. Von Gertrud Mögel wussten sie nichts Interessantes zu erzählen. Als Putzfrau war sie wohl verlässlich und tüchtig gewesen, daher betrübte sie an ihrem

Tod vor allem der Umstand, dass sie nun eine neue Reinigungskraft einweisen mussten.

»Aber wir haben schon Ersatz in Aussicht«, hatte Doris Kielmayr gesagt. »Der Freund, der uns Frau Mögel vermittelte, hat eine Putzfrau aufgetan, die Interesse hätte, sich um unser Haus zu kümmern. Nun warten wir darauf, dass sie sich meldet.«

»Sie wussten schon vor unserem Besuch, dass Gertrud Mögel tot ist?«, hatte sich Schnell gewundert. »Und Ihr Freund auch?«

»Unser Freund Ernst Pleidering war Frau Mögels Vermieter, und Kollegen von Ihnen haben ihn wohl darüber informiert, dass sie tot aufgefunden wurde.«

Unter der nächsten Adresse auf Schnells Liste wohnte ein Ehepaar DeLeyden, doch trotz mehrmaligen Klingelns hatte niemand geöffnet. Einen Moment lang war es Brodtbeck gewesen, als habe er im Inneren des Hauses ein Geräusch gehört, doch als sich danach nichts mehr geregt hatte, waren sie unverrichteter Dinge davongefahren. Brodtbeck folgte dem Navi zur Privatwohnung des Arztes, der Gertrud Mögel in den vergangenen Wochen mehrmals behandelt hatte. Die Praxis des Internisten war um diese Zeit natürlich geschlossen, das Wohnhaus des Arztes lag jedoch nur wenige Straßen von den DeLeydens entfernt, also wollten sie es auf gut Glück dort versuchen. Doch sie hatten Pech: Das Haus des Arztes hatte dunkel und leer vor ihnen gelegen, also mussten sie auch ihre Fragen an den Internisten für später aufheben.

Unterwegs hatte Schnell seinen Kollegen gebeten, den

Vermieter von Gertrud Mögel anzurufen, der ja zugleich auch sein Vermieter war. Brodtbeck hatte die Lautsprecherfunktion seines Handys eingeschaltet, und Schnell hatte mit erhobenen Augenbrauen die Information quittiert, dass Pleidering auch von Maja Ursinus erzählte und davon, dass er ihr die Adressen von Gertrud Mögels Putzstellen gegeben hatte – weil sie eine Bekannte habe, die als Putzfrau arbeite und noch Zeit für neue Kunden habe. Schnell hatte nichts weiter dazu gesagt, aber seine finstere Miene sprach Bände. Von ihm hatte Maja Ursinus nichts Gutes zu erwarten.

Brodtbeck dagegen war sie sympathisch, und er hielt sie für unschuldig am Tod von Gertrud Mögel. Natürlich würde er auch weiterhin den Hinweisen nachgehen, die möglicherweise gegen die Unschuld von Maja Ursinus sprachen. Aber soweit er es verantworten konnte, wollte er ihr auch Informationen geben, die ihr für ihre Recherchen hilfreich waren. Denn dass sie auf eigene Faust ermittelte, lag für ihn nicht erst seit dem Telefonat mit ihrem gemeinsamen Vermieter Ernst Pleidering auf der Hand. Sie wurde von der Polizei verdächtigt und konnte ihre Unschuld am besten dadurch beweisen, dass sie ihnen den wahren Täter präsentierte. Damit sie sich durch ihre Nachforschungen nicht unnötig in Gefahr brachte, hoffte er sie mit entsprechenden Hinweisen ein wenig in die richtige Richtung lenken zu können.

Er hob das Glas, als würde er der Nacht zuprosten.

»Passen Sie auf sich auf, Maja«, murmelte er und trank den letzten Schluck Wein.

Ihr Herzschlag hatte sich nur langsam beruhigt. Maja wechselte das durchgeschwitzte Shirt gegen ein neues und tappte die Treppe hinunter in die Küche, um ein Glas Wasser zu trinken. Das Licht musste sie dafür nicht anknipsen – sie kannte das Haus ihrer Verwandten gut genug, um auch im Dunkeln ihren Weg zu finden. Das kühle Wasser tat ihr gut. Sie füllte das Glas nach und hielt es sich an die Wange. Dabei schloss sie die Augen und atmete tief ein und aus, bis sie sich nach ihrem Albtraum wieder beruhigt hatte.

Ihre Tante hatte sie mit Frikassee und Reis empfangen, und der Duft der Soße hing noch in der Luft. Maja sah zum Fenster hinaus und beschloss, sich auf die Terrasse zu setzen, bis sie schläfrig genug war, um ins Bett zurückzukehren.

Sie nahm im Flur eine Strickjacke ihres Onkels vom Garderobenhaken und schlüpfte im Gehen hinein. Dann öffnete sie die Tür und trat auf die Terrasse hinaus, die gut einen Meter über dem Garten thronte. In keinem der Häuser ringsum brannte Licht, nur der abnehmende Mond tauchte die Dächer, Bäume und Büsche in seinen fahlen Schein. Sie ließ ihren Blick über die nächtliche Szenerie schweifen. Alles war friedlich und still, nur der Nachtwind strich mit leisem Rauschen über die Blätter. Maja hielt im Geäst nach den Käuzchen Ausschau, die sie manchmal durchs offene Fenster hörte, wenn sie hier zu Besuch war.

Dabei registrierte sie eine Bewegung zwischen den Büschen, einen hellen Fleck, der gleich darauf schon wieder verschwunden war. Angestrengt starrte sie in den Garten hinunter, und als der helle Fleck wieder auftauchte, begriff sie nicht sofort, dass es ihre Tante war, die zwischen den Beeten umherstrich, in einem wallenden Nachthemd und Hauslatschen, mit wirrem weißem Haar. Vorsichtig ging sie zwischen den Kräuterbeeten hindurch, hielt auf einen Komposthaufen zu, bog aber rechtzeitig vorher ab und wandte sich zu den Johannisbeersträuchern. Ihre Arme hatte sie leicht angehoben, die Hände zur Seite ausgestreckt, und fast kam es Maja so vor, als würden sich die Finger der Tante leicht im Wind auf- und abbewegen.

Sie schaute noch einmal genau hin: Hatte die Tante wirklich ihre Augen geschlossen? Fast geisterhaft wirkte sie, wie sie im Mondlicht durch den Garten ging. Maja fürchtete, Tante Hildegard könnte sich irgendwo stoßen oder durch ein Hindernis zu Fall gebracht werden. Also drehte sie sich um und wollte gerade zur Treppe gehen, die in den Garten hinunterführte – da fuhr sie vor Schreck zusammen: Vor ihr stand ihr Onkel, ebenfalls in Hauslatschen, aber mit einem Morgenmantel über dem Schlafanzug. Er sah sie mit einem wehmütigen Lächeln an und schüttelte langsam den Kopf.

»Lass sie lieber«, raunte er ihr zu und stellte sich neben sie an die Brüstung der Terrasse. »Sie schlafwandelt nicht jede Nacht, aber sehr oft, wenn sie etwas aufwühlt.«

»Oh … dann ist sie heute meinetwegen dort draußen?«

»Kann sein, aber du musst dir keine Vorwürfe machen. Sie mag dich halt, und alles, was mit dir zu tun hat, ist ihr sehr wichtig.« Er legte einen Arm um ihre Schultern. »Wie mir auch.«

Maja lehnte sich ein wenig gegen ihn. Die Umarmung tat ihr gut, und nicht zum ersten Mal wünschte sie sich, Heribert Ursinus wäre nicht ihr Großonkel, sondern ihr Vater oder Großvater.

»Außerdem«, fügte er mit einem Schmunzeln hinzu, »liegst du ja auch nicht im Bett.«

»Ich hatte einen blöden Traum.«

»Vielleicht magst du ihn mir erzählen? Manchmal hilft das.«

»Nein, der ist zu dämlich. Den will ich lieber so schnell wie möglich vergessen.«

Heribert Ursinus zuckte mit den Schultern. Unten im Garten drehte seine Frau in gleichbleibend langsamem Tempo ihre Runden. Traumwandlerische Sicherheit – diese Redewendung kam Maja in den Sinn, und sie fand, dass ihre Tante in diesem Moment genau das ausstrahlte. Sie warf ihrem Onkel einen Seitenblick zu. Er sah seine Frau besorgt an, aber auch auf eine Weise, die offenbarte, dass er sie genauso liebte wie am ersten Tag. Oder noch mehr. Erst brachte sie dieser Blick zum Lächeln, dann versetzte er ihr einen Stich.

Sie hatte niemanden, für den sie solche Gefühle hegte. Und der letzte Mann, auf den sie sich eingelassen hatte, war letztlich enttäuschend gewesen. Er war Ende vierzig gewesen und hatte mit ihr als seiner jungen Geliebten vermutlich vor allem seiner Männlichkeit schmeicheln wollen. Zwar war er immer darauf bedacht gewesen, seinen

Körper in Schuss zu halten, und das Zusammensein mit ihm im Bett hatte keine Wünsche offengelassen. Aber eben nur im Bett …

Sie hätte sich mehr Gefühl gewünscht. Mehr gemeinsam verbrachte Zeit. Gemeinsame Spaziergänge, gemütliche Abende, Kinobesuche – alles, was er ihr nicht bieten konnte oder wollte. Weil er ständig in Eile war, um nur ja rechtzeitig daheim bei seiner Frau zu sein, damit der nichts auffiel. Oder weil er Angst hatte, dass seine Frau sie beide zusammen sehen konnte. Oder ein Bekannter, der es seiner Frau erzählen würde.

Hätte er nicht einfach endlich zu ihr stehen können? Hätte er seine Frau nicht endlich verlassen, mit Maja ein neues Leben beginnen und eine ganz normale Beziehung führen können?

Maja seufzte. Onkel Heribert wandte den Kopf zu ihr und sah sie forschend an, aber sie setzte eine möglichst nichtssagende Miene auf. Zumindest hoffte sie das. Er strich sanft mit der Hand über ihre Schulter, dann schaute er wieder in den Garten hinunter.

Nein, dachte Maja, Sören hätte seine Frau nicht verlassen. Und er hatte nie im Sinn gehabt, mit ihr ein neues Leben zu beginnen. Dass sie die Brüstung immer fester umklammert hatte, bemerkte sie erst, als ihr Onkel ihre geballte Faust berührte.

»Reeb war es nicht wert«, murmelte er.

Maja war in Gedanken ganz weit weg, nickte aber mechanisch, weil sie ihm immer recht gab, wenn sie ihre Ruhe haben wollte. Hatte ihr Onkel gerade Sörens Namen erwähnt? Wahrscheinlich. Er wusste ja, dass ihr das Ende dieser Beziehung seit Wochen mehr zu schaffen machte als alles andere. Vermutlich hatte er einfach nur geraten.

Richtig geraten.

Und doch ganz falsch.

Spät in der Nacht flammte das Licht im ersten Stock auf, dann wurden die Jalousien heruntergelassen. Es war eine kleine Wohnung, mit einem zweckmäßig eingerichteten Bad und einer Küche, in der neben einer Küchenzeile ein kleiner Tisch und einige Stühle Platz fanden. Ein Mann trug einen Karton zum Küchentisch, klappte ihn auf und verstaute den größten Teil des Inhalts in den Wandschränken. Zwei Flaschen Bier und etwas Dauerwurst kamen in den Kühlschrank, einige Scheiben Brot in den kleinen Holzkasten rechts neben der Spüle. Die Wartezeit war angenehmer, wenn eine Kleinigkeit zu essen und zu trinken bereitstand. Als Letztes wurde ein Laptop aus dem Karton genommen und auf den Küchentisch gestellt.

Der Mann ging nun ins Wohnzimmer hinüber, das ziemlich karg eingerichtet war. An der Decke waren mehrere Leuchtröhren angebracht, und dort, wo sich früher wohl mal die Deckenlampe befunden hatte und noch das zugehörige Stromkabel aus dem Putz ragte, war nur noch ein Metallhaken zu sehen.

Ziemlich genau darunter, in der Mitte des Raums, war ein Metallstuhl auf den Boden geschraubt. Dahinter standen zwei mobile Stellwände, die den Blick in den rückwärtigen Teil des Zimmers verwehrten. Vom Stuhl aus sah man auf eine Wand, an der ein großformatiges Plakat mit Computerausdrucken im DIN-A4-Format hing. Der Mann löste das Plakat vorsichtig von der Wand und legte es hinter eine der Stellwände. Er trug ein kleines Stativ hinüber, stellte es vor der Wand auf, an der das Plakat gehangen hatte, und trat dann neben den Stuhl.

Rechter Hand konnte man im Sitzen durch die beiden Fenster blicken, die nach Süden hinausgingen. Die Aussicht war nicht übertrieben schön, aber vom Stuhl aus war vor allem der Himmel zu sehen, der sich über die Umgebung der Wohnung wölbte. Und das konnte bei sonnigem Wetter sehr angenehm wirken.

Wenigstens das.

Der Mann schob nun ein Smartphone in eine Halterung, die aufs Stativ montiert war. Ein letzter Test, einige Handgriffe auf dem Laptop in der Küche, und schon stand eine drahtlose Verbindung zwischen den beiden Geräten. Auf dem Bildschirm war nun der Stuhl zu sehen.

Der Stuhl war leer.

Noch.

4

Die Nacht war mild und trocken. Als endlich auch in der Wohnung im ersten Stock das Fenster geschlossen und das Licht gelöscht wurde und das ganze Mehrfamilienhaus still und dunkel vor ihm lag, war er dennoch froh, dass er sich endlich aus dem Schatten des Busches erheben konnte, in dem er sich seit dem Abend versteckt gehalten hatte. Auf der anderen Seite der Valpichlerstraße flackerte nur hinter einem der Fenster noch der bläuliche Schimmer eines Fernsehers. Geduckt huschte er von dem Busch weg und ging hinter einem Auto in Deckung, das am Straßenrand geparkt stand. Dass in der WG schon seit längerer Zeit kein Licht mehr brannte, war ein ziemlich verlässlicher Hinweis darauf, dass niemand in der Wohnung war – denn vor zwei Uhr nachts pflegten die WG-Bewohner am Wochenende nicht ins Bett zu gehen.

Mit wenigen schnellen Schritten hatte er die Haustür erreicht, und nur ein paar Sekunden später hatte er das Schloss überwunden und glitt ins dunkle Treppenhaus.

Vorsichtig arbeitete er sich Stufe für Stufe in den ersten Stock hinauf. Immer wieder blieb er stehen und lauschte, konnte aber nichts hören als seinen eigenen Atem, dessen Rasseln und Keuchen ihm in diesem Moment erschreckend laut vorkam. Schließlich stand er im ersten Stock, schlich zur linken Wohnung und legte das Ohr an die Tür. Dahinter war es so still wie überall im Haus. Auch hinter der rechten Tür war nichts zu hören. Nach kurzem Warten machte er sich daran, das Schloss zu knacken. Er hatte Übung darin, in Wohnungen und Häuser einzubrechen, ohne an den Türen sichtbare Spuren zu hinterlassen. Nur ganz lautlos gelang es ihm nicht immer, und auch diesmal konnte er ein leises metallisches Geräusch nicht vermeiden, bevor die Tür langsam aufschwang. Er schlüpfte in den Wohnungsflur und drückte die Tür hinter sich wieder zu.

Kurz darauf hörte er, wie gegenüber jemand die Wohnungstür öffnete. Zwei zögerliche Schritte waren zu vernehmen, vermutlich aus der Wohnung ins Treppenhaus hinaus. Sonst nichts. Er hielt den Atem an und blieb mit dem Rücken zur Wohnungstür der WG stehen. Leise Schritte näherten sich, dann schlurften Schritte zurück in die andere Wohnung, die Tür knarrte ein wenig, das Schloss schnappte ein, und es herrschte wieder Stille.

Er tastete sich mit ausgestreckten Armen Schritt für Schritt durch den Wohnungsflur. Schließlich hatte er die Tür des Zimmers erreicht, zu dem er wollte. Die Tür war unverschlossen, er betrat den Raum und atmete tief den Geruch ein, den er so gut kannte. Im Schein der Straßenlaterne sah er, dass das Bett gemacht war. Alles wirkte aufgeräumt und ordentlich.

Er trat ans Fenster und sah auf die nächtliche Straße hinunter. Dann schaute er sich um. Wieder würde er warten müssen, aber diesmal würde er es gemütlicher haben als im Gebüsch vor dem Haus.

Markus Brodtbeck war ins Bett gegangen, nachdem er die Weinflasche zur Hälfte geleert hatte, aber er war noch nicht müde genug und wälzte sich herum, ohne einschlafen zu können. Er legte sich auf den Rücken, die Arme unter dem Kopf verschränkt, starrte zur Decke und dachte nach.

Was würde ihnen wohl der Internist von Gertrud Mögel über seine Patientin berichten können? Und wer war die Bekannte, für die sich Maja Ursinus von Pleidering die Adressen der Putzstellen hatte geben lassen? Er konnte sich gut vorstellen, dass es diese Bekannte gar nicht gab und dass seine Nachbarin einfach einen Grund brauchte, um mit den Menschen zu sprechen, die Gertrud Mögel womöglich als Letzte lebend gesehen hatten. Würde sie vielleicht sogar so weit gehen, sich selbst als Putzfrau auszugeben, nur um in den betreffenden Häusern herumschnüffeln zu können? Hoffentlich brachte sie sich dadurch nicht in Gefahr.

Ein metallisches Klicken schreckte Brodtbeck auf. Es schien aus dem Treppenhaus zu kommen. Noch während er überlegte, ob er sich das Geräusch vielleicht nur eingebildet hatte, schlug er schon die Bettdecke zurück und ging durch den Wohnungsflur. Es war dunkel, und er musste sich an der Wand entlangtasten, um in der noch nicht vertrauten Umgebung nicht zu stolpern, aber er wollte kein Licht machen, sondern von einem etwaigen Eindringling unbemerkt durch den Türspion hinaus ins Treppenhaus spähen können. Verzerrt durch die Weitwinkellinse des Spions sah er das leere Treppenhaus vor sich liegen. Er zog die Tür auf und machte zwei Schritte über die Schwelle. Da war niemand. Er lauschte, aber es war nichts zu hören.

Vorsichtig schlich er noch ein paar Schritte bis zur Wohnungstür gegenüber und nahm sie genau in Augenschein, aber es waren keinerlei Beschädigungen zu erkennen. Noch einmal horchte er vergebens, dann wandte er sich ab und kehrte in seine Wohnung zurück.

Die Kaffeebohnen, die Maja im Küchenschrank ihrer Großtante vorfand, konnten dem Vergleich mit denen, die sie selbst zu Hause hatte, nicht standhalten, aber sie würde das Beste herausholen. Sie mahlte die Bohnen fein, drückte das Filterpapier sorgfältig in den angefeuchteten Porzellanträger und schüttete das duftende Pulver hinein. Sobald das Wasser kochte, zog sie den Topf von der Herdplatte, wartete noch einen Moment und schöpfte mit einer kleinen Kelle frisches heißes Wasser auf das Kaffeepulver. Der Duft verbreitete sich in der Küche, und mit einem müden Lächeln stellte sich Maja vor, wie er allmählich in den Flur und hinüber ins Schlafzimmer der beiden Alten zog.

Als die Kanne gefüllt war, kippte sie den Kaffeesatz in den kleinen Behälter, den ihre Großtante dafür auf der Arbeitsplatte bereitgestellt hatte, denn er leistete im Garten noch gute Dienste. Maja goss sich einen Becher voll und schraubte die Thermoskanne zu, dann löffelte sie etwas Zucker in den Kaffee und ging auf die Terrasse hinaus.

Es war noch frisch, doch es ließ sich erahnen, dass der Tag auch heute wieder angenehm mild werden würde. Sie atmete die würzige Morgenluft ein und ließ den Blick über den Garten schweifen. Dort war ihre Tante heute Nacht als Schlafwandlerin unterwegs gewesen. Irgendwann war sie zwischen den Beeten stehen geblieben, als habe ihr jemand den Stecker gezogen. Majas Onkel war hinuntergegangen, hatte Hildegard an der Hand genommen und sie zurück ins Haus geführt. Mit geschlossenen Augen und einem Lächeln auf dem faltigen Gesicht war ihre Tante an ihr vorübergegangen und hatte sich ins Bett bringen lassen. Als Maja kurz darauf selbst ins Bett gegangen war, hatte sie durch die Schlafzimmertür der beiden schon gleichmäßiges Schnarchen vernommen.

Nun setzte sie sich auf die oberste Stufe der Treppe, die in den Garten hinunterführte, und begann langsam im Kaffee zu rühren. Der Zucker war längst aufgelöst, doch sie ließ den Löffel noch immer ruhig und gleichmäßig kreisen, während sie sich bemühte, ein loses Ende ihrer Gedankenkette zu erwischen und das Knäuel in ihrem Kopf zu entwirren.

Onkel Heribert hatte aus dem wenigen, was sie ihm

erzählt hatte, herausgehört, dass sie den Kripokommissar Brodtbeck für vertrauenswürdiger hielt als seinen Kollegen Schnell, der sie offensichtlich lieber heute als morgen der beiden Morde überführen würde. Ob sie ihn womöglich falsch einschätzte, wenn sie glaubte, dass er sich eher loyal zu seinem Kollegen verhalten würde, als ihr zu helfen?

Und was sollte sie mit den Adressen anfangen, die ihr Ernst Pleidinger gegeben hatte? Sollte sie sich wirklich auch den anderen gegenüber als Putzfrau ausgeben, um nach Informationen zu suchen, die vielleicht mit dem Tod ihrer Nachbarin zu tun hatten? Denn was hatte ihr das Herumschnüffeln bei den DeLeydens eigentlich gebracht? Ihr war nichts weiter aufgefallen, abgesehen von der Installation der vielen Kameras, doch das war in einem so wohlhabenden Haus vielleicht nichts Besonderes. Womöglich war diese Vorsichtsmaßnahme nicht zuletzt dazu gedacht, der Putzfrau ein wenig auf die Finger zu schauen. Dass einige der Kameras offenbar absichtlich wieder außer Betrieb genommen waren, mochte damit zu tun haben, dass Franz DeLeyden seinem wie auch immer gearteten Hobby im Keller unbeobachtet nachgehen wollte. Er schien ein seltsamer Typ zu sein, der sich stundenlang in seinem Keller einschloss – aber musste er deshalb gleich ein Giftmörder sein? Und welches Motiv hätte er gehabt, seine Putzfrau zu töten? Hatte sie ihn bei irgendetwas beobachtet, was er geheim halten wollte, zum Beispiel vor seiner Frau? Aber warum dann ein solch langer, qualvoller Tod? Hätte er Gertrud Mögel nicht eher im Affekt erschlagen oder erwürgt, falls er sie etwa mit geheimen Unterlagen erwischt hatte, um sie dann irgendwo verschwinden zu lassen?

Maja nahm einen Schluck Kaffee und fasste in Gedanken zusammen, was sie bisher in Erfahrung gebracht hatte. Gertrud Mögel war am Freitag gegen halb neun morgens von Kommissar Brodtbeck tot in ihrer Wohnung aufgefunden worden. Sie war mit Solanin vergiftet worden, was man ihr über einen Zeitraum von mehreren Stunden verabreicht hatte. Allerdings hätten die Beamten von der Spurensicherung doch bemerken müssen, dass sich keinerlei Genspuren von ihr in Gertrud Mögels Wohnung befanden. Maja hatte mit dieser Frau kein Wort mehr gewechselt als nötig, sondern ganz im Gegenteil geschaut, dass sie schnell aus dem Haus oder hinauf in die WG kam, wenn die Mögel sie mal wieder im Treppenhaus abgepasst und beschimpft hatte. Und nie im Leben wäre es ihr in den Sinn gekommen, die Wohnung dieses Drachen zu betreten.

Da sah es schon ganz anders aus, was Sören Reeb betraf. Er war in der Wohnung in der Süskindstraße tot aufgefunden worden, draußen in Zamdorf, wo sie sich öfter mal für ein paar Stunden getroffen hatten. Dort gab es natürlich jede Menge Spuren von ihr und auch von anderen Frauen, wie sie inzwischen wusste. Die Tatsache, dass er neben ihr noch mehrere andere gehabt hatte, hätte er ihr allerdings nicht an den Kopf werfen müssen, als er mit ihr Schluss gemacht hatte. Und sie hatte ihn auch noch angefleht, es sich doch noch einmal zu überlegen. Maja schüttelte sich. Was man alles tat, wenn man eine Affäre für wahre Liebe hielt! Was man sich gefallen ließ und wie man sich erniedrigte, nur um nicht verlassen zu werden! Als ihr das in den Wochen nach der hässlichen Trennung klar geworden war, hatte sie sich erst über ihr Verhalten geärgert und sich dann über sich selbst gewundert. Inzwischen empfand sie nur noch Scham, wenn sie an die Szene dachte. Sie atmete ein paarmal tief ein und aus, und wirklich gelang es ihr, die Erinnerung zu verscheuchen und sich wieder auf den Tod von Gertrud Mögel zu konzentrieren.

In deren Wohnung konnte es keine Spuren von ihr geben, das mussten Schnell und Brodtbeck eigentlich inzwischen wissen. Damit wäre sie aus dem Kreis der Verdächtigen ausgeschlossen worden – was aber leider nicht der Fall war. Also war die Mögel vermutlich anderswo gestorben und erst tot zurück in ihre Wohnung gebracht worden.

Wie lange war die Nachbarin zu diesem Zeitpunkt schon tot gewesen? Die Kommissare hatten sie nach einem Alibi für den Donnerstag gefragt, und als sie auf ihre Arbeitszeiten in der Apotheke hingewiesen hatte, schien sie das zu entlasten. Das hieß, dass Gertrud Mögel im Zeitraum zwischen acht und neunzehn Uhr getötet worden war. Am Mittwochabend hatte Maja ihre Nachbarin noch gesehen, wie sie das Haus betrat, und sich extra etwas mehr Zeit auf ihrem Weg in die Wohnung gelassen, um der Beißzange nicht in die Arme zu laufen. Demnach musste die Mögel irgendwann am Mittwochabend oder in der Nacht zum Donnerstag verschwunden sein – oder erst im Lauf des Donnerstags. Sie würde mit dem Ehepaar Färber reden, den beiden entging nämlich selten, wann wer das Haus betrat oder verließ.

Gertrud Mögel war am Donnerstagmorgen nicht im Haus der DeLeydens aufgetaucht – wenn stimmte, was Cornelia DeLeyden ihr erzählt hatte. Und welchen Grund hätte sie gehabt, Maja anzulügen?

»Na, schon wach?«

Die Frage ihres Großonkels riss sie so unvorbereitet aus ihren Überlegungen, dass sie heftig zusammenzuckte und dadurch ein paar Tropfen Kaffee verschüttete. Er eilte in die Küche und kehrte mit einem Geschirrtuch zurück, das er ihr hinhielt.

»Oh, das tut mir leid, Maja«, entschuldigte er sich. »Ich wollte dich nicht erschrecken. Denkst du über den Tod deiner Nachbarin nach?«

Wie gut er sie kannte.

»Stimmt«, sagte sie und lächelte ihn an.

Er hob seinen Kaffeebecher, prostete ihr zu und nahm geräuschvoll einen großen Schluck.

»Du siehst müde aus«, sagte er, nachdem sie eine Weile schweigend nebeneinander auf der Treppe gesessen hatten.

»Ich habe wirklich nicht gut geschlafen heute Nacht. Das kenne ich gar nicht. Wenn ich sonst in eurem Gästezimmer übernachte, schlafe ich immer wie ein Stein.« Sie zuckte mit den Schultern und nippte an ihrem Kaffee. »Wird auch wieder besser werden.«

Heribert Ursinus musterte sie eine Zeit lang, dann seufzte er und schaute wie sie auf den Garten hinaus.

»Du fährst nachher wieder zurück nach München, stimmt's?«

Sie nickte.

»Red mal mit diesem Brodtbeck«, riet er ihr. »Ich habe ja schon mit ihm telefoniert. Und natürlich habe ich ihm gesagt, dass du ganz sicher nicht die Mörderin bist. Ich hatte den Eindruck, er sieht das auch so.«

»Ich weiß nicht recht ... Vorgestern war er in der WG und hat sich als neuer Nachbar vorgestellt. Er scheint tatsächlich ein netter Typ zu sein, aber er ist eben auch bei der Kripo – und da kann er es sich vermutlich nicht leisten, eine Verdächtige wie mich einfach so vom Haken zu lassen.«

»Red mit ihm, Maja. Und wenn du nicht zwischen den Zeilen heraushören kannst, ob er dich für verdächtig hält, frag ihn einfach geradeheraus. Was hast du schon zu verlieren? Red mit ihm, bitte!«

»Ich überleg's mir, versprochen.«

»Und mit wem willst du in München noch reden?«

Sie zuckte mit den Schultern.

»Ich hab ein paar Adressen, aber ich weiß noch nicht recht, ob es mir was bringt, den Leuten dort auf den Zahn zu fühlen.«

»Diese Liste, die dir dein Vermieter gegeben hat?«

»Ja. Außerdem will ich die Färbers fragen, wann sie die Mögel zum letzten Mal lebend gesehen haben. Dann könnte ich den Todeszeitpunkt besser eingrenzen, oder ich wüsste wenigstens, wann sie frühestens verschwunden sein kann. Vielleicht lassen sich daraus Rückschlüsse ziehen.«

»Auch darüber solltest du mit ...«

»Ja, ich weiß, Onkel Heribert, ich soll mit Brodtbeck darüber reden.«

»Ja.«

»Und was glaubst du, wie der das findet, dass ich auf eigene Faust ermittle? Der muss das doch als Einmischung in seine Arbeit empfinden!«

»Glaubst du, es ist besser, du verheimlichst es ihm – und er kommt später von selbst drauf?«

Sie grinste und sah ihn an.

»Eher nicht, oder?«

»Nein, Maja, eher nicht«, bestätigte er und erwiderte ihr Grinsen. »Ich geh jetzt mal Hildegard wecken. Du frühstückst doch noch mit uns, bevor du fährst?«

Gegen elf stand Ernst Pleidering vor dem Mehrfamilienhaus an der Landsberger Straße. Auch das Gebäude, in dem sein Büro untergebracht war, lag an einer viel befahrenen Straße wie dieser, allerdings blickte man dort ins Grün der umliegenden Bäume und auf die gegenüberliegende Häuserzeile, während man hier vom Lärm der vorbeirasenden Züge gestört wurde.

Über die Sprechanlage fragte eine Männerstimme: »Ja, bitte?«

Pleidering nannte seinen Namen, und schon summte der Türöffner. Als er schnaufend den zweiten Stock erreichte, erwartete ihn Arne Mögel an der offenen Wohnungstür.

»Ich hoffe, ich habe Ihnen nicht das Ausschlafen am Sonntag verdorben«, sagte Pleidering und wischte sich mit dem Ärmel über die schweißnasse Stirn, aber Mögel winkte nur ab und grinste müde.

»Ach, dafür sorgen schon unsere Kinder, keine Sorge. Treten Sie doch ein, Herr Pleidering.«

Im Flur kam ihnen eine auffallend schöne Frau entgegen. Sie hielt ein kleines Mädchen an der Hand, das Pleidering auf zwei Jahre schätzte. Ein etwas älterer Junge überholte sie gerade und rannte Richtung Tür.

»Herr Pleidering?«, fragte sie, und als er nickte, setzte sie ein entschuldigendes Lächeln auf. »Ich kann leider nicht bleiben. Bei diesem schönen Wetter hält die Kleinen nichts in der Wohnung.«

»Das kann ich gut verstehen. So warm und sonnig … da muss man raus, keine Frage.«

»Besprechen Sie einfach alles mit meinem Mann, ja? Wir haben uns auch schon über Ihr Angebot unterhalten. Ich muss jetzt los.«

Pleidering hielt ihr und den Kindern die Tür auf. Kurz sah er den beiden Kleinen und ihrer schönen Mutter noch hinterher, dann wandte er sich seufzend um und folgte seinem künftigen Mieter ins Wohnzimmer. Die beiden nahmen Platz, und Arne Mögel brachte ihnen Kaffee.

»Seien Sie froh, Herr Pleidering, dass es draußen gerade so schön ist«, meinte er mit einem breiten Grinsen. »Wenn die Kinder in der Wohnung sind, ist an ein entspanntes Gespräch nicht zu denken.«

»Ich habe leider keinen Nachwuchs, aber Sie und Ihre Frau machen auf mich den Eindruck, dass Sie das alles ganz gut hinbekommen.«

»Schön wär's! Aber jetzt zu Ihrem Angebot: Wir freuen uns, dass das so unkompliziert geht. Und natürlich würden wir lieber heute als morgen in Ihre Wohnung ziehen. Ich hoffe, das wirkt nicht pietätlos auf Sie, wo doch meine Tante gerade auf so tragische Weise ums Leben gekommen ist, aber ...«

Er machte eine umfassende Geste, stand auf und öffnete ein Fenster. Sofort war der Raum von Verkehrslärm erfüllt.

»Wenn es so warm ist, dass man dringend etwas Durchzug braucht, helfen leider auch die besten Schallschutzfenster nichts«, sagte er und schloss das Fenster wieder.

»Ich verstehe Sie gut, und Sie müssen sich keine Sorgen machen. Ich sehe solche Dinge grundsätzlich pragmatisch.«

Pleidering legte seine Aktentasche auf den Schoß, öffnete sie und nahm einige Papiere heraus.

»Jetzt erledigen wir einfach schon mal den ganzen Papierkram, und sobald die Polizei die Wohnung freigibt, können Sie die Schlüssel haben.«

An einem Sonntagvormittag drohten auf der Fahrt von Neumarkt nach München keine Verzögerungen. Und so traf Maja gegen elf Uhr in der Valpichlerstraße ein, stellte den Wagen ab, betrat das Haus und klingelte beim Ehepaar Färber. Als Walter Färber öffnete, umwehte ihn der Duft nach schmurgelndem Schweinebraten. Er sah die Reisetasche, die Maja geschultert hatte.

»Ah, Sie sind wieder zurück, wie schön. Hat Kommissar Brodtbeck Sie noch erreicht?«

»Ja, wir haben telefoniert, alles gut so weit.«

Färber nickte, wirkte aber ein wenig enttäuscht, dass sie ihm damit eine Möglichkeit verbaut hatte, höflich nachzufragen, worum es gegangen war.

»Ich hoffe, ich störe Sie nicht beim Kochen.«

Der Alte winkte lachend ab. »Wenn es so etwas Gutes gibt wie heute, darf ich die Küche erst betreten, wenn das Essen fertig ist. Wie kann ich Ihnen denn helfen, Frau Ursinus?«

»Ich hätte ein paar Fragen.«

»Gern, kommen Sie doch rein.« Er führte sie ins Wohnzimmer und bot ihr Platz auf der Couch an. »Möchten Sie etwas trinken?«

»Nein, danke, ich muss gleich noch auspacken. Wissen Sie, es geht um Frau Mögel.«

»Das dachte ich mir.«

»Ich habe die halbe Nacht nicht geschlafen, weil mir diese Geschichte keine Ruhe lässt.«

»Das verstehe ich gut, meiner Frau geht es genauso. Und ich … na ja … ich schenke mir halt ein Glas mehr ein als sonst, dann geht es schon mit dem Schlafen. Was wollen Sie denn wissen?«

»Mir geht es nicht aus dem Sinn, dass ich Frau Mögel

am Mittwochabend das letzte Mal lebend gesehen habe – und nun zermartere ich mir den Kopf, ob sie womöglich schon seit Mittwochabend tot in ihrer Wohnung gelegen hat.«

»Keine schöne Vorstellung, nicht wahr?«

Maja nickte.

»Aber zumindest für die Nacht von Mittwoch auf Donnerstag kann ich Sie beruhigen, Frau Ursinus. Frau Mögel hat das Haus wie jeden Donnerstagmorgen um kurz vor acht verlassen. Meine Frau hat sie gesehen. Sie hat nicht mit ihr gesprochen, aber wir vermuten, dass sie sich wie üblich zu dem Haus aufgemacht hat, in dem sie donnerstags putzte.«

Maja dachte nach. Gertrud Mögel war also in der Valpichlerstraße pünktlich losgegangen, nach Aussage von Cornelia DeLeyden in deren Haus jedoch nicht angekommen. Wenn das stimmte, musste Gertrud Mögel an dem Tag, an dem sie starb, irgendwo auf der nur etwa fünfhundert Meter langen Strecke verschwunden sein. Das waren zu Fuß nicht viel mehr als fünf Minuten. Außer sie hatte gar nicht vorgehabt, an diesem Morgen in die Kirchmairstraße zu gehen.

»Hat Ihre Frau denn zufällig gesehen, ob Frau Mögel zu Fuß unterwegs war oder zu ihrem Wagen gegangen ist?«

Färber stutzte, dann zuckte er mit den Schultern.

»Darüber haben wir gar nicht gesprochen. Ist das denn wichtig?«

»Vielleicht.«

»Dann fragen wir meine Frau doch schnell«, schlug er vor und ging voraus in die Küche. Ilse Färber lehnte an der Arbeitsplatte und hielt eine Kaffeetasse in der linken Hand.

»Dürfen wir dich kurz stören, Ilse?«

»Ihr stört doch nicht. Das Essen ist schon auf den Weg gebracht. Die Klöße ziehen noch ein bisschen, und der Braten wär auch schon fertig.«

Sie wischte sich die rechte Hand an der Schürze trocken und begrüßte Maja.

»Schön, dass Sie zurück sind, Frau Ursinus. Ich hatte den Eindruck, Ihr neuer Nachbar von der Kripo machte sich Sorgen, wo Sie geblieben waren. Hat er Sie denn erreicht?«

»Ja, alles gut.«

»Frau Ursinus hat ein paar Fragen zu Frau Mögel«, schaltete sich Walter Färber ein. »Und in einem Punkt muss ich passen. Hast du gesehen, ob sich Frau Mögel zu Fuß zu ihrer Putzstelle aufgemacht hat, oder ist sie mit dem Wagen los?«

»Puh …« Ilse Färber legte die Stirn in Falten und dachte nach. »Sie ist Richtung Hogenbergplatz gegangen, also glaube ich, dass sie zu Fuß zu ihrer Putzstelle gegangen ist. Donnerstags hat sie sich um ein Haus in der Kirchmairstraße gekümmert, das würde also passen. Allerdings habe ich ihr nicht lange nachgeschaut. Mir hat es gereicht zu wissen, dass sie aus dem Haus ist. Sie wissen ja, dass auch wir unsere liebe Müh mit Frau Mögel hatten.«

Sie sah nachdenklich aus.

»Aber ich weiß natürlich auch nicht, wo sie an diesem Morgen ihren Wagen geparkt hatte. Die engen Parklücken vor unserem Haus mag sie nicht so gern, also stellt sie das Auto auch mal um die Ecke ab. Falls ihr Wagen am Donnerstag in der Nähe vom Hogenbergplatz geparkt war, kann sie natürlich auch dorthin gelaufen sein.« Die alte Frau blitzte Maja interessiert an. »Wozu wollen Sie das denn so genau wissen? Wollen Sie selbst ein bisschen ermitteln? Ganz ehrlich, mich würden die Begleitumstände von Frau Mögels Tod auch interessieren. Sie ist ja quasi unter unserem Dach ermordet worden.«

Das Ehepaar erzählte noch etwas weitschweifig, dass die Wohnungstür von Gertrud Mögel am Freitagmorgen einen Spaltbreit offen gestanden hatte, und sie schilderten, wie Brodtbeck in die Wohnung gegangen war und ihnen danach jede weitere Information verweigert hatte bis auf die Mitteilung, dass Gertrud Mögel tot war – aber mehr wussten sie nicht zu berichten. Also verabschiedete sich Maja, schulterte ihre Reisetasche und ging die Treppe hinauf in den ersten Stock.

Sie nestelte den Schlüssel hervor, ließ die Wohnungstür aufschwingen und horchte. Es war still. Entweder schliefen ihre Mitbewohner noch, oder sie hatten sich kurzfristig entschieden, noch über Nacht in den Bergen zu bleiben – es wäre nicht das erste Mal, dass es nach einer anstrengenden Wanderung mehr Bier und Wein gegeben hätte, als für eine abendliche Heimfahrt zuträglich war. Langsam drückte sie die Wohnungstür hinter sich zu. An der Garderobe hingen weniger Jacken und darunter standen weniger Schuhe als sonst – es sah ganz so aus, als wären die anderen tatsächlich nicht hier.

Sie streifte ihre Schuhe ab und kickte sie unter die Garderobe, dann dachte sie kurz daran, die Tasche ebenfalls im Flur liegen zu lassen und sich erst einmal einen Kaffee zuzubereiten. Doch dann überlegte sie es sich anders und beschloss, zuerst auszupacken und den Kaffee danach umso mehr zu genießen. Lächelnd öffnete sie die Tür zu ihrem Zimmer, machte einen Schritt hinein, hob den Blick – und blieb stehen wie vom Donner gerührt.

Sie war nicht allein in der Wohnung.

»Ich begleite Sie hinunter, Herr Pleidering. Ich will auch ein bisschen raus an die Sonne.«

Arne Mögel stand auf, schlüpfte in seine Straßenschuhe, steckte den Hausschlüssel ein und hielt seinem Gast die Wohnungstür auf. Sein künftiger Vermieter war selbst treppab nicht besonders schnell unterwegs, und als er ihm nachsah, wie er schwerfällig zu seinem Auto watschelte, nahm er sich vor, gleich in der kommenden Woche wieder mit dem Joggen zu beginnen.

Er fragte sich, wohin seine Frau mit den Kindern gegangen sein mochte. Der Familienkombi und sein Dienstwagen standen am Straßenrand, also war sie zu Fuß unterwegs. Meistens folgte sie in diesem Fall entweder der Mauer um den Schlosspark Nymphenburg durchs Grüne, oder sie schlenderte nach Osten zum Hirschgarten hinüber. Das wäre ihm heute das Liebste, denn ein kühles Bier zwischendurch fand er an einem so sonnigen Tag sehr verlockend. Er rief sie auf dem Handy an, doch sie ging nicht ran. Vermutlich hatte sie das Gerät mal wieder in irgendeiner Tasche vergraben und hörte das Klingeln nicht. Also beschloss er, in der Sonne einen Spaziergang zu den beiden Orten zu unternehmen, an denen er sie am wahrscheinlichsten antreffen würde.

Gerade wollte er sich auf den Weg machen, da sah er aus dem Augenwinkel ein Stück Papier, das aus seinem Briefkasten ragte. Er dachte kurz nach, dann war er sicher, dass er die Samstagspost gestern herausgenommen hatte. Er trat näher: Es schien sich um einen großformatigen weißen Umschlag zu handeln. Den Briefkastenschlüssel hatte er nicht eingesteckt, und er hatte wenig Lust, die Treppen noch einmal hinauf- und wieder herunterzugehen. Also versuchte er, den Umschlag am hervorstehenden Ende zu fassen und ihn herauszuziehen. Schließlich hielt er ihn in Händen und öffnete ihn. Er schien nur ein einzelnes Blatt Papier zu enthalten. Arne Mögel zog es aus dem Kuvert und brauchte einen Moment, um zu begreifen, was er da vor sich hatte.

Unterschiedlich große Buchstaben waren aus Überschriften einer Boulevardzeitung herausgeschnitten und neu zu Worten kombiniert worden. Die Schnipsel waren nebeneinandergeklebt, mit viel Klebstoff und wenig Sinn für Gestaltung. Er las die Botschaft, dann ließ er das Papier sinken und blieb mit schlotternden Gliedern stehen, wo er war.

Ich weiß alles. Zahlen Sie, oder verlieren Sie Ihre Familie. Ich melde mich wieder.

Ihre Reisetasche hatte sie zu Boden gleiten lassen. Nun stieß sie den Fuß des Mannes an, der vor ihr auf dem Bett lag und schnarchte. Er sah fürchterlich aus, abgemagert und übernächtigt. Sein nachlässig rasiertes Gesicht, das sie von früher her als sympathisch und attraktiv kannte, war von aufgekratzten Pickeln verunstaltet.

»He, Michael, wach auf!«, rief Maja, als der Mann durch ihr Anstoßen nicht wach wurde. »Aufstehen!«

Erst blinzelte ein Auge, dann das zweite, und schließlich lugte der Mann unter zerzausten Brauen zu ihr empor. Zunächst war sein Gesicht ein einziges Fragezeichen, dann schien er sich zu besinnen, wo er sich befand, und ein dünnes Lächeln huschte über sein Gesicht.

»Jetzt steh schon auf«, forderte sie ihn auf. »Ich mach uns einen Kaffee. Komm rüber in die Küche, ja?«

»Mmh«, brummte Michael, und Maja musterte ihren Bruder noch einmal, bevor sie sich kopfschüttelnd abwandte und die Küche ansteuerte.

»Du brauchst wieder Geld, stimmt's?«, fragte sie ihn, als Michael ihr am Küchentisch gegenübersaß, den Kopf schwer auf die eine Hand gestützt, in der anderen den halb geleerten Becher.

»Ein bisschen was wär nicht schlecht.«

»Bist du deinen Job schon wieder los?«

Er zuckte nur mit den Schultern und trank schlürfend von dem heißen Kaffee.

»Mensch, Michael, du kannst doch nicht jedes Mal so schnell die Brocken hinschmeißen! Irgendwo musst du doch mal dabeibleiben, sonst kommst du nie auf die Füße!«

»Ja, Mama«, versetzte Michael und grinste seine jüngere Schwester spöttisch an.

Sie schenkte sich genervt Kaffee nach und goss auch ihrem Bruder noch etwas in den Becher.

»Wie lange soll das denn noch so weitergehen, Michael? Bald bist du vierzig, und viel älter wirst du womöglich gar nicht werden, wenn du nicht bald besser auf dich aufpasst. Und was das Geld angeht: Ich kann dich nicht dein Leben lang durchfüttern.«

»Dann frag ich halt Papa«, knurrte er. »Der gibt seinem Lieblingssohn sicher gern etwas ab von seiner Kohle.«

Michael hatte wohl zynisch klingen wollen, aber Maja fand seinen Tonfall eher wehleidig.

»Kannst du nicht aufhören mit diesem Zeug?« Maja legte ihm eine Hand auf den Arm. »Du weißt doch selbst, dass dich das kaputt macht.«

Er zuckte mit den Schultern und schlürfte noch etwas Kaffee. Sie seufzte.

»Und du hörst dir das jetzt halt wieder mal notgedrungen an, weil du Geld brauchst. Und wie immer geht es dir hier rein und da wieder raus.«

Ihr Bruder grinste sie an.

»Kannst du mir ein bisschen was geben?«

»Klar kann ich dir was geben. Aber einen neuen Job musst du dir trotzdem suchen.«

»Ich weiß. Ich schau mich um, versprochen. Und bis dahin … dein Geld muss nur eine kleine Durststrecke überbrücken helfen, weißt du? Ich hab da was laufen.«

Maja winkte ab und stand auf.

»Erzähl mir lieber nichts davon. Seit Kurzem wohnt gleich gegenüber ein Kripokommissar. Da würde ich an deiner Stelle gar nicht erst anfangen von deinen krummen Geschäften.«

»Ach, der Typ ist Bulle?«

»Kennst du Brodtbeck?«

»Brodtbeck heißt der? Nein, ich kenn ihn nicht, aber ich hab ihn gestern Nacht noch lange am Fenster stehen sehen. Er hielt ein Weinglas in der Hand und hat in die Nacht hinausgestarrt. Der Typ scheint Sorgen zu haben. Wofür ist er denn zuständig bei der Kripo?«

»Mord.«

»Dann hat er im Moment offenbar einen besonders kniffligen Fall.«

»Das kannst du laut sagen …«

»Der erzählt dir von seinem Job? Darf der das denn überhaupt?«

»Da muss er gar nicht viel erzählen: Die Beißzange aus dem Erdgeschoss ist ermordet worden.«

Michael Ursinus pfiff leise durch die Zähne.

»Er hat die Leiche übrigens auch gefunden«, fuhr Maja fort. »Am Freitag, als er einziehen wollte. Die Mögel hätte ihm seine Wohnungsschlüssel übergeben sollen.«

»Super Einstieg für einen von der Mordkommission. Hast du nicht Streit mit der Alten gehabt? Dann muss er für die Hauptverdächtige ja nicht einmal das Haus verlassen. Sehr praktisch!«

Er lachte heiser, verstummte aber, als Majas strenger Blick ihn traf.

»Oh, Scheiße«, entfuhr es ihm. »Der verdächtigt aber nicht wirklich dich, oder?«

Maja zuckte mit den Schultern. »Die Kripo ermittelt in alle Richtungen«, bemerkte sie.

Michael legte ihr mitleidig eine Hand auf den Arm.

»Schon recht«, wehrte sie ihn ab. Sie nahm ihr Portemonnaie aus der Reisetasche, musterte ihren Bruder nachdenklich und zählte ihm nach einer Weile zwei Fünfziger und zwei Zwanziger auf die Hand. Er schaute interessiert auf die Scheine, lugte dann zum Portemonnaie und sah schließlich seine Schwester mit dem Dackelblick an, der vor Jahren mal gezogen hatte.

»Nein«, erklärte Maja. »Mehr gibt's nicht, Michael. Und auch dieses Geld bekommst du nur, wenn du etwas für mich tust.«

»Was für dich tun? Kann ich machen, aber ...« Er schob die Scheine in die Hosentasche und zog ein kleines Tütchen hervor. »... bisher hast du davon immer die Finger gelassen.«

»Steck den Mist weg!«, blaffte ihn Maja an. »Und vielleicht sollte ich lieber einen anderen um Hilfe bitten – und du gibst mir das Geld wieder.«

Sie streckte die Hand aus. Er ließ das Tütchen wieder in der Tasche verschwinden.

»Schon gut, Schwesterchen. Was soll ich tun?«

»Ich möchte mich in einer Kneipe umhören, und du begleitest mich, falls ... na ja ... falls meine Fragen dort nicht so gut aufgenommen werden.«

»Da schau her! Meine Schwester braucht einen Bodyguard! Da hättest du mich vielleicht lieber vor ein paar Jahren fragen sollen, als ich noch besser in Form war.«

»Red keinen Blödsinn, Michael. Ich will einfach nicht ohne Begleitung in dieses Lokal. Vielleicht ist die Kneipe auch nicht so übel, wie ich befürchte – du sollst nur für alle Fälle mitgehen.«

»Klingt spannend. Was ist das denn für eine Kneipe?«

»Die liegt sogar auf dem Weg zu deiner Wohnung. Ich könnte dich hinterher nach Hause bringen. *Zum Nassen Eck* heißt das Lokal, liegt wohl direkt neben der Trambahnhaltestelle Am Knie.«

Maja stellte fest, dass ihr Bruder auf einmal etwas blass geworden war.

Arne Mögel brauchte eine Weile, bis er das Zittern wieder halbwegs unter Kontrolle hatte. Wieder und wieder las er die auf den Zettel geklebten Worte.

Ich weiß alles. Zahlen Sie, oder verlieren Sie Ihre Familie. Ich melde mich wieder.

Dann faltete er das Schreiben zweimal, steckte es in seine Gesäßtasche und schob den Umschlag zurück in den Briefkasten. Er zückte sein Handy und versuchte erneut, seine Frau zu erreichen. Als auch diesmal der Anrufbeantworter ansprang und Lisas Stimme bedauernd erklärte, sie könne das Gespräch im Moment leider nicht annehmen, trennte er die Verbindung. Er schickte ihr eine WhatsApp, wartete aber vergeblich auf die Lesebestätigung.

Diese aufgeklebte Drohung konnte ja wohl nur ein schlechter Scherz sein. Aber was, wenn Lisa und die Kinder …? Erneut schaute er auf das Display seines Smartphones: Noch immer hatte Lisa die Nachricht nicht geöffnet. Er rang mit sich: Sollte er gleich die Polizei anrufen? Doch würde die ihm glauben, dass seiner Familie Gefahr drohte? Womöglich war Lisa mit den Kindern einfach länger auf dem Spielplatz geblieben. Und falls die Polizei ihm glauben sollte, würde sie bestimmt wissen wollen, warum er erpressbar war. Und welches Geheimnis ihm so viel wert war, dass er sogar Geld zahlen würde, damit es ein Geheimnis blieb.

Er beschloss, erst einmal selbst nach seiner Familie zu suchen. Jenseits der Bahnlinie wandte er sich zunächst in Richtung Hirschgarten, doch auf keinem der Spielplätze waren seine Kinder zu sehen. Am Biergarten verlangsamte er seine Schritte, vollendete die Runde durch den Park in höherem Tempo und warf einen Blick auf den Spielplatz am südöstlichen Ende des Schlossparks, doch auch dort konnte er seine Familie nicht entdecken.

Ein erneuter Blick aufs Handy zeigte, dass Lisa die WhatsApp noch immer nicht gelesen hatte. Er lief weiter den Weg entlang, der von ausladenden Bäumen gesäumt wurde. Plötzlich war es ihm, als habe er seitlich zwischen den Büschen etwas aufblitzen sehen. Er kehrte um, und als er genauer hinschaute, stellte er fest, dass zwischen den Ästen ein Kinderwagen steckte. Der Griff, der am weitesten aus dem dichten Blattwerk ragte, war derselbe wie an ihrem Kinderwagen. Er zog daran und konnte nach und nach den Widerstand der Äste, in denen sich Gestell und Räder verheddert hatten, überwinden. Schließlich stand der Kinderwagen frei vor ihm, und seine letzte Hoffnung, sich getäuscht zu haben, zerstob.

Es war ihrer.

Noch vor ihrer Abfahrt hatte sich herausgestellt, dass Michael Ursinus das *Nasse Eck* nicht nur dem Namen nach kannte, sondern schon häufiger dort gewesen war. Mehr wollte er seiner Schwester darüber allerdings nicht erzählen. Anfangs sträubte er sich, sie dorthin zu begleiten, aber dann willigte er doch ein.

Maja hatte inzwischen noch größere Befürchtungen, was den Besuch in der Kneipe anging. Doch das Lokal wirkte weder von außen noch von innen besonders Furcht einflößend. Michael hatte sie zu einer Wohnstraße einen Block von der Kneipe entfernt gelotst, wo sie einen Parkplatz fand. Der kurze Fußweg führte sie an einem Getränkemarkt, einem Bäcker und einem Friseur vorbei, und auch der Platz zwischen ihnen und der großen Kreuzung mit der Trambahnhaltestelle in der Mitte machte einen gediegenen und aufgeräumten Eindruck.

Das *Nasse Eck* war in einem frisch verputzten Mehrfamilienhaus untergebracht, und der Eingang des Lokals war mit einem kleinen Vorbau gegen Wind geschützt. Dabei hätte etwas frische Luft der Kneipe durchaus gutgetan. Der Raum war einfach, aber zweckmäßig eingerichtet, und nur der starke Geruch nach Zigarettenrauch erinnerte Maja an ihren Traum. Wie in der Nacht sah sie auch nun gegenüber der Tür eine Theke vor sich, und auch hier stand ein Mann und polierte Gläser. Doch jetzt

hatte sie einen gemütlich dreinblickenden, etwas unter-
setzten Mann um die vierzig vor sich, dessen Gesicht in
einem breiten Lächeln aufleuchtete, als er Michael Ursinus eintreten sah.

»Grüß dich«, rief er, stellte das Glas ab, legte das Geschirrtuch beiseite und kam seinen neuen Gästen entgegen. »Du bist heute aber früh dran! Und was hast du für
eine nette Begleitung mitgebracht?«

Er verbeugte sich mit einem spöttischen Grinsen vor
Maja, musterte sie wohlwollend und sah dann Michael
fragend an.

»Darf ich vorstellen? Das ist meine Schwester Maja.«

»Ach, die Schwester, die auch Apotheker studiert hat
wie du? Das freut mich aber!« Er drückte Maja die Hand
und zwinkerte ihr zu. »Wollen Sie sich auch ein bisschen
was dazuverdienen? Im Moment ist noch niemand da,
aber glauben Sie mir: Am Abend steppt hier der Bär! Das
wird Ihnen Michael sicher …«

»Halt die Klappe, Ronny! Maja hat ein paar Fragen,
und ich habe ihr angeboten, sie zu begleiten. Und weil du
mich kennst, wirst du sicher alle Fragen meiner Schwester
gern und ausführlich beantworten, nicht wahr?«

»Aber sicher doch. Darf ich euch einen Kaffee bringen?«

»Nein, lieber eine Limo«, antwortete Maja. »Kaffee
hatte ich heute schon genug.«

Kurz darauf saßen sie am Stammtisch beisammen.
Michael hatte sich unter Majas tadelndem Blick ein Bier
und einen Schnaps bringen lassen, und der Wirt rührte in
seiner Kaffeetasse, während er Majas erste Frage erwartete.

»Ich interessiere mich für einen Ihrer weiblichen Stammgäste«, begann sie. »Zumindest hoffe ich, dass Sie die Frau überhaupt kennen.«

»Und warum Sie sich für sie interessieren, wollen Sie mir vermutlich nicht verraten …«

»Nein, lieber nicht. Ist das ein Problem?«

»I wo, je weniger ich weiß, desto besser. Damit fahre ich seit Jahren gut. Und der Schwester von Michael kann ich ja wirklich auch einmal einfach so helfen. Wie heißt die Dame denn?«

»Ich kenne nur ihren Vornamen. Beate. Sagt Ihnen das was?«

Ronny und Michael wechselten einen schnellen Blick.

»Ihr kennt sie also beide?«, schloss Maja daraus.

»Na ja, kennen …«, versetzte Michael lahm.

»Jetzt redet schon!«

»Beate Muhr ist die Einzige, die mir zu diesem Vornamen einfällt, und sie ist tatsächlich fast so etwas wie ein Stammgast in meinem Lokal«, erzählte Ronny nach kurzem Zögern. »Viel weiß ich aber nicht über sie – eben nur das, was ich hier im *Nassen Eck* so aufschnappe.«

»Okay, und das wäre?«

»Genau genommen ist Beate ursprünglich wegen ihres damaligen Mannes hierhergekommen. Das war vor etwa vier Jahren. Werner Siehloff, so heißt ihr Ex, ist häufig hier.« Ronny deutete auf einen Ecktisch. »Er saß früher immer dort drüben, meistens allein, und gab sich die Kante. Und irgendwann hat Beate halt angefangen, abends nach ihm zu suchen – und wenn sie ihn hier vorgefunden hat, dann hat sie ihn untergehakt und nach Hause geschleift. Rüber in ihre Haushälfte in der Strindbergstraße, das ist die übernächste rechts rein. Ein halbes Jahr lang ging das so, dann ist es im Lokal zu einer Rangelei zwischen ihr und ihm gekommen, und ich habe mithilfe von zwei anderen Gästen alle beide hinausgeschafft. Erst mal ist keiner von ihnen mehr gekommen – und ein halbes Jahr später saß Werner dann wieder da. Hat sich ein paar Tage hintereinander besoffen, war aber friedlich dabei, deshalb habe ich ihn gelassen. Dann hat er eines Abends den Moralischen bekommen und ist auf den Tisch gesunken und hat losgeheult. An jenem Abend war um diese Uhrzeit schon nichts mehr los, also habe ich mich zu ihm gesetzt. Ich habe ihm gut zugeredet, dass er doch vielleicht lieber nach Hause gehen soll – da ist es alles aus ihm rausgebrochen. Seine Beate habe ihn verlassen, erzählte er unter Tränen. Sie sei abgehauen, weil sie seine Trinkerei nicht mehr ausgehalten habe. Manches hat er nur angedeutet, aber ich glaube, er ist irgendwann auch mal handgreiflich geworden – das hat das Fass dann wohl zum Überlaufen gebracht.«

Ronny stierte in seine Tasse und schüttelte den Kopf.

»Handgreiflich, gegen die eigene Frau – wie erbärmlich!«

Er nahm einen Schluck.

»Ich habe ihm geraten, etwas gegen seine Trinkerei zu unternehmen. Eine Entziehungskur zu machen, zum Beispiel. Aber da hat er nur abgewinkt. Immerhin hat er sich in den Wochen danach tatsächlich am Riemen gerissen, und wenn er heute hier ist, trinkt er seine zwei, drei Bier und geht dann nach Hause. Hat ihm gutgetan, er sieht wieder gesünder aus, und eine neue Frau hat er auch kennengelernt. Wobei …«

Ronny verzog das Gesicht, die Neue schien nicht nach seinem Geschmack zu sein.

»Wissen Sie, Beate ist ein ziemlich heißer Feger, obwohl sie auch schon Ende vierzig ist. Sie könnte sich etwas weniger billig herrichten, und sie könnte etwas wählerischer sein mit den Kerlen, die sie mit nach Hause nimmt – aber sie sieht schon gut aus. Werners Neue dagegen … Ungefähr in seinem Alter, also einige Jahre älter als Beate, und lange nicht so eine gute Figur. Ein paar Kilo zu viel hat sie auf jeden Fall, und sie macht auch keinen besonders gepflegten Eindruck, aber der Werner … na ja … was soll man machen, wenn es einen erwischt hat … Wo die Liebe hinfällt, nicht wahr?« Er lachte anzüglich und raunte: »Vielleicht kann sie ja ein Kunststück.«

»Danke«, sagte Maja. »So genau muss ich das, glaube ich, nicht wissen.«

Der Wirt hob abwehrend die Hände.

»Sorry, hier im *Nassen Eck* sind wir da nicht so förmlich. Jedenfalls hat die Beate zwar ihren Werner verlassen, hat sich auch scheiden lassen und wieder ihren Mädchennamen angenommen. Aber ich glaube, dass sie den Werner noch immer liebt. Oder warum sollte sie sonst ausgerechnet in seine Stammkneipe gehen und sich vor seinen Augen an die männlichen Gäste ranschmeißen? Einige Zeit, nachdem Werner wieder regelmäßig herkam, tauchte nämlich auch Beate wieder im *Nassen Eck* auf. Ich glaube, sie will ihrem Ex noch einmal zeigen, dass andere Männer sehr wohl zu schätzen wissen, was er an ihr mal hatte. Oder?«

Ronny sah Maja an, aber statt der erhofften Bestätigung zuckte sie nur mit den Schultern.

»Wie auch immer«, fuhr der Wirt fort. »Beate wohnt nicht weit von hier, gleich ums Eck hat sie sich eine Wohnung genommen. Ein paar Monate nach der Scheidung ist sie das erste Mal nach längerer Pause genau zu der Zeit aufgekreuzt, in der seit eh und je ihr Werner hier sein erstes Bier zu trinken pflegte. Sie hat ihn wie Luft behandelt, hat sich zu anderen Männern an den Tisch gesetzt und gleich losgeflirtet. Werner ist meistens gegangen, kurz nachdem sie reingekommen ist. Das hat sich irgendwann eingespielt.«

»Schön, aber was können Sie mir noch über Beate erzählen?«

»Mehr weiß ich nicht über sie, tut mir leid.«

Er hatte gezögert, und deshalb fasste Maja noch einmal nach.

»Okay«, sagte er. »Aber ich möchte nicht, dass Sie das rumerzählen. Was ich Ihnen jetzt sage, bleibt unter uns, ja?« Er wandte sich an Michael Ursinus. »Und du sagst das auch keinem, versprochen?«

»Ja, versprochen«, antworteten beide gleichzeitig.

»Bruder und Schwester im Chor, wie nett«, versetzte Ronny und grinste, wurde aber schnell wieder ernst. »Ich weiß ja nicht, Maja, was Ihnen Ihr Bruder alles anvertraut hat. Zum Beispiel, was er hier macht, außer dass er ab und zu ein Bierchen zischt.«

Maja gab ihm mit einer Geste zu verstehen, dass sie das auch nicht interessierte.

»Aha, hat er's also nicht erzählt. Auch recht, ich muss darüber nicht reden. Jedenfalls ist Beate eines Tages hier reingekommen und hat ein paar von Michaels Kunden … ich meine, sie hat Männer angesprochen, die sich hier im Lokal gelegentlich unter der Hand was gekauft haben.«

Maja presste die Lippen zusammen und funkelte ihren Bruder wütend an. Der machte eine zerknirschte Miene, trank sein Schnapsglas leer und spülte mit Bier nach.

»Im *Nassen Eck* ist noch nie viel solches Zeug über den Tisch gegangen, Maja, glauben Sie mir«, beteuerte Ronny. »Und ich fand, für das bisschen Material muss nun nicht noch ein zweiter Verkäufer auf den Plan treten. Ich habe Beate deshalb zur Seite genommen und ihr erklärt, dass ich nicht will, dass sie hier bunte Pillen vertickt.«

»Was für bunte Pillen?«, fragte Maja.

»Keine Ahnung, mit so etwas kenne ich mich nicht aus. Mir ist es am liebsten, die Leute schießen sich mit meinen Getränken ab – aber manche wollen eben noch was Buntes dazu. Das toleriere ich, wenn es einigermaßen heimlich abläuft. Das heißt: Offiziell weiß ich von nichts, und wann immer die Bullen danach fragen sollten, streite ich natürlich alles ab und schwöre jeden Eid, klar.«

»Klar. Und wie könnte Beate an diese Pillen gekommen sein?«

»Werner hat mir mal erzählt, dass sie für eine Firma

arbeitet, die mit Arzneimitteln zu tun hat. Vielleicht hatte sie auf der Arbeit Gelegenheit, Antidepressiva oder Beruhigungsmittel abzuzweigen, was weiß ich. Sie selbst hat nie darüber gesprochen, zumindest mir gegenüber nicht.«

Maja ließ sich die SMS noch einmal durch den Kopf gehen:

Nasses Eck Am Knie Beate klaut.

Das würde also passen, aber was sollte sie mit dieser Information anfangen? Sie kannte den Namen dieser Beate, würde wohl auch noch ihre Adresse herausfinden können, aber wonach sollte sie die Frau fragen? Ganz zu schweigen davon, dass Beate Muhr sicher keine Lust hatte, ihr etwas anzuvertrauen, worüber sie nicht einmal mit dem Wirt ihrer zeitweiligen Stammkneipe gesprochen hatte.

»Und dieser Werner, wohnt der noch in seiner Haushälfte?«, wollte sie wissen.

»Klar, wieso?«, entgegnete Ronny.

»Nur so«, wimmelte Maja ihn ab, doch der Wirt grinste nur, stand auf, klopfte zweimal auf den Tisch und verabschiedete sich. Maja bedankte sich, erhob sich ebenfalls und wartete im Stehen, bis ihr Bruder sein Bier ausgetrunken hatte.

Der Streifenwagen war erfreulich schnell bei ihm, und während einer der beiden Beamten das Gebüsch inspizierte, schilderte Arne Mögel der Kollegin, warum er sich Sorgen machte um seine Frau und seine beiden Kinder.

»Und das ist ganz sicher Ihr Kinderwagen?«, fragte die Beamtin.

»Ja, schauen Sie hier.«

Er griff in einen etwas versteckten Schlitz im Stoffverdeck und zog ein kleines Pappschild hervor. Darauf standen Name und Adresse von Lisa und Arne Mögel.

»Können Sie sich erklären, warum Ihre Frau den Kinderwagen hier zurückgelassen haben könnte?«

»Ich befürchte, dass sie und die Kinder entführt wurden. Das habe ich Ihren Kollegen auch schon am Telefon gesagt.«

»Ja, ich weiß – aber wie kommen Sie darauf?«

Arne Mögel zog das gefaltete Blatt aus seiner Gesäßtasche und strich das Papier leidlich glatt, wobei er versuchte, die aufgeklebten Buchstaben nicht abzustreifen. Die Beamtin überflog den Text, dann musterte sie den Mann vor sich.

»Und was weiß dieser Erpresser?«, fragte sie ihn genau das, was er befürchtet hatte.

»Keine Ahnung«, log er. »Da gibt's nichts zu wissen. Aber das ist mir auch egal: Er hat meine Frau und unsere Kinder entführt und …«

»Na ja, ein einzelner Erpresser wird ja wohl kaum so ohne Weiteres drei Personen in seine Gewalt bringen können!«

»Dann sind es eben mehrere Entführer, das macht es ja auch nicht besser, oder?«

Die Beamtin las noch einmal das Erpresserschreiben, dann entfernte sie sich ein paar Schritte und rief ihren

Kollegen zu sich, um sich außer Hörweite von Arne Mögel mit ihm zu beraten. Die beiden steckten die Köpfe zusammen und schauten immer wieder zu ihm herüber. Dann hatten sie offenbar eine Entscheidung getroffen. Die Beamtin kam zu ihm, ihren Kollegen hatte sie im Schlepptau.

»Gut, Herr Mögel, wir …«

In diesem Moment klingelte sein Handy. Er gab den Polizisten zu verstehen, dass sie einen Moment warten sollten, und hob das Telefon ans Ohr. Er hörte zu, setzte kurz zu einer Erwiderung an, blieb aber doch stumm, und schließlich ließ er das Handy wieder sinken. Die Beamten wurden nicht schlau aus dem verwirrten Blick, mit dem er sie ansah.

»Wer war denn dran?«, fragte die Polizistin schließlich.

»Meine Frau.«

Auf der Fahrt an den westlichen Stadtrand hatte Michael ihr erzählt, dass er einen Teil des Weges zu ihrer WG gelaufen und den Rest schwarz mit der Tram gefahren sei, weil sein Rad einen Platten habe, und sie steckte ihm für einen neuen Schlauch noch einen Zehner zu. Sie ließ ihn an der Hofeinfahrt des Gebrauchtwagenhändlers in Aubing aussteigen, in dessen Haus ihr Bruder eine schäbige Kellerwohnung bezogen hatte, und er winkte ihr noch nach, als sie schon gewendet hatte und wieder stadteinwärts davonfuhr.

Maja gab ins Navi die Strindbergstraße ein, wo dem Wirt des *Nassen Ecks* zufolge Werner Siehloff wohnte. In

143

der Straße kam sie zunächst an mehreren frei stehenden Ein- und Mehrfamilienhäusern vorbei. Schließlich sah sie rechter Hand einige Doppelhäuser, stellte den Wagen ab und entdeckte schon bald das Namensschild von Werner Siehloff. Die Haushälfte, in der er wohnte, war recht gut in Schuss und schien erst vor ein paar Jahren renoviert worden zu sein. Nur der Garten wirkte etwas ungepflegt.

Einen Moment lang zögerte sie noch, dann gab sie sich einen Ruck und drückte den Klingelknopf. Zunächst regte sich nichts, aber nach dem zweiten Läuten schwang die Haustür auf, und ein Mann in Hausschuhen, ausgebeulter Jogginghose und einem weiten Sweatshirt stand vor ihr und beäugte sie misstrauisch.

»Ja, bitte?«, fragte er und schien sie daraufhin zu taxieren, ob sie ihm wohl eher etwas verkaufen oder mit ihm über Religion sprechen wollte.

»Entschuldigen Sie bitte die Störung. Ronny, der Wirt vom *Nassen Eck*, hat mir Ihre Adresse gegeben.«

»Ach? Und warum sollte er das tun?«

»Mein Name ist Maja Ursinus und …«

»Ursinus? Ist dieser Michael Ursinus, der ab und zu in Ronnys Kneipe kommt, Ihr Mann?«

»Er ist mein Bruder, warum?«

»Bleiben Sie mir bloß mit diesem Teufelszeug weg! Ich habe das Ihrem Bruder auch schon gesagt, und ich hatte den Eindruck, dass er mich verstanden hat. Aber wenn Sie mir jetzt was davon andrehen wollen, ist das wohl doch nicht der Fall!«

Er machte Anstalten, die Haustür wieder zu schließen.

Für einen Augenblick erwog Maja, ihren Schuh in den Spalt zu schieben, aber das hätte ihr Gegenüber sicher nicht gut aufgenommen.

»Bitte warten Sie. Ich weiß nichts von den Geschäften meines Bruders, und ich will davon auch nichts wissen. Glauben Sie mir, ich bin selbst nicht gerade glücklich über die Lebensführung meines Bruders.«

»Mag ja sein, aber was wollen Sie dann von mir?«

»Ronny hat mir von Ihnen und Ihrer Frau erzählt.«

Das Gesicht des Mannes verhärtete sich.

»Ihrer Ex-Frau, meine ich natürlich«, fügte Maja rasch hinzu. »Ich war im *Nassen Eck*, weil mir jemand anonym eine Nachricht aufs Handy geschickt hat, der zufolge eine gewisse Beate etwas gestohlen habe und dass ich mehr darüber in Ronnys Lokal erfahren könne.«

Werner Siehloff blinzelte irritiert.

»Und warum glauben Sie, dass es sich dabei um meine Ex-Frau handelt?«

»Ronny kannte nur eine Beate, nämlich Ihre frühere Frau.«

»Und?«

»Und er deutete an, dass sie wohl versucht hat, einigen Gästen Aufputsch- oder Beruhigungsmittel zu verkaufen.«

Siehloff sah sie nun noch misstrauischer an als zuvor.

»Und warum interessiert Sie so etwas?«, fragte er lauernd. »Sind Sie von der Polizei?«

»Nein, ich …«

Maja entschied sich für eine Variante, in der sie nicht

mehr preisgeben musste als unbedingt nötig. Und in der vor allem der Giftmord an ihrem Ex-Freund nicht zur Sprache kam.

»Ich bin nicht von der Polizei, aber ich habe derzeit mit der Polizei zu tun. Ohne eigenes Zutun, das kann ich Ihnen versichern.«

»Ich höre.«

»Eine Nachbarin von mir ist tot, sie wurde ermordet. Ich war's nicht, und ich habe auch ein Alibi – aber die Polizei zählt mich immer noch zu den Verdächtigen.«

In einem Reflex schob Siehloff seine Haustür ein klein wenig mehr zu, verharrte aber mitten in der Bewegung, als er sah, dass Maja ihn nicht am Schließen der Tür hindern wollte, sondern seine Bewegung nur mit einem traurigen Lächeln quittierte.

»Danke, dass Sie mir weiter zuhören«, sagte sie, als die Tür geöffnet blieb und Siehloff sie weiter gespannt ansah. »Wie gesagt, ich war's nicht. Aber ich glaube, dass ich meine Unschuld am besten dadurch beweisen kann, dass ich Spuren verfolge, die vielleicht zum wahren Täter führen – und dass ich am Ende diese Spuren oder vielleicht sogar den Mörder der Kriminalpolizei präsentieren kann.«

Werner Siehloff hörte sie ruhig an.

»Warum hält die Polizei Sie denn für verdächtig?«, fragte er schließlich.

»Ich bin Apothekerin, und die Frau wurde vergiftet – diese Kombination scheint als Verdachtsmoment zu reichen.«

Er nickte bedächtig.

»Und ich glaube nun«, fuhr sie fort, »dass die anonyme SMS auf meinem Handy irgendwie mit dem Tod der Frau zusammenhängt. Vielleicht will mir jemand einen Fingerzeig geben, will mich auf eine Spur bringen – und deshalb habe ich eine Frage an Sie, die Ihre Ex-Frau betrifft.«

»Glauben Sie, dass sie etwas mit diesem Mord zu tun haben könnte? Das können Sie vergessen, Frau Ursinus! Beate führt sich seit unserer Scheidung auf wie eine Schlampe, sie hat mir zuletzt das Leben echt schwer gemacht, und ich mag am liebsten nie wieder etwas mit ihr zu tun haben – aber ein Mord? Ich bitte Sie!«

»Nein, das wollte ich auch gar nicht andeuten. Aber haben Sie denn auch mitbekommen, dass sie im *Nassen Eck* Tabletten verkaufen wollte?«

»Wenn Sie glauben, dass ich Beate jetzt anschwärze, nur weil wir beide …«

»Ronny hat es mitbekommen, und er hat ihr auch klargemacht, dass er das nicht mehr will. Daran hat sie sich wohl gehalten.«

»Na, dann ist es ja wohl ausgestanden, oder?«

»Ja, und die Geschichte an sich interessiert mich ja auch gar nicht. Aber … könnte Ihre Frau diese Tabletten, die sie da verkaufen wollte, irgendwo gestohlen haben? Und können Sie sich vorstellen, wo sie dazu Gelegenheit gehabt haben könnte?«

»Ich sehe immer noch nicht, warum …«

»Herr Siehloff, die Polizei ermittelt in einem Mordfall,

ich werde zu Unrecht verdächtigt, und dann schickt mir jemand anonym eine SMS, die darauf hindeutet, dass Ihre Ex-Frau etwas gestohlen haben könnte – warum würde mir das jemand mitteilen, wenn es nicht in irgendeiner verschlungenen Beziehung zu dem Mordfall stehen würde?«

»Aber ich habe Ihnen doch schon …«

»Ich glaube doch auch nicht, dass sie als Mörderin infrage kommt – aber ich bin überzeugt, dass die Herkunft der Tabletten, die sie im *Nassen Eck* verkaufen wollte, mich in meinen Recherchen weiterbringt. Ich bin sicher, dass es da irgendeinen Zusammenhang gibt, der letztlich wohl überhaupt nichts mit Ihrer Ex-Frau zu tun hat.«

»Ich glaube wirklich nicht, dass ich Ihnen da behilflich sein kann, tut mir leid.«

»Ronny meinte, dass sie in einer Firma arbeitet, die mit solchen Medikamenten zu tun hat. Würden Sie mir denn wenigstens verraten, wie diese Firma heißt?«

»Keine Ahnung, ob sie dort noch arbeitet. Wir haben seit der Scheidung keine fünf Worte mehr miteinander gewechselt – und ich habe wirklich kein Interesse mehr daran, wo sie arbeitet und was sie sonst so macht.«

»Bitte! Wenigstens den Namen der Firma! Ist es ein Pharmaunternehmen? Oder eine Apotheke?«

»Weder noch. Sie hat im Lager einer Firma gearbeitet, die Medikamente an Apotheken ausliefert.«

Maja riss die Augen auf, schwieg aber, und Siehloff fuhr fort: »Die sitzen in Zamdorf, drüben im Osten von München. Die Firma heißt Reeb Medical Logistics.«

Maja wurde abwechselnd heiß und kalt. Dann wurde ihr schwarz vor Augen.

»Frau Ursinus, was ist mit Ihnen?«, fragte Siehloff. Schon im nächsten Moment musste er zupacken, um sie vor einem Sturz auf seine Türschwelle zu bewahren.

5

Als sie die Augen aufschlug, fand sich Maja in einem spießig eingerichteten Wohnzimmer wieder. Sie lag auf einer Couch, und ihre Schuhe standen auf dem Fußboden. Rechter Hand befanden sich gut gefüllte Bücherregale und gegenüber eine Schrankwand mit integriertem Flachbildfernseher und Lautsprecherboxen. Direkt davor saß Werner Siehloff in einem Sessel und sah sie besorgt an.

»Geht's wieder?«, fragte er.

»Ja, so halbwegs.«

»Was war denn los mit Ihnen?«

Sie erinnerte sich dunkel. Reeb Medical Logistics ... die Firma ihres Ex-Freundes, der offenbar Beate Muhrs Chef gewesen war ...

»Ich weiß auch nicht so genau«, behauptete sie. »Letzte Nacht habe ich kaum geschlafen, und seit dem Frühstück habe ich nichts mehr gegessen und getrunken.«

»Warten Sie einen Moment.«

Siehloff erhob sich und kehrte kurz darauf mit einem Glas Wasser und zwei Wurstbroten zurück.

»Ich hoffe, Sie mögen Wurst. Sonst kann ich Ihnen gern auch was mit Käse ...«

»Nein, Wurst ist prima, danke.«

Sie setzte sich vorsichtig auf, horchte in sich hinein, aber der Schwindel von vorhin war anscheinend ausgestanden. Und als sie die Brote auf dem Teller sah, stellte sie fest, dass sie ordentlich Hunger hatte. Sie griff tüchtig zu, spülte mit Wasser nach, aß den Rest auf und trank erneut.

»Besser jetzt?«, erkundigte sich Siehloff.

»Ja, viel besser, danke.«

»Ich esse mittags nicht warm, sonst hätte ich Ihnen mehr anbieten können. Ohnehin koche ich nicht so oft für mich allein, nur in letzter Zeit ...«

Er verstummte mitten im Satz und senkte traurig den Blick.

»In letzter Zeit?«, hakte Maja nach.

»Ich ... Ach, das wird Sie nicht interessieren.« Er wechselte das Thema. »Kennen Sie denn die Firma, für die meine Ex-Frau arbeitet oder gearbeitet hat?«

Maja nickte, rückte aber nicht mit der ganzen Wahrheit heraus. »Ich arbeite ja in einer Apotheke, wie ich Ihnen vorher erzählt habe. Und Reeb hat auch uns beliefert – er ist einer der Großhändler hier in München, von denen wir unsere Medikamente beziehen.«

Siehloff nickte und zwang sich zu einem aufgesetzten Lächeln.

»Dann konnte ich Ihnen ja doch helfen. Und was werden Sie nun mit der Information anfangen? Wollen Sie Beate auch noch befragen?«

Maja zuckte mit den Schultern.

»Ich glaube nicht, dass das im Moment was bringt. Ziemlich sicher würde sie einen Diebstahl einer Fremden wie mir gegenüber abstreiten – und ich vermute eh, dass Ihre Ex-Frau nicht direkt mit dem Fall zu tun hat, sondern dass nur die Spur zu dem Großhändler wichtig ist.«

»Das ist mir ganz recht so. Ich will Beate ja wie gesagt nicht anschwärzen. Und ich mag mir gar nicht die Szene vorstellen, die sie mir machen würde, wenn sie wüsste, dass ich mit Ihnen über sie gesprochen habe.«

»Da müssen Sie sich keine Sorgen machen.«

»Gut.«

»Sie sehen aber aus, als würde Ihnen etwas sehr zu schaffen machen.«

Siehloff winkte ab.

»Probleme mit Ihrer neuen Freundin?«

Der Mann erschrak und sah Maja prüfend an. Sie hob sofort beschwichtigend die Hände.

»Ronny hat mir erzählt, dass Sie mit jemandem zusammen sind«, sagte sie schnell und beschloss, ihm etwas Tröstliches zu sagen, auch wenn es nicht ganz der Wahrheit entsprach. »Ich hatte den Eindruck, dass er sich für Sie freut. Es ist doch nicht gut, wenn man nach einer Scheidung allein bleibt.«

»Mag sein, aber ich bin eigentlich allein ganz gut zurechtgekommen. Eines Tages bin ich einer neuen Frau begegnet, wir kamen ins Plaudern, und nach und nach hatte ich das Gefühl, sie sei mir viel vertrauter, als das sonst bei einer neuen Bekannten der Fall ist. Wir haben uns ein paarmal getroffen, und schon nach einigen Wochen ... Na, egal. Jedenfalls scheint es schon wieder vorbei zu sein, leider.«

»Wie kommen Sie darauf?«

»Sie wollte an diesem Wochenende bei mir einziehen. Ich hatte ihr angeboten, dass sie zunächst die Wohnung im ersten Stock bezieht. Wir wären unter einem Dach gewesen, und doch hätte jeder sein eigenes Reich gehabt. Das war ihr wichtig, weil sie bisher immer allein gelebt hatte. Und dann hätten wir einfach schauen können, wie sich das Ganze weiterentwickelt. Sie war auch Feuer und Flamme für meinen Vorschlag, was mich sehr gefreut hat. Aber jetzt ... jetzt lässt sie nichts mehr von sich hören und ist auch nicht mehr für mich erreichbar.«

»Haben Sie eine Nachricht auf ihrem Handy hinterlassen?«

Er lächelte wehmütig.

»Natürlich, mehr als einmal. Sie hat keinen der Anrufe angenommen, und sie hat auch nicht zurückgerufen. Aber inzwischen lasse ich es gut sein. Wenn sie den Kontakt nicht mehr will, kann ich sie ja schlecht zwingen.«

»Das tut mir leid«, sagte Maja. Sie schlüpfte in ihre Schuhe und machte Anstalten, Teller und Glas in die Küche zu tragen.

»Lassen Sie nur, das mach ich nachher. Das hat keine Eile.«

»Danke nochmals, und ...« Sie holte eine Visitenkarte hervor und hielt sie ihm hin. »Falls Ihnen noch was einfällt, rufen Sie mich einfach an. Vorne drauf stehen die

Adresse und die Telefonnummer der Apotheke, in der ich arbeite. Die Handynummer auf der Rückseite ist meine private. Und entschuldigen Sie bitte noch einmal den Überfall.«

»Schon recht«, antwortete Siehloff, las die Adresse und sah Maja an. »Zschokkestraße ... ist das nicht in Laim?«

»Ja, für mich ist das praktisch, ich wohne nur ein paar Gehminuten entfernt. Kennen Sie die Apotheke? Direkt gegenüber ist das *Andermatt* – wenn Sie mal gut und reichlich essen möchten, sind Sie dort auf jeden Fall richtig.«

»Ich war schon mal dort, mit meiner Freundin. War sehr lecker, und satt sind wir auch geworden.«

Er lächelte traurig, dann ging ein Ruck durch ihn.

»Sind Sie mit dem Wagen da?«

»Ja, der steht ganz in der Nähe.«

»Und fahren Sie jetzt nach Hause?«

»Ja, das hatte ich vor. Warum fragen Sie? Soll ich Sie mitnehmen?«

»Das ... das wäre super. Ich glaube, ich unternehme noch einen letzten Versuch und schau einfach mal bei meiner Freundin vorbei. Im direkten Gespräch lässt sich vielleicht alles klären, womöglich braucht sie nur noch etwas Zeit oder ...« Er wirkte plötzlich voller Tatendrang. »Würden Sie mich mitnehmen?«

»Klar, kein Problem.«

»Fein. Ich zieh mir nur schnell noch was anderes an.«

Er brauchte keine fünf Minuten, und als sie vor die Haustür traten, nickte Siehloff zur verschlossenen Garage hinüber.

»Mein Auto steht da drin, das hab ich noch. Aber den Führerschein haben sie mir abgenommen.«

Er machte mit der rechten Hand eine Trinkbewegung, dann zuckte er mit den Schultern und folgte Maja zu ihrem Wagen. In Laim dirigierte er sie auf der Agnes-Bernauer-Straße immer geradeaus. Dann ließ er sie auf die Friedenheimer Straße nach Süden abbiegen, und sie fuhren in Richtung der Dachstein-Apotheke.

»Jetzt bitte etwas langsamer, damit wir die Abzweigung nicht verpassen«, sagte Siehloff und sah angestrengt nach vorn. Maja wurde etwas nervöser, und als er sie nach links in die Valpichlerstraße schickte, warf sie ihm einen ängstlichen Seitenblick zu. Der Mann war nun geradezu euphorisch, er schien im Geiste schon in der Wohnung seiner Freundin zu stehen und sie mit seinen Liebeserklärungen zu bestürmen – und Majas Magen verkrampfte sich mit jedem Gedanken daran immer heftiger. Sie hatte einen schrecklichen Verdacht …

»Da vorn ist es«, sagte er und deutete auf das Mehrfamilienhaus schräg vor ihnen. »Sie können mich einfach rauslassen. Nach Hause komm ich mit der Tram, oder Gertrud fährt mich.«

Maja schluckte.

»Nein, ich brauche einen Parkplatz. Ich wohne im selben Haus wie … wie Ihre Freundin.«

Sie fand eine Parklücke, fuhr umständlich hinein und stoppte den Motor. Dann starrte sie noch einen Moment durch die Windschutzscheibe, bevor sie Siehloffs Blick erwiderte. In seinem Kopf schienen sich die Gedanken zu überschlagen. Offenbar hatte er dieselben Schlussfolgerungen gezogen wie sie.

»Nein, oder?«, brachte er schließlich hervor.

Michael Ursinus hatte schon alles bereitgelegt, was er für den Rest des Sonntags brauchte. Da klingelte sein Handy. Er kannte die Nummer auf dem Display, die Füssener Vorwahl, den Anschluss der Familienvilla am Stadtrand, und er ahnte schon, dass seine Mutter dran sein würde. Wie vermutlich alle Mütter wollte sie wissen, wie es ihrem Ältesten ging – auch wenn er den Eltern ziemlich deutlich gemacht hatte, dass er kein Interesse an ihnen hatte. Und natürlich tat sie es heimlich, wenn sie ihn alle paar Monate mal anrief. Er sah auf die Uhr. Am frühen Nachmittag pflegte sein Vater zur Apotheke in der Füssener Innenstadt zu spazieren und ein bisschen Papierkram zu erledigen. Dass dazu auch ein gepflegtes Wasserglas Williams gehörte, hatte er seiner Frau vermutlich in all den Jahren nie erzählt. Natürlich nicht, das hätte sich auch schlecht mit seinem Auftreten als Moralapostel vertragen. Michael lachte freudlos und hob ab.

Tatsächlich, es war seine Mutter. Sie tauschten ein paar Höflichkeitsfloskeln aus, aber irgendwann nach den üblichen Standardfragen kippte das Telefonat, und seine Mutter erging sich erst in Ermahnungen und schließlich in bitteren Vorwürfen. Michael erwog, einfach aufzulegen, wie er es sonst meist tat. Aber heute wehrte er sich, wenn auch nicht sehr erfolgreich.

»Was hackt ihr eigentlich immer auf mir herum?«, rief

er schließlich. »Macht ihr eurem Mustertöchterchen auch solche Vorwürfe? Oder ist da alles bestens in Ordnung – wenn sie sich nur endlich besinnen und eure Scheißapotheke übernehmen würde?«

»Du bist ungerecht«, versetzte Inge Ursinus.

»Ich? Ihr seid unfair! Immer geht es nur um mich, um das, was ich anstelle oder nicht aus mir mache! Was ist denn mit Maja? Wisst ihr denn, was eure Lieblingstochter gerade treibt? Wie es ihr geht? Dass die Kripo sie im Verdacht hat, zwei Menschen vergiftet zu haben?«

Der letzte Satz tat ihm schon leid, noch bevor er ihn ganz ausgesprochen hatte. Er hörte seine Mutter am anderen Ende der Leitung erschrocken nach Luft schnappen.

»Was hast du da gerade …?«, sagte sie noch, doch da hatte Michael das Gespräch schon weggedrückt.

Er ärgerte sich über sich selbst, und Wut keimte in ihm auf, die schließlich in Scham überging – Scham vor seiner Schwester und vor sich selbst.

Das würde heute kein schöner Trip werden.

Still war es in diesem Gebäude immer, aber sonntags war auch in der direkten Nachbarschaft alles wie ausgestorben. Ab und zu rauschte ein Zug vorbei, und ganz selten war in der Sackgasse, die hierherführte, ein Auto zu hören – meistens, weil jemand das Wochenende für ein paar Überstunden nutzen wollte. Doch niemand hob den Blick zu den verspiegelten Fenstern im dritten Stock, und selbst wenn: Niemand konnte den Mann sehen, der jetzt auf dem Metallstuhl in der Mitte des Raums stand und einen Infusionsbeutel an dem Deckenhaken befestigte.

Der Beutel war mit einer farblosen Flüssigkeit gefüllt, und in seiner Öffnung steckte ein Kunststoffschlauch, dessen anderes Ende lose neben dem Metallstuhl baumelte. Hinter dem Stuhl stand ein Tapeziertisch aus Aluminium, auf dem ein Stück Stoff für den Knebel, Plastikschnüre für die Fesselung und Klebeband zum Befestigen des Schlauchs bereitlagen.

Nun war alles vorbereitet.

Ein paar Schritte hinüber in die Küche, ein letzter Blick auf den aufgeklappten Karton, in dem noch Platz war. Neben dem billigen Handy in seiner geschmacklosen Plastikhülle, der Halskette mit dem silbernen Herzanhänger und der teuren Armbanduhr. Bald würde sich der Karton weiter füllen.

Sehr bald.

Ein Lächeln glitt über das Gesicht des Mannes, dann klappte er den Karton zu und verließ die Wohnung. Die Tür wurde sorgfältig verschlossen. Durch den düsteren Hausflur ging es zum Lastenaufzug. Zerkratzte Metalltüren, ein kleines vergittertes Fenster mit blinden Flecken, links und rechts lagen abgeplatzte Putzstücke auf dem kahlen Steinboden. Der Aufzug war leer bis auf einen Rollstuhl älterer Bauart. Der Mann stellte sich daneben, ließ die Metalltüren einrasten und betätigte den Knopf. Ruckelnd setzte sich der Aufzug in Bewegung und hielt scheppernd im Kellergeschoss. Der Mann öffnete die Aufzugtüren und schob den Rollstuhl auf eine Art Plattform, von der eine Rampe hinunterführte. Unten klappte er den Rollstuhl zusammen und lud ihn in den bereitstehenden Wagen. Dann setzte er sich hinter das Steuer, ließ das Fenster auf der Fahrerseite herunter und zog an einer Kette, woraufhin ein Metalltor nach oben fuhr. Hinter dem Wagen schloss es sich wieder, und das Auto nahm Kurs auf die Stadtmitte von München.

Arne stürzte aus dem Streifenwagen, kaum dass das Fahrzeug zum Stehen gekommen war. Vor dem Hauseingang stand Lisa Mögel, das Mädchen auf dem Arm, den Jungen an der Hand, und sah ihrem sichtlich aufgewühlten Mann mit schreckgeweiteten Augen entgegen. Er flog ihr förmlich in die Arme und wollte sie und die Kinder gar nicht mehr loslassen. Erst als die Polizistin zu ihnen trat, löste sich Lisa aus seiner Umklammerung. Der Kollege mühte sich unterdessen damit ab, den Kinderwagen aus dem Kofferraum des Polizeiautos zu zerren. Der Junge beobachtete ihn interessiert, und schließlich ließ er die Hand seiner Mutter los und näherte sich dem Streifenwagen.

»Geht es Ihren Kindern gut?«, fragte die Beamtin.

»Ja, inzwischen wieder«, erwiderte Lisa Mögel. »Unserer Kleinen ist schlecht geworden, nachdem wir eine Weile auf dem Spielplatz an der Schlossmauer waren. Vielleicht hat sie zu lange in der Sonne gespielt – jedenfalls war sie auf einmal ganz blass, und ich hatte Sorge, dass sie sich übergeben muss. Deshalb habe ich sie in den Kinderwagen gesetzt und bin mit ihr und dem Großen in den Schatten gegangen.«

Sie unterbrach sich und wandte sich an ihren Mann.

»Aber wieso hast du die Polizei gerufen?«

»Du bist nicht an dein Handy gegangen und hast auch meine WhatsApp nicht gelesen.«

»Also bitte! Ich bin doch auch sonst nicht immer und überall erreichbar!«

Die Beamtin hielt ihr das Erpresserschreiben hin. Lisa Mögel stutzte und las den Text.

»*Ich weiß alles?* Was soll das denn heißen, Arne?«

»Keine Ahnung«, beeilte er sich zu versichern. »Das hat mich die Polizei auch schon gefragt. Aber das war mir in dem Moment egal. Weißt du, da droht jemand, meiner Familie etwas anzutun, und dann seid ihr plötzlich verschwunden und nicht zu erreichen ... ich meine ...«

Lisa Mögel lächelte ihn an und strich ihm mit der freien Hand sanft über die Wange.

»Ist doch alles gut, mein Schatz. Und eigentlich sollte ich mich bei dir bedanken, dass du gleich alle Hebel in Bewegung setzt, wenn du dir Sorgen um uns machst.«

Sie küsste ihn. Inzwischen hatte der Beamte den Kinderwagen vor den Hauseingang geschoben, war zum Streifenwagen zurückgekehrt und neben dem kleinen Jungen in die Hocke gegangen.

»Ich glaube, für den Rest brauchen Sie die Polizei nicht mehr, richtig?«, meinte seine Kollegin.

Sie zwinkerte ihnen zu und tippte sich mit dem Finger an den Schirm ihrer Mütze. Die beiden bedankten sich bei ihr und ihrem Kollegen, der Junge flitzte zu seiner Mutter zurück, und kurz darauf fuhr der Streifenwagen davon.

»Und warum steckte der Kinderwagen im Gebüsch?«, wollte Arne Mögel wissen, während sie das Gefährt wie immer im hinteren Bereich des Treppenhauses abstellten.

»Ich wusste mir im ersten Moment nicht zu helfen«, meinte seine Frau. »Deshalb war ich heilfroh, als diese Frau kam und mir ihre Hilfe anbot. Sie erkundigte sich, was los sei, und dann bot sie an, uns nach Hause zu fahren. Nur ein paar Meter entfernt parkte ihr Auto, ein ziemlich schnittiger Sportflitzer, in den sie uns drei irgendwie reingepresst hat – aber der Kinderwagen passte natürlich nicht auch noch rein.«

»Moment mal! Hatte die denn Kindersitze in ihrem Wagen?«

»Nein, natürlich nicht, aber ...«

»Du hast die Kinder allen Ernstes einfach so in diesen Sportwagen gepackt?«

»Ich weiß, normalerweise würde ich die Kinder nie im Leben ohne Kindersitz durch die Stadt fahren lassen. Aber ich war so durcheinander, dass ich ihr Angebot einfach angenommen habe. Und die Frau hat auch nicht lockergelassen, die wollte uns unbedingt nach Hause bringen. Und sie hatte dann noch die Idee, dass wir den Kinderwagen möglichst tief im Gebüsch verstecken und ihn später in aller Ruhe abholen.«

»Und wo ist deine Retterin jetzt?«

»Sie hat uns vor dem Haus abgesetzt, und als ich ihr gedankt und ihr versichert habe, dass ich den Rest gut allein schaffe, hat sie sich verabschiedet und ist weggefahren.«

Werner Siehloff hatte sich widerstandslos in den ersten Stock führen lassen. Nur beim Betreten des Treppenhauses war er einen Moment lang stehen geblieben und hatte traurig auf die Tür von Gertrud Mögels Wohnung geschaut. Maja hatte gewartet, bis er sich wieder in Bewegung setzte, dann waren sie nach oben gegangen.

Nun hockte Siehloff am Küchentisch der WG und starrte vor sich auf die Tischplatte. Maja kochte Kaffee, behielt aber ihren Gast im Blick. Zucker und Milch hatte sie schon bereitgestellt. Als der Kaffee durchgelaufen war, schenkte sie zwei Becher voll und schob ihm einen hin. Dann setzte sie sich ihm gegenüber und rührte mit ruhigen, gleichmäßigen Bewegungen Zucker in ihren Kaffee.

»Geht's denn?«, fragte Maja nach einer Weile.

Siehloff zuckte mit den Schultern und starrte weiter auf den Tisch.

»Nehmen Sie doch einen Schluck«, ermunterte Maja ihn. »Das wird Ihnen guttun.«

Er hob den Blick und schaute sie aus feuchten Augen an, dann griff er nach dem Becher und nippte vorsichtig an dem heißen Kaffee.

»Gut«, murmelte er, versank aber gleich wieder in brütendes Schweigen.

Vom Treppenhaus waren Schritte zu hören, kurz darauf schwang die Wohnungstür auf, und Majas Mitbewohner stürmten fröhlich plappernd in den Flur.

»Bin gleich wieder da«, sagte Maja. Sie ging den anderen entgegen, bat sie um Ruhe und erklärte, wer in der Küche saß und was er gerade hatte erfahren müssen.

»Ach du Scheiße!«, entfuhr es Andreas. Katharina und Daniel versprachen ihr, sich so still wie möglich zu verhalten.

»Wir packen am besten erst nachher aus«, sagte Daniel. »Wenn du noch was von deinem Kaffee übrig hast, trinken wir den in meinem Zimmer.«

Maja brachte ihnen drei Becher Kaffee, und ihre Mitbewohner zogen Daniels Tür hinter sich zu. Als sie in die Küche zurückkehrte, saß Siehloff noch immer am Tisch und starrte vor sich hin. Sie setzte sich, er hob kurz den Blick und nickte mit einem traurigen Lächeln.

»Der Kaffee ist wirklich gut, danke.«

»Milch? Zucker?«

»Nein, danke, passt schon.«

Dann breitete sich wieder Schweigen zwischen ihnen aus. Ab und zu hörte sie ein gedämpftes Lachen aus Daniels Zimmer. Maja machte Anstalten, aufzustehen.

»Entschuldigen Sie. Ich sag ihnen kurz, dass sie leiser sein sollen.«

»Nein, lassen Sie sie nur. Ist es nicht immer so? Jemand stirbt, einem anderen zieht das den Boden unter den Füßen weg – und für die Übrigen geht das Leben ganz normal weiter.«

»Kann ich etwas für Sie tun?«

Er schüttelte kaum merklich den Kopf.

»Ich fürchte, das muss ich mit mir allein ausmachen.«

Maja nickte und trat ans Fenster. Unten stieg Markus Brodtbeck gerade aus seinem Wagen. Sie drehte sich zu Siehloff um.

»Es tut mir leid, dass Sie das mit Ihrer Freundin so unvermittelt erfahren mussten. Es gibt noch etwas, das ich Ihnen in diesem Zusammenhang gern erzählen würde – aber ich weiß nicht, ob ich damit noch warten soll, bis Sie ...«

»Bis ich das verdaut habe, meinen Sie? Das wird eine Zeit lang dauern. Erzählen Sie mir lieber gleich alles, dann habe ich es hinter mir.«

Er setzte sich etwas aufrechter hin, als müsse er sich für die nächste schockierende Nachricht wappnen.

»Keine Angst, es ist nichts Schlimmes, nur ein etwas ... seltsamer Zufall. Ihre Freundin wurde Freitag früh in ihrem Schlafzimmer aufgefunden, und zwar von einem Mann, dem sie an diesem Morgen seine Wohnungsschlüssel hätte übergeben sollen. Er ist der neue Mieter der Wohnung gleich nebenan auf meiner Etage – und er ist Kommissar der Kriminalpolizei und inzwischen an den Ermittlungen zum Tod Ihrer Freundin beteiligt.«

Siehloffs Augen flackerten, und er legte seine Stirn in Falten.

»Ein Zufall, wie gesagt. Dieser Kommissar ist gerade nach Hause gekommen. Ich habe ihn aus seinem Wagen steigen sehen. Und wenn Sie mögen, bringe ich Sie jetzt zu ihm. Vielleicht haben Sie Fragen an ihn – und er hat sicher welche an Sie. Glauben Sie, dass Sie schon mit ihm reden können, oder muss das noch ein bisschen warten?«

Ein, zwei Minuten lang dachte Siehloff nach, dann erhob er sich unsicher, stützte sich noch einen Moment an der Tischplatte ab, bevor er sich vollends aufrichtete und tief durchatmete.

»Meinetwegen können wir gleich zu ihm rüber.«

Gemeinsam gingen sie zur Nachbarwohnung, und Maja klingelte. Als Brodtbeck öffnete, sah er fragend zwischen ihr und dem fremden Mann hin und her.

»Das ist Herr Siehloff«, stellte Maja ihn vor. »Er war mit Frau Mögel befreundet und hat eben erst von ihrem Tod erfahren.«

Brodtbeck blinzelte, dann trat er einen Schritt vor, gab Siehloff die Hand und drückte ihm murmelnd sein Beileid aus.

»Ich dachte, dass Sie vielleicht mit ihm reden möchten«, fuhr Maja fort.

»Natürlich, aber …« Er musterte den blassen Mann vor sich. »Geht das denn schon? Wenn Sie gerade erst davon erfahren haben?«

»Ich würde es gern hinter mich bringen. Und natürlich würde ich gern mehr über die Umstände von Gertruds Tod erfahren.«

Brodtbeck warf Maja einen schnellen Blick zu, und sie fasste kurz zusammen, was Werner Siehloff bisher wusste.

»Gut, dann kommen Sie doch bitte herein«, sagte Brodtbeck.

Siehloff machte einige Schritte in den Wohnungsflur, blieb stehen und wandte sich um.

»Frau Ursinus kann doch sicher dabei sein?«

Brodtbeck zögerte einen Moment, dann zuckte er mit den Schultern.

»Natürlich kann sie dabei sein. Kommen Sie doch bitte beide herein. Einen Kaffee vielleicht?«

»Nein, danke, ich hatte gerade einen.«

Wenig später saßen sie am Tisch in Brodtbecks Küche. Sie war genauso geschnitten wie die in Majas Wohnung, nur war alles spiegelverkehrt angeordnet. Der Kommissar schenkte ihnen Mineralwasser ein und bat Siehloff, ihm alles zu erzählen, was ihm zu Gertrud Mögel einfiel. Doch erst als Brodtbeck ihn ermutigte, zunächst zu erzählen, wie er Gertrud Mögel kennengelernt hatte, redete er erst stockend und allmählich immer flüssiger.

Es war eine Geschichte voller kleiner Zufälle, die schließlich dazu geführt hatten, dass sie sich mehrere Tage hintereinander auf Kaffee und Kuchen in einem Café in der Reutterstraße trafen. Am ersten Sonntag nach ihrem Kennenlernen ging Gertrud Mögel mit ihrem neuen Bekannten ins *Gasthaus Andermatt*, wo sie sich im Biergarten bei bestem Wetter ofenfrischen Schweinebraten mit Knödel und Krautsalat schmecken ließen. Und nachdem er sich vergewissert hatte, dass sie auch gern mal auf ein Bier in eine ganz gewöhnliche Kneipe ging, nahm er sie in sein Stammlokal mit, ins *Nasse Eck*. Zwischen den beiden schien die Chemie zu stimmen, und auch wenn Maja die Vorstellung schwerfiel, dass die Schreckschraube aus dem Erdgeschoss auch liebenswerte Seiten hatte, freute sie sich mit Werner Siehloff, dass er in Majas unangenehmer Nachbarin offenbar seine neue Liebe gefunden hatte.

»Und an diesem Wochenende wollte Frau Mögel also

bei Ihnen einziehen?«, fragte Brodtbeck, der sich bis dahin alles ruhig angehört hatte.

»Ja, es wäre sozusagen ein Zusammenleben auf Probe gewesen. Jeder hätte seine eigene Wohnung gehabt, zunächst jedenfalls. Wie gesagt, Gertrud war Feuer und Flamme für meinen Vorschlag. Sie hatte wohl hier im Haus keine Freunde, und von den Nachbarn hat sie nicht viel erzählt, und wenn, dann nichts Gutes.«

Er warf Maja einen entschuldigenden Blick zu.

»Schon okay«, sagte sie. »Zwischen uns stimmte halt die Chemie nicht. Das kommt vor.«

»Und Sie haben erst vorhin durch Frau Ursinus erfahren, dass Ihre Freundin verstorben ist?«, hakte Brodtbeck nach.

»Ja. Ich hatte sie gebeten, mich nach Laim mitzunehmen, nachdem ich erfahren hatte, dass sie dort wohnt. Und ich wollte die Gelegenheit nutzen, noch einmal persönlich nach Gertrud zu schauen. Frau Ursinus hat mich ermutigt, sie doch noch einmal persönlich zu fragen, warum sie nicht wie verabredet zu mir gekommen ist.«

»Warum sind Sie nicht schon früher zu ihr gefahren?«

»Ich habe immer wieder versucht, sie per Handy zu erreichen, aber sie hat kein einziges Mal abgehoben oder gar zurückgerufen. Mein Gott, wenn ich gewusst hätte, dass sie zu der Zeit schon …«

Er beugte sich vornüber und vergrub das Gesicht in seinen Händen.

»Eine Sache wundert mich allerdings«, meinte Maja und sah Brodtbeck an. »Wenn Herr Siehloff auf Frau

Mögels Handy angerufen hat, hätten Sie doch seine Nummer in der Anrufliste gefunden und längst mit ihm gesprochen.«

Brodtbeck nickte ihr kurz zu, dann wandte er sich wieder an Siehloff.

»Sie haben Frau Mögel also mehrmals angerufen?«

Siehloff hob den Kopf und nickte langsam.

»Wann zuletzt?«

»Gestern. Und seit Freitag sicher schon … ich kann gar nicht sagen, wie oft.«

Er kramte sein Handy aus der Tasche und navigierte sich umständlich zu seiner Anrufliste.

»Darf ich?«, fragte Brodtbeck und streckte die Hand aus.

Siehloff gab ihm das Gerät, und der Kommissar studierte die Liste der ausgehenden Anrufe. Dann wechselte er in die Liste der gespeicherten Kontakte, öffnete den Eintrag »Gertrud« und las die angezeigte Nummer.

»Das ist nicht die Nummer von Frau Mögels Handy«, stellte Brodtbeck fest und gab ihm das Smartphone zurück.

»Na, das werde ich ja wohl besser wissen!«, schnaubte Siehloff.

»Ich wollte sagen: Das ist nicht die Nummer des Handys, das wir in Frau Mögels Wohnung gefunden haben. Und ein anderes Handy ist nicht auf sie angemeldet.«

»Das mag schon sein. Das Handy habe ich ihr geschenkt, samt Prepaidkarte. Die Karte läuft auf mich, und ich habe sie auch immer wieder mal aufgeladen.«

»Sie haben ihr ein Handy geschenkt? Warum denn, sie hatte doch schon eins?«

»Gertruds altes Smartphone war kaputt, das hat sie mir erzählt. Da habe ich ihr ein neues gekauft, ein ganz günstiges. Sie hat sich sehr darüber gefreut, und wir haben jeden Tag mehrmals telefoniert, vor allem abends, wenn wir uns tagsüber mal nicht gesehen haben.«

»Warum auch immer sie Ihnen erzählt hat, dass ihr Handy kaputt sei: Das Gerät, das wir in ihrer Wohnung gefunden haben, funktioniert jedenfalls tadellos. Ihre Anrufliste der vergangenen Wochen deutet auch nicht darauf hin, dass das Telefon irgendwann in dieser Zeit nicht funktioniert haben könnte. Und ein zweites Handy haben wir nirgendwo gefunden.«

Siehloff öffnete die Fotogalerie seines Telefons, vergrößerte eines der Bilder und zeigte es dem Kommissar.

»So sieht das Handy aus, das ich Gertrud geschenkt habe.«

Es handelte sich um ein chinesisches Modell, und es steckte in einer Kunststoffhülle, die mit bunten Blumenmotiven bedruckt war. Brodtbeck ließ sich das Bild aufs Handy schicken.

»Hatte Frau Mögel bei Ihren Treffen noch irgendetwas bei sich, woran Sie sich erinnern?«

»Nichts Ungewöhnliches. An ihrem Schlüsselbund hatte sie so einen seltsamen Puschel …«

»Grau und schon etwas zerzaust?«

Siehloff nickte.

»Den Schlüsselbund samt Anhänger haben wir gefunden, er lag in ihrem Schlafzimmer auf dem Nachttisch. Und sonst?«

»Ihr Geldbeutel war ein älteres Modell, braunes Kunstleder, glaube ich, und sie hatte neben Geld und einigen Plastikkarten auch Fotos von ihrer Familie darin, von ihrem Neffen Arne, seiner Frau und den beiden Kindern.«

»Ist Ihnen am Geldbeutel irgendetwas aufgefallen?«

»Ja, sie hatte vorn einen kleinen Aufkleber angebracht, da war der Geldbeutel wohl mal ein bisschen eingerissen.«

Brodtbeck nickte.

»Hatte sie denn immer viel Bargeld bei sich?«, fragte er.

»Nein, meistens nur zwanzig oder dreißig Euro in Scheinen, dazu ein paar Euro in Münzen. Wieso fragen Sie?«

»Als wir den Geldbeutel an uns nahmen, waren fünfundzwanzig Euro in Scheinen drin. Wir konnten bisher nicht einschätzen, ob womöglich Geld aus dem Portemonnaie gestohlen worden ist.«

»Offenbar nicht.«

»Ja, offenbar nicht. Danke auch noch für das Foto des Handys – wir werden nach dem Gerät suchen, vielleicht bringt uns das auf eine Spur.«

»Ich drücke Ihnen die Daumen«, sagte Siehloff. »Eine Bitte hätte ich allerdings noch: Könnte ich den kleinen Anhänger haben, den Gertrud an ihrer Halskette trug? Den habe ich ihr geschenkt, und dann hätte ich wenigstens noch eine Erinnerung an sie.«

Brodtbeck stutzte, überspielte seine Überraschung aber schnell.

»Das wird sicher gehen. Ich gebe Ihnen Bescheid, sobald die Kollegen mit … mit allem fertig sind. Und nur um sicherzugehen: Wie genau sah der Anhänger denn aus?«

»Ein kleines Herz aus Silber, das man aufklappen kann. Innen ist eine Widmung eingraviert.«

»Danke, ich melde mich.«

Siehloff erhob sich und ging zur Wohnungstür. Maja blieb noch einen Moment sitzen und sah Brodtbeck fragend an. Der verstand natürlich, was sie wissen wollte.

»Wir haben kein silbernes Herz gefunden«, raunte er Maja zu. »Frau Mögel trug überhaupt keinen Schmuck.«

»Und was ist mit deiner Frau?«

Seine Stimme klang etwas gepresst, wie es oft vorkommt bei Männern, die gut und gerne zwanzig Kilo abnehmen könnten.

»Gestern Abend war ich kurz davor, aber das muss noch warten«, entgegnete der Mann am anderen Ende der Leitung und lachte heiser. »Wobei …«

»Ich hoffe, ich kann dir das noch ausreden«, sagte der Korpulente. »Sie passt nicht in die Reihe, das hab ich dir schon gesagt. Wir müssen auf das Muster achten, das wir der Kripo anbieten, und deine Frau … das geht in die falsche Richtung, glaub mir!«

»Das ist meine Sache.«

»Nicht nur.«

»Ja, ja, schon recht.«

»Außerdem hast du schon was zu tun. Pass unbedingt

auf, dass die Zeit passt – nicht, dass uns noch ein Alibi in die Quere kommt.«

»Keine Angst, ich hab mich schon im Griff. Hier läuft alles nach Plan. Ich steh schon vor der Tür und geh gleich rein. Normalerweise müsste sie jeden Moment hier eintreffen.«

»Gut. Ruf mich an, wenn du sie sicher hast. Es ist schon alles vorbereitet.«

»Eins noch.«

»Ja?«

»Wir haben schon eine neue Putzfrau. Wurde uns von Pleidering vermittelt.«

»So schnell? Okay, aber das ist doch gut, oder?«

»Eigentlich schon, aber … mir kommt die Frau irgendwie komisch vor.«

»Wieso komisch?«

»Sie scheint recht tüchtig zu sein, aber als ich sie im Keller traf, wirkte sie, als hätte ich sie bei irgendetwas ertappt.«

»Das bildest du dir sicher nur ein. Hat sie irgendetwas gesehen, das sie nicht hätte sehen dürfen?«

»Nein. Ich habe die Videoaufzeichnungen gecheckt – da war nichts Verdächtiges zu sehen. Nur im Keller und beim Rausgehen durch den Garten wurde sie nicht gefilmt, da habe ich die Kameras abgeklemmt.«

»Könnte sie dort etwas gesehen haben?«

»Nein, die meisten Kellerräume waren abgeschlossen. Auch der, in dem ich mich gestern aufgehalten habe.«

»Wieso machst du dir dann Sorgen?«

»Ich … Ich habe heute früh mit meiner Frau gesprochen. Sie hat mir erzählt, dass die neue Putzfrau wohl eine
Bekannte von Maja Ursinus ist, mit der Pleidering über
die Putzstellen der Mögel gesprochen hat.«

»Ach was? Dieselbe Ursinus, die sich in der Rechtsmedizin erkundigt hat, wie und woran die Mögel gestorben
ist? Da schau her …« Er dachte nach. »Kannst du mir mal
ein Bild deiner neuen Putzfrau aufs Handy schicken?«

»Moment.«

»Gut, ich warte.«

Sobald das Foto eintraf, rief der Korpulente auf seinem
Rechner die Homepage der Dachstein-Apotheke auf und
klickte sich auf die Unterseite, wo das Team der Apotheke
präsentiert wurde.

»Sieht so aus, als müssten wir uns darum kümmern.
Aber das übernehme ich. Jetzt geh du mal rein und küm-
mere dich um die andere.«

Maja hatte Werner Siehloff erneut im Wagen mitgenommen. Unterwegs rief er im *Nassen Eck* an, um sich zu vergewissern, dass er dort ungestört von seiner Ex-Frau eine
Kleinigkeit essen und ein, zwei Bier trinken konnte – doch
Ronny teilte ihm mit, dass Beate Muhr vor einer halben
Stunde ins Lokal gekommen sei und sich von einem Fremden, den er noch nie in der Kneipe gesehen hatte, schon
den zweiten Sprizz hatte zahlen lassen. Also ließ sich
Siehloff von Maja nach Hause fahren. Sie bot ihm an,
noch bei ihm zu bleiben, er wollte aber lieber allein sein,
und das war ihr ganz recht.

Zwar wusste sie nun, dass Beate Muhr im Moment im *Nassen Eck* war und mit einem Fremden flirtete, allerdings würde sie wohl kaum mit ihr reden wollen. Also fuhr Maja stattdessen in den Münchner Osten, nach Zamdorf. Den Weg dorthin kannte sie nur zu gut. Die Zamdorfer Ausfahrt hatte sie immer genommen, wenn sie sich mit Sören Reeb in der Süskindstraße getroffen hatte. Manchmal hatte sie auch gleich im Gewerbegebiet direkt an der Ausfahrt auf ihn gewartet. Seine Firma Reeb Medical Logistics, ein Großhandelsunternehmen für Arzneimittel, hatte dort ihren Sitz, und wenn sie an einem ihrer freien Tage miteinander ins Grüne fuhren, war es ihm ganz recht, zu ihr in den Wagen zu steigen, statt mit einer fremden Begleitung in seinem auffälligen Sportwagen gesehen zu werden.

In der Firma selbst war sie nie gewesen, aber ab und zu war sie auf dem Weg zu dem verabredeten Treffpunkt langsam an dem Flachdachgebäude vorbeigefahren. Und weil Apotheken, Kliniken und Notfallpraxen auch nachts und an den Wochenenden mit Medikamenten versorgt werden mussten, würde sie dort auch an einem frühen Sonntagnachmittag jemanden antreffen. Sie legte sich eine halbwegs glaubwürdige Geschichte zurecht und bog auf den Besucherparkplatz der Firma ein.

Schon vom Auto aus konnte sie einen älteren Mann mit Uniformmütze in einem verglasten Raum direkt neben dem Haupteingang sehen. Sören hatte ab und zu von Willy Henckel erzählt, der sich mit Wochenenddiensten als Pförtner etwas zur Rente dazuverdiente. Das musste der Mann im Glaskasten sein. Sören hatte sich darüber mokiert, dass der Alte den Dienst stets in Uniform antrat, den Aufnäher seines früheren Arbeitgebers hatte er zu diesem Zweck durch ein handgesticktes Logo von Reeb Medical Logistics ersetzt – aber Henckel war zuverlässig, höflich und billig, also hatte Sören ihn gern beschäftigt, trotz seines fortgeschrittenen Alters.

Maja stieg aus dem Wagen und ging die Stufen zum Haupteingang hinauf. Kurz bevor sie die Außentür erreicht hatte, summte der Öffner, und der Pförtner ließ sie herein. In die Glasscheibe über dem Tresen war ein kleines Fenster eingelassen, das er nun zur Seite schob.

»Herr Henckel?«, fragte Maja. Die Augenbrauen des Alten hoben sich, und er sah sie fragend an. »Schön, dass ich Sie mal persönlich treffe. Beate hat mir schon viel von Ihnen erzählt. Sie machen jedes Wochenende hier Dienst – richtig?«

»Ja, richtig. Welche Beate denn?«

»Meine Freundin Beate Muhr, die aus dem Lager. Kennen Sie sie nicht?«

»Natürlich kenne ich Frau Muhr. Ich kenne jeden hier – bis auf die paar jungen Leute, die keine Lust haben, auch mal eine Wochenendschicht zu übernehmen.«

»Damit hat Beate kein Problem, was?«, sagte sie auf gut Glück, und Henckel nickte gnädig dazu. »Ob ich sie wohl für einen Moment sprechen könnte? Ich weiß ja, dass niemand in euren Hochsicherheitstrakt reindarf und dass Sie da mit Argusaugen darauf achten – aber wenn sie vielleicht einen Moment rauskommen könnte?«

176

»Na ja, Hochsicherheitstrakt …« Henckel lachte ge-
künstelt, offenbar hatte sie mit ihrer Schmeichelei sein
Geltungsbedürfnis gestreichelt. »Wenn Sie eine Freundin
von Frau Muhr sind, hätte ich Sie ja sogar reingelassen –
aber leider ist sie heute gar nicht hier.«

»Oh, sie hat ihren freien Sonntag?«, gab sich Maja zerknirscht. »Dann muss ich da was verwechselt haben.«

»Vielleicht treffen Sie sie ja zu Hause an – die Adresse
haben Sie ja sicher.«

»Natürlich, aber dort habe ich's schon versucht … Na,
egal, dann muss ich eben warten, bis ich sie telefonisch
erreiche.«

Henckel blätterte unterdessen in einer Liste, die er vor
sich liegen hatte.

»Warten Sie mal«, sagte er. »Frau Muhr ist für die heu-
tige Spätschicht eingetragen, aber mein Kollege hat ein
Fragezeichen dahintergemalt. Vielleicht hat sie angerufen,
um mit jemandem zu tauschen. Ich könnte nachfragen,
Frau …?«

»Ach, das ist nicht nötig. Ich werd sie schon noch
irgendwann erreichen. Wann würde die Spätschicht denn
losgehen?«

»Um sechs, also in …« Er schaute auf die Wanduhr.
»… in knapp drei Stunden.«

»Na, so lange möchte ich eigentlich nicht auf sie warten«, versetzte Maja lachend. »Außerdem hat sie den
Dienst ja vielleicht auch getauscht.«

Henckel legte die Stirn in Falten. Es war ihm anzusehen, dass er gern helfen wollte.

»Wissen Sie was? Frau Muhrs Kollegen vertreten sich zwischendurch immer mal wieder die Beine, gleich dort drüben um die Ecke.« Er deutete in die entsprechende Richtung. »Vor allem die Raucher treffen Sie dort alle naselang an.« Er lachte heiser. »Dort weiß sicher jemand Bescheid, ob Frau Muhr heute noch kommt. Viel Glück!«

Maja bedankte sich und bog um die Ecke. Im Moment stand hier niemand, aber aus dem Gebäude schienen sich Schritte und Stimmen zu nähern. Und wirklich traten nun zwei Frauen zwischen vierzig und fünfzig ins Freie, nestelten Zigaretten aus ihren Taschen und steckten sie sich an. Gerade wollten sie ihr Gespräch fortsetzen, als sie Maja bemerkten.

»Tut mir leid, wenn ich euch in der Pause störe«, setzte Maja an und deutete vage hinter sich. »Herr Henckel meinte, dass ihr mir vielleicht weiterhelfen könnt.«

»Dass wir helfen können?«, echote die Jüngere der beiden. »Na, wenn der Willy das sagt! Worum geht's denn?«

»Ich wollte mit einer Kollegin von euch reden, aber sie ist wohl gerade nicht hier.«

»Welche Kollegin denn?«

»Beate Muhr.«

Die eine Frau verzog das Gesicht, was die andere mit einem bösen Grinsen quittierte.

»Soso, die liebe Beate ... Was willst du denn von ihr?«

Vermutlich war sie als angebliche Freundin von Beate Muhr hier nicht willkommen, also justierte Maja ihre Geschichte nach. Bestimmt flirtete diese Beate auch mit verheirateten Männern ...

»Ich … ich habe etwas mit ihr zu besprechen. Etwas, das ich nicht am Telefon mit ihr klären möchte.«

»Soso …« Die Jüngere taxierte sie. »Klingt ja interessant. Worum geht's denn da?«

Maja räusperte sich und senkte den Blick.

»Das ist privat«, murmelte sie.

»Na, einer wie dir wird sie ja wohl kaum den Mann ausgespannt haben?«

Stimmt, schoss es Maja durch den Kopf, so würde das nicht funktionieren. Beate Muhr war gut fünfzehn Jahre älter als sie.

»Na, das wär ja noch schöner!«, versetzte Maja spöttisch. »Aber wir haben … wie soll ich sagen … einen Interessenkonflikt.«

»Also streitet ihr beiden euch doch um einen Mann?« Die Jüngere ließ ihren Blick ungeniert von Kopf bis Fuß an Maja entlanggleiten. »Hätte ich nicht gedacht, dass Beate in deiner Liga mitspielen kann.«

»Du klingst, als wäre Beate in Sachen Männer … nun ja … sehr aufgeschlossen.«

Die Jüngere lachte.

»Das hast du aber schön gesagt. Aufgeschlossen …« Sie schüttelte den Kopf und lachte erneut. »Seit die sich von ihrem Mann hat scheiden lassen, macht die für jeden die Beine breit, der ihr etwas zu bieten hat. Sonst würde sie hier schon lange nicht mehr arbeiten. Auch der Chef wird schon gewusst haben, was er an ihr hat …«

Der Tonfall der Frau war beißend geworden, und sie zog danach so wütend an ihrer Zigarette, dass sie gar nicht bemerkte, dass Maja bei dieser Antwort schlucken musste.

»Lass den Chef aus dem Spiel«, fuhr die Ältere ihre Kollegin an. »Herr Reeb hatte so eine wie die Beate doch nicht nötig!«

»Wenn du das sagst … Aber wenn du was erreichen willst in der Firma, reicht es nicht, den Chef nett zu grüßen, wenn er mal hier durchkommt. Die Beate hat das gewusst, das kannst du mir glauben!«

»Ihr scheint eure Kollegin ja nicht besonders zu mögen.«

Die Jüngere schnaubte.

»Die mag hier keiner. Halt, ich muss mich korrigieren: Die mag hier keine. Den einen oder anderen männlichen Kollegen im Haus wird sie schon für sich eingenommen haben.«

»Hör auf!«, fiel ihr die Ältere erneut ins Wort und nickte zu Maja hin. »Das geht keine Außenstehende etwas an!«

Die Jüngere taxierte Maja erneut und grinste noch fieser als zuvor. »Sag mal, du willst der Beate doch schaden, richtig?«

»Nein, ich will nur, dass sie …«

»Dass sie die Finger von dem Typen lässt, auf den du es abgesehen hast. Der ist verheiratet, aber nicht mit dir? Vermutlich auch ein bisschen älter, und er soll dein Sugardaddy sein und nicht der Lover von Beate, stimmt's? Damit seine Kohle dir zugutekommt und du nicht mit Beate teilen musst, oder?«

Maja hörte sich alles unbewegt an, das reichte der anderen als Bestätigung, und ihr Grinsen wurde noch breiter.

»Na also, wusste ich's doch!« Sie wandte sich an ihre Kollegin. »Wir beide könnten ihr ein paar Tipps geben, wie sie unserer lieben Kollegin einen einschenken kann. Und dann wäre auch die Geschichte aus der Welt, die uns die liebe Beate in die Schuhe schieben wollte.«

Die Ältere zog an ihrer Zigarette und dachte nach.

»Schon vergessen«, hetzte die Jüngere weiter, »dass du um ein Haar für diese linke Bazille gefeuert worden wärst?«

»Nein, natürlich nicht.«

»Eben!« Die Jüngere wandte sich nun wieder an Maja. »Pass auf, wir stecken dir ein paar Informationen, und du behältst schön für dich, von wem du das hast. Verstanden?«

»Ich kenn ja nicht mal eure Namen.«

»Genau, und das soll auch so bleiben. Und gesehen hast du uns auch nie, oder?«

Maja versuchte ein kumpelhaftes Lächeln, und die andere schien damit zufrieden zu sein.

»Also«, setzte die Jüngere an, »Beate zweigt ab und zu ein paar Tabletten ab. Was sie damit macht, weiß ich nicht, aber ich an ihrer Stelle würde die irgendwo als Partydrogen verticken. Lange Zeit ist das nicht aufgefallen, aber irgendwann hat der Lagerleiter gemerkt, dass was fehlt. Er ist zum Chef und hat ihm das gemeldet, und ich vermute mal, er hatte auch gleich einen Verdacht: Er kann nämlich meine Kollegin hier nicht leiden und wird sie deshalb bei dieser Gelegenheit gleich angeschwärzt haben. Beate wiederum hatte sich schon einige Wochen zuvor an den Firmenchef rangemacht – es gibt Gerüchte, dass die beiden auch mal hinten im Lagerbüro zugange waren. Ich weiß zwar nicht, was Herr Reeb an der fand, aber … na ja … Männer! Jedenfalls hat er ausgerechnet mit Beate über die verschwundenen Tabletten gesprochen, hat sie gefragt, ob sie vielleicht einen Verdacht hätte – und ob sie es für möglich halten würde, dass meine Kollegin hier hinter dem Diebstahl stecken könnte. Beate hat Reeb wohl versprochen, sich umzusehen. Und dann ist sie gleich zu meiner Kollegin hier gegangen und hat von ihr Geld gefordert, wenn sie dem Chef gegenüber beteuert, dass meine Kollegin auf gar keinen Fall etwas mit den geklauten Medikamenten zu tun habe. Beate hat jeden Tag ein bisschen mehr Druck gemacht, und das hat erst aufgehört, als ich die feine Dame eines Nachts dabei erwischt habe, wie sie Tabletten eingesteckt hat. Von da an hat sie meine Kollegin in Ruhe gelassen, und ich habe nichts zum Chef gesagt. Irgendwie ist die Sache mit den geklauten Medikamenten dann im Sand verlaufen, obwohl ich mir sicher bin, dass sich Beate nach wie vor gelegentlich aus den Beständen bedient.«

Die Aufregung hatte Arne anscheinend noch müder gemacht, als er es an Sonntagnachmittagen ohnehin schon war. Er legte sich ins Bett, während Lisa sich im Kinderzimmer mit den beiden Kleinen beschäftigte. Irgendwann waren die Kinder müde. Die Kleine wurde zum Schlafen ins Bett gelegt, der Große hörte leise eine Kinder-CD. Lisa ließ sie im Zimmer allein und zog ganz leise die Tür hinter sich zu. Ebenso leise öffnete sie die Schlafzimmertür einen Spaltbreit. Arne schlief noch immer. Seine Hose lag auf dem Stuhl am Fußende des Bettes, und aus der Gesäßtasche ragte das gefaltete Blatt Papier, das die ganze Aufregung überhaupt erst ausgelöst hatte.

Ich weiß alles. Zahlen Sie, oder verlieren Sie Ihre Familie. Ich melde mich wieder.

Vorsichtig faltete sie das Blatt wieder zusammen und schob es zurück in die Hosentasche. Was wusste der Unbekannte von ihrem Mann? Und warum sollte Arne damit erpressbar sein? Unbehagen ergriff sie. Würde sie in seinem Handy unter einem unverfänglichen Namen die Nummer einer Frau finden, mit der er sich heimlich traf? Falls ja, musste das warten: Das Handy lag auf dem Nachttisch, keine Armlänge vor seinem Gesicht. Ohne ihren Mann aus den Augen zu lassen, arbeitete sie sich rückwärts auf die Zimmertür zu. Sie schlüpfte auf den Flur hinaus und schloss lautlos die Tür. Dann blieb sie eine Weile mit geschlossenen Augen stehen, kämpfte die aufkeimende Unruhe nieder und dachte darüber nach, wo sie Hinweise auf ein Geheimnis finden könnte, das ihr Mann ihr gegenüber bewahren wollte.

Eine halbe Stunde lang suchte sie im Schreibtisch, in den Ordnern im Regal, hinter den Büchern aus dem Studium, in die er wohl seit Jahren keinen Blick mehr geworfen hatte – und von denen er wusste, dass Lisa sie normalerweise nie öffnen würde. Zwischendurch lauschte sie immer wieder an der Schlafzimmertür und an der Tür des Kinderzimmers, ob sie gleich mit einer Störung rechnen musste. Schließlich zog sie eines der letzten Fachbücher aus dem Regal, die sie noch nicht durchsucht hatte, und wirklich glitt ein kleines Stück Papier heraus. Es war die Visitenkarte einer Mitarbeiterin des rechtsmedizinischen Instituts der Ludwig-Maximilians-Universität München, mit dem Namen, Geschäftsbereich und Durchwahl der Frau – manches war schwer lesbar, weil darauf der leicht verwischte Abdruck eines Kussmunds hinterlassen war. Auf die unbedruckte Rückseite war handschriftlich ein Satz gekritzelt: »Ruf an, und du kriegst die Handynummer.« Lisa speicherte die Durchwahl in ihrem Smartphone, steckte den Zettel zurück ins Buch und rückte den Band wieder an die alte Stelle.

Erneut lauschte sie, aber Arne schien noch immer zu schlafen, und auch die Kinder waren ruhig. Sie wählte die Nummer der Frau, doch wie zu erwarten meldete sich an einem Sonntagnachmittag im Institut nur der Anrufbeantworter. Eine Frauenstimme bedauerte, den Anruf im Moment leider nicht persönlich entgegennehmen zu können. Man möge doch bitte nach dem Signalton eine Nachricht hinterlassen, sie werde schnellstmöglich zurückrufen.

Nun hatte sie die Stimme der Frau gehört, deren Visitenkarte ihr Mann in einem Buch vor ihr versteckt hielt.

Lisa Mögel schluckte.

Dr. Hanna Wöllpert hatte eine sehr schöne Stimme.

6

Auf der Rückfahrt nach Laim hing Maja ihren Gedanken nach. *Beate klaut* – dieses Rätsel war gelöst, aber die Auflösung führte lediglich zum nächsten Rätsel: Was hatte der Diebstahl von Tabletten aus dem Lager von Sören Reebs Firma mit seinem Tod zu tun oder mit dem Mord an Majas Nachbarin? Für ein paar bunte Pillen würde Beate Muhr ja wohl kaum einen oder gar zwei Menschen vergiften – und wo war der Zusammenhang zwischen beiden Todesfällen?

Gut, Beate Muhr hatte Sören Reeb gekannt, er war ihr Chef und allem Anschein nach auch ihr Liebhaber gewesen. Maja schüttelte sich. Mit wem hatte sie Sören wohl noch alles teilen müssen? Von Beate Muhr zu Gertrud Mögel gab es ebenfalls eine Verbindung, nämlich über Werner Siehloff. Vielleicht stalkte Beate Muhr ihren Ex und war so auf dessen neue Freundin Gertrud Mögel gestoßen. Aber würde sie das gleich zu einem Mord verleiten? Und außerdem war Gertrud Mögel nicht mit Tabletten vergiftet worden, sondern mit Solanin – und dazu hätte Beate Muhr wissen müssen, wie man aus Schwarzem Nachtschatten eine giftige Lösung herstellen konnte. Nach wie vor hatte man sie nicht darüber informiert, womit Sören Reeb vergiftet worden war. Ebenfalls mit Solanin? Oder hatte ihm jemand eine tödliche Dosis Medikamente verabreicht? Hätte Beate Muhr dafür während eines Schäferstündchens Gelegenheit gehabt – und was wäre ihr Motiv? Hatte er sie abservieren wollen wie Maja, und sie wollte das nicht so einfach mit sich machen lassen?

Maja stieß immer wieder auf neue Fragen, neue Rätsel, neue Ungereimtheiten. Entsprechend abwesend stapfte sie im Haus in der Valpichlerstraße die Stufen zum ersten Stock hinauf. Gerade als sie die Wohnungstür aufgeschlossen hatte, wurde sie von hinten angesprochen.

»Frau Ursinus, wenn Sie bitte kurz Zeit hätten …?«

Ihr neuer Nachbar beendete den Satz im Tonfall einer Frage, aber ihr war sofort klar, dass er nicht als Frage gemeint war.

»Im Moment habe ich leider gar keinen Kopf für einen Plausch unter Nachbarn«, entgegnete sie.

»Es wird kein Plausch unter Nachbarn. Ich muss Ihnen ein paar Fragen zum Mordfall Gertrud Mögel stellen.«

Maja blieb stehen, drehte sich langsam um und sah ihn müde an.

»Es dauert auch nicht lange«, versprach er. »Und eigentlich ist es auch nur eine einzige Frage.«

Vom Erdgeschoss her war ein metallisches Geräusch zu hören und zwei, drei schlurfende Schritte.

»Gut, dann fragen Sie«, ergab sich Maja.

Brodtbeck deutete nach unten und grinste.

»Kann ich vielleicht kurz reinkommen?«

Maja zuckte mit den Schultern, ging voraus und begann sofort, Kaffee zuzubereiten. Die Tür zu Daniels Zimmer stand offen, und sie sah, dass ihre Mitbewohner bei einer Flasche Wein zusammensaßen, aber als Maja ihnen nur kurz zur flüchtigen Begrüßung zuwinkte und Brodtbeck die Küchentür hinter sich zuzog, war ihnen anscheinend klar, dass sie zu dieser Unterhaltung nicht eingeladen waren.

»Was wollen Sie wissen?«, fragte Maja, nachdem sie zwei gut gefüllte Becher auf den Tisch gestellt hatte. Sie gab einen gehäuften Löffel Zucker in ihren Kaffee, rührte langsam und gleichmäßig um und sah ihren Besucher gespannt an.

»Sie haben mir von Herrn Siehloff erzählt und davon, dass er der Freund von Frau Mögel war.«

Sie nickte.

»Und Sie haben erzählt, dass sich Herr Siehloff erst als Freund von Frau Mögel herausgestellt hat, als Sie mit ihm die Valpichlerstraße erreichten.«

Sie nickte erneut.

»Wie sind Sie denn überhaupt auf Herrn Siehloff gestoßen?«

Maja zögerte, dann zog sie ihr Handy hervor, öffnete die anonym eingegangene SMS vom Vortag und hielt Brodtbeck das Display hin.

»Okay – und das bedeutet?«

Sie erzählte ihm, wie sie dem Hinweis nachgegangen

und was sie inzwischen dazu herausgefunden hatte – die Anschuldigungen der Kolleginnen im Lager von Reeb Medical Logistics inklusive.

»Halten Sie es für einen Zufall, dass Sie die Nachricht zu einem geschiedenen Ehepaar führt, das Bezüge zu beiden Toten hat?«

»Ich werde aus all dem nicht wirklich schlau«, gab Maja zu. »Wie schätzen Sie das ein?«

Brodtbeck zuckte mit den Schultern und grinste sie an.

»Ich bin mir nicht mal sicher, inwieweit ich das mit Ihnen diskutieren sollte.«

»Halten Sie mich immer noch für eine Mörderin? Glauben Sie noch immer, dass ich meinen Ex-Freund Sören Reeb und meine Nachbarin Gertrud Mögel vergiftet habe?«

Er seufzte und nahm einen großen Schluck. Bedächtig setzte er den Kaffeebecher ab und sah Maja lange an, bevor er schließlich lächelte und den Kopf schüttelte.

»Aber Ihr Kollege ist davon überzeugt, richtig?«

»Wir gehen allen Spuren nach, wir ermitteln in alle Richtungen – das wissen Sie doch.«

»Ja, ja, schon okay.«

»In Ihrem Fall gibt es zu beiden Toten eine Verbindung, und mit etwas gutem oder bösem Willen kann man Ihnen auch ein Motiv unterstellen – wobei ich persönlich eine Nachbarin, die mich seit Langem erfolglos bei meinem Vermieter anschwärzt, nicht gleich vergiften würde.«

»Ich auch nicht. Schon gar nicht auf diese Art und Weise …«

»Was genau hat Ihnen Ihre frühere Kollegin Hanna Wöllpert denn erzählt?«

Sie fasste die Informationen zusammen, die sie von ihr bekommen hatte.

»Dass es nicht so clever ist, hinter dem Rücken der Kripo ausgerechnet in der Rechtsmedizin Infos einzuholen, das wissen Sie schon, oder?«

»Was hätten Sie an meiner Stelle gemacht?«

»Ich hätte mit der Kriminalpolizei kooperiert«, antwortete Brodtbeck wie aus der Pistole geschossen.

Sie grinste spöttisch.

»Sie haben ja recht, Frau Ursinus«, schob er nach, »vermutlich hätte ich mich an Ihrer Stelle auch nicht klüger angestellt als Sie.«

»Ich wollte eben wissen, wie meine Nachbarin gestorben ist und warum die Polizei mich dafür verdächtigt. Als ich von dem Solanin erfahren habe, war mir schon klar, dass die Kripo das mit meiner Forschungsarbeit an der LMU in Verbindung bringen würde.«

»Und mit Ihrer Doktorarbeit«, merkte Brodtbeck an, schloss die Augen und referierte: »›Potenziale zur Verfeinerung von Zubereitungsmethoden biogener Arzneistoffe, unter besonderer Berücksichtigung der Gewinnung neuer antikarzinogener Wirkstoffe‹ – ich musste ein paar Worte nachschlagen, aber pflanzliche Wirkstoffe gegen Krebs, das klingt ja nicht schlecht.«

»Eben, gegen Krebs, nicht, um Menschen zu ermorden.«

»Die Dosis macht das Gift – wer hat das gleich gesagt?«

»Paracelsus, wenn auch nicht in diesem Wortlaut. Apropos Gift: Woran starb denn Sören Reeb?«

Brodtbeck schwieg.

»Na gut, dann rate ich halt: Auch an einem pflanzlichen Wirkstoff, sonst hätte mich Ihr Kollege nicht so hartnäckig im Visier. Richtig geraten?«

»Ja. Und es handelte sich auch in Reebs Fall um Solanin.«

»Danke. Bekommen Sie jetzt Ärger?«

»Haben Sie vor, meinen Kollegen Schnell anzurufen und ihm zu sagen, was ich Ihnen gerade anvertraut habe?«

»Eher nicht.«

»Gut«, versetzte Brodtbeck grinsend, und nach kurzem Nachdenken fragte er: »Sagen Sie mal, ist es eigentlich schwer, dieses Solanin aus Schwarzem Nachtschatten zu gewinnen? Schafft das nur eine Pharmazeutin, oder könnte das auch ein Laie hinkriegen?«

»Wenn man weiß, wie's geht, schafft man das auch, wenn man kein Pharmaziestudium absolviert hat. Aber man sollte sich schon mit dem Thema befasst haben. Ich frage mich nur, warum der Täter Solanin verwendet hat. Schließlich wäre der Einsatz von Rattengift oder Reinigungsmittel viel einfacher gewesen, weil man sich das problemlos beschaffen kann.«

»Haben Sie eine Idee?«

»Nein, bisher nicht. Außer jemand wollte mich unter Verdacht stellen. Was ja auch prima funktioniert hat.«

»Könnte dieses Pflanzengift irgendeine symbolische Bedeutung haben?«

»Wie der Schierling zum Beispiel, mit dem das Todes-urteil gegen Sokrates vollzogen wurde?«

»Zum Beispiel – oder im Zusammenhang mit einer rituellen Verwendung. Immerhin wurde Frau Mögel nicht einfach nur vergiftet, sondern ihr wurde das Gift über Stunden hinweg verabreicht.«

»Na ja, man hat Nachtschattengewächsen früher schon irgendwelche geheimnisvollen Kräfte zugeschrieben – aber dabei ging es eher um Alraune oder Bilsenkraut. Zum Schwarzen Nachtschatten fällt mir spontan nichts ein.«

»Wird die Pflanze in der Medizin heute noch einge-setzt?«

»Früher wurde Schwarzer Nachtschatten bei Schmer-zen, Entzündungen und Fieber angewendet. Und vor ein paar Jahren war in Fachzeitschriften zu lesen, dass der Wirkstoff Solanin möglicherweise das Wachstum von Tumorzellen hemmt.«

»Das bringt uns aber nicht weiter, richtig?«

»Eher nicht.« Maja dachte nach, dann fiel ihr etwas ein. »Sagen Sie mal, Herr Brodtbeck, Sie haben doch gerade erwähnt, dass meiner Nachbarin das Gift über Stunden verabreicht wurde.«

»Ja, warum fragen Sie? Das dürfte Ihnen Ihre frühere Kollegin Wöllpert doch auch berichtet haben.«

»Das schon, aber Sie haben jetzt nur auf Frau Mögel abgehoben. Heißt das, Sören Reeb ist anders gestorben? Wurde ihm das Gift schneller verabreicht?«

Brodtbeck nickte anerkennend.

»Gut aufgepasst, Frau Ursinus. Ja, Ihr früherer Freund

ist in der Tat schneller gestorben. Ihm wurde erst ein Betäubungsmittel verabreicht, dann hat ihm jemand eine solaninhaltige Lösung gespritzt. Der Mord an Ihrer Nachbarin macht auf mich den Eindruck, als hätte der Täter oder die Täterin … wie soll sagen … die Methode verfeinert.«

»Gab es sonst noch irgendwelche Unterschiede im Ablauf?«

»Ich weiß nicht, ob ich Ihnen das erzählen darf.«

»Aha, Sie wollen also von mir, dass ich alles offenlege, während Sie mir nur einen Teil der Informationen geben.«

»Ich bin schließlich Ermittler.«

»Gilt das nicht auch irgendwie für mich?«

Der Kommissar schien sich ein Grinsen nicht verkneifen zu können.

»Jetzt reden Sie schon, Herr Brodtbeck!«, fuhr Maja fort. »Ich werde für mich behalten, was Sie mir anvertrauen, versprochen. Wir arbeiten doch ohnehin schon zusammen, wenn auch inoffiziell. Und wäre es nicht besser, wenn ich mehr Hintergrundinformationen hätte und damit auch besser einschätzen könnte, welche meiner Beobachtungen für die Ermittlungen wichtig sind?«

»Sie können sehr überzeugend sein«, entgegnete Brodtbeck.

Dann beschrieb er ihr das Szenario, von dem die Kripo bislang ausging, was Gertrud Mögels Tod und ihren anschließenden Transport in ihr Schlafzimmer betraf. Maja pfiff leise durch die Zähne.

»Das Opfer stirbt nackt, bis auf den Slip. Deutet das

nicht eher auf einen Mann als Täter hin? Wurde Frau Mögel missbraucht?«

»Nein.«

»Und das Brechen der Totenstarre, der Transport in ihre Wohnung – auch eher etwas für einen Mann, was meinen Sie?«

»Na ja, auch Frauen haben Kraft. Sie zum Beispiel sehen recht sportlich aus und hätten mit solchen Dingen rein körperlich wohl keine Probleme.«

Sie sah ihn irritiert an.

»Das war nur ein Beispiel«, fügte er grinsend hinzu. »Ich wollte damit nur klarmachen, dass wir einen weiblichen Täter zum jetzigen Zeitpunkt nicht ausschließen können.«

»Haben Sie denn schon eine konkrete Spur?«

»Würde ich es Ihnen verraten, wenn es so wäre?«

Maja zuckte mit den Schultern.

»Ich hätte noch eine Frage an Sie, Frau Ursinus. Wissen Sie eigentlich, wer Ihnen die Nachricht mit der stehlenden Beate geschickt hat?«

»Nein.«

»Und Sie haben auch keine Vermutung dazu?«

»Nein.«

»Wären Sie damit einverstanden, dass sich unsere Kriminaltechnik die Verbindungsdaten Ihres Handys mal genauer ansieht? Vielleicht finden wir heraus, von wem die Nachricht stammt.«

»Ich vermute, dass sich Ihre Kollegen in diesem Fall nicht auf diese eine Verbindung beschränken würden ...«

»Das stimmt allerdings.«

»Und wenn ich aus diesem Grund sagen würde, dass mir das nicht so recht wäre …«

»… dann würden Sie sich möglicherweise verdächtig machen, ja.«

»Dachte ich mir schon.«

»Sie werden aber auch wissen, dass wir bei hinreichendem Verdacht die richterliche Erlaubnis bekommen können, Ihren Handyanschluss auch ohne Ihr Einverständnis zu checken.«

»Warum fragen Sie dann überhaupt?«

Brodtbeck zwinkerte ihr zu und hob die Tasse.

»Macht man das nicht so unter guten Nachbarn?«

Er hatte ihr einige Drinks im *Nassen Eck* spendiert, doch noch war sie nicht so betrunken, wie er gehofft hatte. Beate Muhr zeigte ihm sehr deutlich, was sie außer Freigetränken noch von ihm wollte, und irgendwann brachen sie auf, um in ihre Wohnung zu gehen, die nur ein kurzes Stück zu Fuß von der Kneipe entfernt lag. Bis dahin entsprach das durchaus seinem Plan, aber oben in ihrer Wohnung hätte sie eigentlich so betrunken sein sollen, dass nicht mehr als ein Betäubungsmittel notwendig gewesen wäre. Stattdessen zog sie ihn küssend ins Schlafzimmer, zerrte ihm die Kleider vom Leib und zog sich selbst aus. Als sie feststellen musste, dass er noch nicht hinreichend erregt war, stellte sie sich sehr geschickt an, um das zu ändern. Er bestand auf dem Einsatz eines Kondoms, und sie war einverstanden, ließ aber auch während der kurzen

Pause nicht von ihm ab. Rücklings schob sie ihn aufs Bett und schwang sich auf ihn. Sie roch nach Alkohol und Schweiß, und er spürte, wie ihm der aufkommende Ekel einen Strich durch die Rechnung zu machen drohte. Also packte er sie an den Schultern und warf sie grob herum, um sie in eine Position zu bringen, die ihn mehr anmachte. Sie machte Anstalten, sich zu wehren, doch dann sah sie seine funkelnden Augen und ließ alles geschehen. Irgendwann ließ er von ihr ab und rollte sich schwer atmend neben sie. Sie fuhr mit ihren Fingern über seinen Bauch bis hinauf zur Brust, küsste ihn auf den Mund, drehte sich zur Seite und war bald darauf eingeschlafen.

Er wartete, bis ihr Atem regelmäßig ging, dann stieg er vorsichtig aus dem Bett. Aus seiner Jacke zog er eine kleine Plastiktüte, in die er das benutzte Kondom steckte. Er kritzelte auf einen Zettel, den er neben dem Telefon fand, dass er nur kurz etwas hole, damit sie miteinander anstoßen konnten. Den Zettel legte er auf das zweite Kopfkissen, schlich dann hinaus und sammelte dabei seine Kleidungsstücke ein. Nachdem er sich angezogen hatte, griff er nach dem Schlüsselbund, der ebenfalls neben dem Telefon lag. Neben dem Wohnungs- und einem Autoschlüssel hing daran auch eine kleine Fernbedienung, die hoffentlich das Tor zur Tiefgarage steuerte.

Er verließ das Haus durch die Vordertür und ging zu seinem Wagen. Wenig später fuhr er vor die Einfahrt zur Tiefgarage, tatsächlich ließ sich mit der kleinen Fernbedienung das Tor öffnen, und bald darauf rollte er mit seinem Auto in das Dämmerlicht der unterirdischen

Garage. Er wählte einen Parkplatz möglichst nahe am Aufzug, holte einen klappbaren Rollstuhl aus dem geräumigen Kofferraum und zog eine Flasche Champagner aus einem kleinen Gepäcknetz. Niemand außer ihm befand sich in der Tiefgarage, trotzdem beeilte er sich. Keine Minute später schlossen sich die Türen des Aufzugs hinter ihm.

Maja hatte Brodtbeck erlaubt, die eingehenden Anrufe auf ihrem Handy zu überprüfen. Er bedankte sich und wies sie ausdrücklich noch einmal darauf hin, dass die Kriminaltechnik dabei auch alle ausgehenden Anrufe überprüfen würde. Noch während sie neben ihm stand, gab er die Anweisung durch, Majas Anschluss entsprechend zu checken, und auf Nachfrage des Kollegen am anderen Ende kam Maja auch noch kurz ans Telefon und bestätigte ihr Einverständnis mit dem Vorgehen.

»Und was haben Sie jetzt vor?«, fragte Brodtbeck, als das Telefonat beendet war.

Maja stutzte und sah ihn überrascht an. Er brauchte einen Moment, bis er begriff, dann hob er beschwichtigend die Hände.

»Oh, das klang jetzt irgendwie … Nein, Frau Ursinus, ich wollte mich nicht mit Ihnen verabreden. Ich wollte nur wissen, was Sie als Nächstes unternehmen möchten. Ich vermute mal, dass Sie noch ein paar Ideen haben, wen Sie zu den beiden Mordfällen Reeb und Mögel noch befragen könnten.«

Maja lächelte und war beinahe ein bisschen enttäuscht,

dass der Kommissar wirklich nur die Mordermittlungen im Sinn gehabt hatte.

»Ja, ein paar Ideen habe ich schon noch.«

»Wollen Sie mir sagen, welche?«

Sie musterte ihn. War da mehr als berufliches Interesse in seinen Augen? Was wusste er eigentlich über ihre bisherigen Nachforschungen – über das hinaus, was sie ihm heute schon erzählt hatte? Was sie heute noch versuchen wollte, konnte sie ihm gern anvertrauen, zumal sie ja ohnehin schon zugegeben hatte, dass sie in Sörens Firma nach Beate Muhr gefragt hatte.

»Ich wollte noch versuchen, mit Frau Muhr zu sprechen.«

»Wissen Sie denn, wo sie wohnt?«

»Offenbar ganz in der Nähe vom *Nassen Eck*, das hat der Wirt in einem Nebensatz erwähnt. Herrn Siehloff wollte ich lieber nicht nach der Adresse seiner Ex fragen, also habe ich erst einmal im Internet nachgeschaut. Die einzige Beate Muhr, die infrage käme, wohnt in der Landsberger Straße, keine hundert Meter von der Kneipe entfernt.«

»Und warum sollte sie mit Ihnen reden?«

»Zunächst einmal hoffe ich, dass der Typ, den sie im *Nassen Eck* aufgerissen hat, nicht mehr bei ihr ist – vorausgesetzt, die beiden sind überhaupt zu ihr in die Wohnung gegangen. Und wenn ich in diesem Punkt Glück habe, würde ich sie natürlich auch nicht auf den Tablettendiebstahl ansprechen. Ich könnte als trauernde Geliebte des ermordeten Sören Reeb auftreten, die sich mit einer Leidensgenossin austauschen will.«

»Und was sagen Sie ihr, woher Sie von Frau Muhrs Verhältnis mit Reeb wissen?«

Maja musste kurz nachdenken. Dieses Detail hatte sie nicht bedacht.

»Ich kann ja behaupten, Sören selbst hätte es mir erzählt.«

Brodtbeck hob die Augenbrauen. »Halten Sie es für glaubwürdig, dass ein Mann seiner Geliebten von einer anderen Frau erzählt?«

Das »Geliebte« versetzte ihr einen Stich, aber sie ließ sich nichts anmerken.

»Sören und ich haben uns ja nicht im Guten getrennt. Er hat mit mir Schluss gemacht, also werde ich die Trennungsszene einfach ein bisschen aufbauschen und behaupten, ihm sei im Streit irgendwie rausgerutscht, dass er auch mit Beate Muhr was hat. Irgendwie in der Art.«

Brodtbeck nickte bedächtig.

»Und wie war's wirklich?«, fragte er schließlich. »Damals, als Sören Reeb mit Ihnen Schluss gemacht hat?«

Maja schluckte.

»Nicht schön.«

Arne Mögel erwachte vom Geschrei der Kinder. Als er ins Kinderzimmer trat, versuchte seine Frau gerade, einen Streit zu schlichten. Die Kleine hatte offenbar eine aufwendige Legokonstruktion ihres Bruders zerstört, woraufhin dieser wütend auf sie losgegangen war.

»Kannst du mal bitte übernehmen?«, bat Lisa ihn

genervt. »Nach der Aufregung heute Mittag würde ich gern eine Runde laufen gehen.«

Er lächelte. »Das kann ich ja schlecht ablehnen, nachdem du mich so lange hast schlafen lassen.«

»Danke. Vielleicht fahr ich ein Stück raus, an den See. Du kannst dir sicher denken, dass ich jetzt keine Lust auf eine Runde an der Schlossmauer habe.«

»Klar, verstehe ich – und mir ist es auch lieber, nach dem Schreck vorhin. Ich werde erst mal die beiden Raufbolde beruhigen.«

Wenig später war sie mit dem Familienkombi unterwegs, allerdings fuhr sie nicht zum Langwieder See, wie sie das ihrem Mann gegenüber angedeutet hatte, sondern in Richtung Stadtmitte. Sie umkurvte die Theresienwiese auf dem Bavariaring und bog kurz darauf in die Beethovenstraße ein. An der Straße vor der Polizeiinspektion waren mehrere Streifenwagen geparkt. Schräg gegenüber befand sich das Haus, wo laut ihrer schnellen Internetrecherche Hanna Wöllpert wohnen musste.

Sie fuhr ihren Wagen in die Parklücke hinter einem Polizeiauto und musterte die Fassade des Hauses auf der anderen Straßenseite. Hanna Wöllpert schien nicht schlecht zu verdienen, wenn sie sich hier eine Wohnung leisten konnte.

Hatte Arne sich hier mit ihr getroffen, unter dem Schutz der Münchner Polizei, gewissermaßen? Oder hatten sie sich Hotelzimmer genommen, hatten sie in der Ecke irgendeines Parks die Decke ausgebreitet, oder waren sie mit seinem Geschäftswagen ins Grüne gefahren? Wie mochte diese Frau aussehen? Beim Googeln hatte sie auf die Schnelle kein Foto von ihr gefunden. War sie jünger als sie oder im gleichen Alter? Auf dem Anrufbeantworter hatte ihre Stimme jedenfalls jung und angenehm geklungen. Ob Hanna Wöllpert hübscher war als sie? Lisa verstellte den Rückspiegel und warf einen Blick hinein. Um die Augen und den Mund hatten sich erste Fältchen gebildet, auch die vielen durchwachten Nächte wegen der Kinder hatten ihre Spuren hinterlassen, aber sie fand, dass sie immer noch ziemlich gut aussah. Reifer vielleicht, aber auf keinen Fall weniger attraktiv als zu der Zeit, in der sich Arne in sie verliebt hatte.

Was hatte Arne in die Arme einer anderen treiben können? Sicher, der Alltag mit den Kleinen war aufreibend und ließ nur wenig Platz für sie beide als Paar – aber gingen sie nicht ins Kino oder ins Restaurant, wann immer sich das machen ließ? Und waren nicht auch gemütliche Abende auf dem Sofa schön? Sicher, früher hatten sie mehr Sex gehabt, aber das konnte doch nicht der alleinige Grund sein? Sie versuchte sich an die letzten Male zu erinnern. Es war lange her. Zu lange, vermutlich …

Ihr fiel auf, dass ein Mann in Uniform sie beobachtete. Er stand auf dem Gehweg neben dem Streifenwagen, der vor ihr parkte, und sah sie misstrauisch an. Sie lächelte ihn an, holte aus dem Handschuhfach ein Haarband und fasste ihre blonde Mähne zu einem Pferdeschwanz zusammen. Als sie ausstieg, fuhr der Streifenwagen bereits davon. Lisa öffnete die Heckklappe und tauschte ihre Ballerinas gegen Laufschuhe. Sie ging auf die Theresienwiese zu, überquerte den Bavariaring, und nachdem sie an dem Rundweg um die große Freifläche angekommen war, schlug sie ein höheres Tempo an und hatte bald ihre normale Laufgeschwindigkeit erreicht.

Rechter Hand sah sie zwischen den Bäumen hindurch die Zelte und Fahrgeschäfte. Nächsten Samstag würde das Oktoberfest beginnen. Bis dahin würde sie Arne schon gezeigt haben, wie fit sie war. Wie sehr sie ihn begehrte. Und wie wenig er eine andere brauchte.

Arne hatte ganz aufgewühlt geklungen, aber seine Botschaft war klar und unmissverständlich gewesen. Er wollte sie nicht treffen. Nicht am Montag zur vereinbarten Zeit, nicht an einem anderen Abend der kommenden Woche, gar nicht mehr. Natürlich hatte sie ihn gefragt, was los sei. Ob er eine Pause brauche. Ob seine Frau etwas gemerkt habe.

»Nein, Hanna«, hatte er gesagt. »Ich brauche keine Pause – wir dürfen uns einfach gar nicht mehr sehen. Es hat auch nichts mit dir zu tun, sondern nur mit mir selbst. Mit einer Sache, die mir heute klar geworden ist. So klar, wie es mir schon immer hätte sein müssen. Entschuldige bitte, Hanna, wenn das jetzt so plötzlich kommt. Ich weiß nur, dass das mit uns jetzt zu Ende ist. Zu Ende sein muss, weil ich … Tut mir leid, tut mir wirklich leid, und ich danke dir für …«

Sie hatte die Verbindung getrennt und das Telefon aufs Sofa geschleudert. Hatte sich ans Fenster gestellt und versucht, nicht zu weinen. Und dann hatte sie doch losgeheult wie ein kleines Mädchen.

Brodtbecks forschender Blick ging ihr auch dann noch nicht aus dem Kopf, als sie schon in der Nähe von Beate Muhrs Adresse angekommen war und eine Parklücke für ihren Wagen suchte. Was wusste er über ihre Nachforschungen? Hatte Pleidering ihm erzählt, dass sie nach den Adressen der Leute gefragt hatte, für die Gertrud Mögel geputzt hatte? Hatte er mit den DeLeydens gesprochen, und hatte er bei dieser Gelegenheit herausgefunden, dass sie selbst sich als Putzfrau ausgegeben hatte? Hatte er sich von den DeLeydens Aufnahmen der Überwachungskameras zeigen lassen, die einem Kripokommissar natürlich sofort auffallen würden?

In der Nähe von Beate Muhrs Wohnung war keine der Parkbuchten entlang der Landsberger Straße frei, erst nach der nächsten Kreuzung wurde sie fündig. Sie rangierte ihren Wagen in die enge Lücke, blieb noch kurz sitzen, um sich zurechtzulegen, wie sie sich der Frau vorstellen und wie sie das Gespräch beginnen wollte und auf welche Gegenfragen sie sich wohl gefasst machen musste. Dann zog sie den Zündschlüssel ab, stieg aus und machte sich auf den Weg.

Beate Muhr erwartete ihn nackt. Sie saß auf dem Bett, hatte sich das Kopfkissen hinter den Rücken geschoben, und als sie ihn eintreten sah, schob sie die Decke ein wenig weiter nach unten.

»Ich hätte nicht gedacht, dass du wirklich wiederkommst«, sagte sie und sah ihn herausfordernd an. Es war offensichtlich, was ihr jetzt am besten gefallen würde.

»Ich habe uns nur was zum Anstoßen mitgebracht«, sagte er und hob die Champagnerflasche. »Wie ich's dir auf den Zettel geschrieben habe. Hast du den nicht gelesen?«

»Doch, aber Papier ist geduldig.«

»Ich schenk uns schnell was ein. Du hast doch Gläser in der Küche?«

»Ja«, antwortete sie und tätschelte den freien Platz im Bett neben sich. »Du kannst aber auch gleich hierbleiben.«

»Na, wir können doch wenigstens vorher was trinken, oder?«

»Alles, was du brauchst, damit du wieder fit wirst.«

Ihr kehliges Lachen ließ ihn erschauern, aber ganz sicher nicht vor Erregung. Er huschte in die Küche, nahm zwei Wassergläser aus dem Schrank, schenkte beide voll, nestelte ein Fläschchen aus der Tasche und träufelte eine farblose Flüssigkeit in eines der Gläser. Dann steckte er das Fläschchen zurück in seine Hosentasche, nahm das präparierte Glas in die linke Hand und das andere in die rechte und ging ins Schlafzimmer. Dort hatte Beate Muhr die Bettdecke inzwischen ganz zur Seite geschlagen und saß mit angewinkelten Beinen auf eine Art da, die sie wohl für lasziv hielt.

»Willst du wirklich erst noch was trinken?«, raunte sie ihm zu, und ihr Atem streifte seinen linken Unterarm, als er ihr das Glas hinhielt.

»Ja, bitte.«

»Na gut«, sagte sie und prostete ihm zu. »Aber dann

nippen wir nicht bloß dran, damit es auch gleich weitergehen kann.«

Sie leerte ihren Champagner in einem Zug, und er ließ
sich das Glas geben.

»Und jetzt komm endlich her!«, kommandierte sie.

»Gleich, ich bring nur noch die Gläser in die Küche.«

»He, was bist du denn für ein Spießer? So habe ich dich
doch vorhin nicht erlebt!«

Aber da hatte er das Schlafzimmer auch schon wieder
verlassen, stellte die Gläser auf den Küchentisch und zählte
leise, während er ganz langsam zurückging. Bei zehn sah
er das Bett vor sich, bei fünfzehn wirkte sie schon so müde,
dass er sich gefahrlos neben sie setzen konnte, und bei
zwanzig kippte sie zur Seite und regte sich nicht mehr. Er
fühlte ihr den Puls, prüfte ihre Atmung, und als alles zu
seiner Zufriedenheit schien, ging er wieder in die Küche,
leerte den Rest Champagner in den Ausguss, steckte die
Gläser und die Flasche in eine mitgebrachte Plastiktüte
und ging in den Flur, um den Rollstuhl zu holen, den er
direkt hinter der Wohnungstür abgestellt hatte. Er wuch-
tete ihren schlaffen Körper hinein, legte ihr die Kleidung
auf den Schoß und zog die Bettwäsche ab. Mit dem einen
Bettbezug deckte er sie bis hinauf zu den Schultern zu,
den anderen stopfte er zusammen mit dem Leintuch in
die Tasche, die an der Rücklehne des Rollstuhls angebracht war. Dann zog er die Schublade des Nachttisch-
chens auf, kramte in den dort liegenden Kleinigkeiten und
öffnete schließlich ein kleines Kästchen. Den Ring, der
darinsteckte, nahm er an sich.

Er wollte gerade die Wohnung verlassen, da klingelte es. Er verharrte mitten im Schritt. Die Türklingel gab ein unangenehmes Geräusch von sich, ein kaltes Scharren, das auch dann an seinen Nerven gezerrt hätte, wenn er nicht so angespannt gewesen wäre. Es klingelte ein zweites Mal, dann kehrte wieder Stille ein. Er atmete tief durch, schloss die Augen und sammelte sich.

Dann schob er Beate Muhr auf die letzte Reise, die sie in diesem Leben unternehmen würde.

7

Das Gebäude hatte eine massiv wirkende Eingangstür, in die eine große Glasscheibe eingelassen war. Sie war verschlossen, und auf Majas erstes Klingeln reagierte niemand. Der Anordnung der Namensschilder nach zu urteilen, wohnte Beate Muhr im zweiten Stock. Erneut drückte Maja den Klingelknopf und wartete. Vielleicht war Beate Muhr gerade im Bad oder auf der Toilette, vielleicht hatte sie nach dem Besuch des Mannes aus dem *Nassen Eck* noch ein wenig geschlafen und brauchte jetzt etwas länger, bis sie sich einen Morgenmantel übergeworfen hatte und die Tür öffnen konnte. Immer vorausgesetzt, sie war aus der Kneipe wirklich nach Hause gegangen, mit dem Fremden oder ohne ihn. Als sich nach einer Weile noch immer nichts tat, versuchte Maja es ein drittes Mal, doch wieder vergeblich. Auf gut Glück klingelte sie bei zwei anderen Bewohnern.

»Ja, bitte?«, meldete sich eine Männerstimme.

»Beate Muhr«, log Maja und legte einen betont fröhlichen Tonfall in ihre Stimme. »Ich hab meinen Schlüssel vergessen – vielen Dank fürs Reinlassen!«

Der Mann brummte etwas, scheinbar mochte er seine Nachbarin nicht besonders, dann summte der Türöffner. Maja schlüpfte ins Treppenhaus. Einen Moment lang überlegte sie, ob sie den Aufzug nehmen sollte. Jeden Tag etwas gegen die ärgsten Ängste tun – hieß es nicht so? Das kleine Display neben dem Schacht zeigte an, dass der Aufzug gerade im Kellergeschoss war. Sie forderte ihn mit einem Knopfdruck an, doch es tat sich nichts. Vielleicht wurde im Keller gerade etwas ausgeladen, also nahm sie die Treppen in Angriff, war deswegen sogar ein bisschen erleichtert.

Beate Muhrs Wohnung befand sich wie vermutet im zweiten Obergeschoss. Der Flur war leer, und als sie den Knopf neben der Wohnungstür betätigte, hörte sie aus der Wohnung einen ebenso lauten wie unangenehmen Klingelton. Die Möglichkeit, dass die Frau ihr Läuten einfach nur verschlief, konnte Maja damit ausschließen – dieses quäkende Rasseln weckte ja Tote auf!

Doch niemand kam zur Tür, niemand öffnete, niemand fragte auch nur, wer da draußen sei. Ob sie in die offenbar leere Wohnung eindringen sollte? Sie hatte eine Scheckkarte dabei, und wenn sie sich richtig an die entsprechenden Szenen aus den Fernsehkrimis erinnerte, sollte sich damit eine Tür öffnen lassen, die nicht abgeschlossen, sondern nur zugeschnappt war. Brodtbeck kam ihr in den Sinn, der sich vermutlich die Haare raufen würde, wenn er ihre Gedanken lesen könnte. Sie dachte an seinen Kollegen Schnell, der sie ja ohnehin nach wie vor für verdächtig hielt und dem sie mit einem solchen Einbruch sicher wieder Argumente für seinen Verdacht liefern würde. Sie dachte auch an die Möglichkeit, dass Beate Muhr ausgerechnet dann in der Wohnung auftauchen konnte, wenn sie gerade in ihren Sachen im Schlafzimmer oder in der Küche stöberte – was jedes Gespräch mit ihr unmöglich machen würde.

Sie läutete ein letztes Mal und gab dann auf. Der Klingelton schepperte noch in ihren Ohren, als sie sich auf den Rückweg machte. Der Aufzug stand offenbar noch immer im Keller, doch diesmal reagierte er auf ihre Anforderung. Mit einem gedämpften Glockenklang meldete er seine Ankunft im zweiten Stock, und die Türen glitten auf. Kaum dass Maja den leicht nachgebenden Boden des Aufzugs betreten hatte, fiel ihr auf, wie eng die Kabine war. Die Türen schlossen sich, und Maja musste sich zu ruhigem Atmen zwingen. Sie wusste ja, dass sie sich die Enge von Aufzügen nur einbildete, weil sie unter Platzangst litt. Meistens beeinträchtigte sie das nicht, aber in Aufzügen musste sie sich eben zusammenreißen. Und wenn ein Lift – wie es in großen Einkaufszentren und Möbelhäusern durchaus vorkam – Wände aus Glas hatte, war das nicht unbedingt besser. Dann machte ihr weniger die Platzangst zu schaffen, sondern ihre zweite Schwäche, eine ausgeprägte Höhenangst.

Sie vermied es, auf die gegenüberliegende Wand des Aufzugs zu schauen, sondern fixierte stattdessen den Boden der Kabine. Aufmerksam lauschte sie den Geräuschen, die der Aufzug machte, und versuchte die Gerüche zu erkennen, die sie umgaben. Es war eine unangenehme

Mischung aus Schweiß und Alkohol, in Verbindung mit einem leicht süßlichen Aroma. Maja kannte diese Kombination, allerdings in einer weitaus positiveren Variante. Sie hatte manchmal Sörens Wohnung erfüllt, wenn sie nach einer Flasche Bordeaux miteinander geschlafen hatten. Schweiß auf frisch gewaschenen Körpern, ein Hauch von Honig, dazu der fruchtige Duft von schwerem Rotwein.

Sie sah sich um. Das Innere der Kabine war kahl, der Bodenteppich nicht allzu sauber, hier war es alles andere als gemütlich. Sollte Beate Muhr mit ihrem neuen Bekannten schon hier aktiv geworden sein, mussten die beiden es schon sehr nötig gehabt haben. Zumal der Geruch, der in der Luft hing, darauf hindeutete, dass sich die beiden vor dem Sex in einem so engen Raum unbedingt gründlicher hätten waschen sollen.

Maja schüttelte sich und lenkte sich mit Fragen ab. Wohin waren die beiden anschließend verschwunden? Hatten sie das Haus gleich wieder verlassen? Oder hatten sie oben in der Wohnung das Läuten gehört und einfach keine Lust gehabt, sich stören zu lassen? Wie auch immer: Ein Gespräch mit Beate Muhr war im Moment nicht möglich. Maja würde noch einmal herkommen müssen.

Der Aufzug kam ruckelnd zum Stehen. Die Türen glitten zur Seite, und sie sah zu, dass sie schnell aus der Kabine und aus dem Haus kam.

Draußen atmete sie mehrmals tief ein. Links von ihr hupte jemand, weil ihm ein älterer Kombi die Vorfahrt genommen hatte. Rechts von ihr senkte sich das Tor der Tiefgarage, bis es sich mit dem in der Bodenschwelle angebrachten Schloss verriegelte.

Beate Muhr erwachte mit einem Gefühl der Enge, das sie zunächst nicht zuordnen konnte. Sie konnte ihre Lider nicht heben, also war sie darauf angewiesen, zu hören, zu riechen, zu spüren. Ihre Nase meldete ihr nichts Ungewöhnliches, nur einen leichten Druck auf den rechten Nasenflügel, als würde ihr jemand mit etwas Glattem ganz vorsichtig dagegendrücken. Sie sog etwas Luft ein, die Nase war frei. Ihre Zunge hingegen fühlte sich geschwollen an und ließ sich nicht bewegen. War sie fixiert, oder gehorchte die Zunge ihr noch nicht, so wie die Augenlider?

Ihre Haut kam ihr kühl und feucht vor. Und jetzt bemerkte sie, wie etwas über die Haut rieb, ganz sanft, beinahe zärtlich. Eine kurze Pause, dann streifte wieder feuchter, weicher Stoff ihre Haut. Sie hörte ein leises Rascheln, wie von Kleidern, manchmal ein gepresstes Atmen. Dann eine Flüssigkeit, die in eine andere rann. Sie hatte pochende Kopfschmerzen und versuchte sich zu erinnern. Das Geräusch kannte sie. So rann Putzwasser zurück in einen gefüllten Eimer, wenn man einen Lappen auswrang. Sie versuchte sich an mehr zu erinnern. Ronnys Kneipe fiel ihr ein. Der schlanke Mann mit den unglaublich langen Fingern, der im *Nassen Eck* so bereitwillig auf ihre Flirtversuche eingegangen war. Die Küsse, mit denen sie sich den Fußweg zu ihrer Wohnung verkürzt hatten.

Die Fahrt hinauf im Aufzug, während der sie sich an ihn drängte. Dann, endlich, ihr Bett und sie beide …

Er war weg gewesen, als sie erwachte. Aber er war wiedergekommen. Hatte ihr Champagner eingeschenkt. Und dann? Schwärze. Stille. Und jetzt dieses einengende Gefühl. Sie spürte, wie ihre Sinne allmählich erwachten. Der Geruch … Staub, abgestandene Luft … Sie konnte sich keinen Reim darauf machen. Die Geräusche … Ja, da wurde ein Waschlappen benutzt, in Wasser getaucht, ausgewrungen, neu in Wasser getaucht. Dazu passten die Berührungen, die sie spürte – sie wurde gewaschen, ihre Beine, ihr Bauch, ihre Brüste, ihr Hals. Warum wurde sie nur an der Vorderseite gewaschen?

Sie versuchte erneut, die Lider zu heben, aber noch gehorchten sie ihr nicht.

Was spürte sie im Rücken, am Hintern? Saß sie auf einem harten Stuhl, der aus einem glatten, kalten Material gefertigt war? An ihren Hand- und Fußgelenken empfand sie einen gleichmäßigen Druck, als wäre sie gefesselt. Etwas Gefühl kehrte in ihre Zunge zurück. Sie war unendlich durstig, der Mund war trocken, und nun konnte sie ihre Zunge wirklich anheben, wenn auch nur mit großer Mühe. Nach nur wenigen Millimetern stieß die Zunge auf einen Widerstand. War das Stoff? Sie versuchte, durch den Mund einzuatmen – doch die Lippen schienen verschlossen zu sein. Vor Schreck schnappte sie durch die Nase nach Luft, so heftig, dass sich die Nasenflügel aufblähten. Es ziepte in ihrem Gesicht, neben der Nase und an den Lippen, als wäre dort etwas mit Klebeband befestigt.

War sie gefesselt? Geknebelt? Saß sie nackt auf einem Stuhl, wie sie das nach den bisherigen Eindrücken vermutete? Und wer wusch sie und warum? Sie wollte rufen, aber mehr als ein ersticktes Ächzen brachte sie nicht hervor. Panik stieg in ihr auf. Sie sammelte alle Kraft – und wirklich, flatternd und unendlich mühsam hoben sich nun ihre Lider und gaben den Blick frei.

Frei auf tiefe Schwärze.

Andreas, seine Freundin Katharina und Daniel saßen in Daniels Zimmer beisammen, redeten laut durcheinander und fielen sich lachend ins Wort. Auf seinem Couchtisch stand eine halb leere Weinflasche, und als Maja in die Küche ging, um sich ein Glas zu holen, sah sie auf der Arbeitsfläche eine zweite Flasche stehen, die schon leer war. Sie ließ sich einen kräftigen Rotwein einschenken und versuchte, sich an der munteren Unterhaltung der anderen zu beteiligen. Zum Glück waren ihre Mitbewohner taktvoll genug, das Gespräch nicht auf den Kripokommissar zu lenken, der vorher mit ihr in der Küche gesessen hatte. Aber so unbeschwert wie sonst fühlte sie sich heute nicht.

Sie genoss die Ablenkung, die ihre Mitbewohner ihr boten, aber sie spürte auch, was sie noch mehr brauchte als Ablenkung: Ruhe zum Nachdenken. Deshalb verabschiedete sie sich und zog sich in ihr Zimmer zurück. Eine Zeit lang schaute sie aus dem Fenster und versuchte, sich nicht am fröhlichen Lärmen aus Daniels Zimmer zu stören. Dann setzte sie den Kopfhörer auf.

Sie lauschte angestrengt, aber zwischen den dröhnenden Herzschlägen konnte Beate Muhr zwar leise Stimmen hören, aber keines der gesprochenen Worte verstehen. Sie kämpfte die erneut aufsteigende Panik nieder, versuchte ruhiger zu atmen und spitzte die Ohren. Die Personen schienen sich hinter ihr im Raum zu befinden. Bisher hatte sie geglaubt, beim Ausfall eines Sinnesorgans würden die verbliebenen Sinne den Verlust kompensieren, doch leider stimmte das nicht. Selbst wenn sie die Augen aufriss, konnte sie nicht mehr als einen schwachen Lichtschimmer ausmachen. Offenbar war ihr eine Kapuze oder eine Tüte über den Kopf gestülpt worden, die an den unteren Rändern nicht völlig lichtdicht abschloss. Als sie die Augen wieder schloss, nahm ihr Gehör deshalb jedoch nicht mehr wahr als sonst.

Zwei Männer unterhielten sich, und sie wandte den Kopf zur Seite, um besser zu hören. Die Bewegung fiel ihr nicht schwer, aber das, was ihren Kopf bedeckte, gab ein leises Rascheln von sich. Die beiden Männer verstummten, Schritte näherten sich. Der eine Mann schien hinter ihr stehen zu bleiben, der andere direkt vor ihr.

»Nein, auf keinen Fall!«, sagte die Stimme hinter ihr.

»Darauf kommt es doch jetzt auch nicht mehr an«, antwortete der andere Mann, dessen Stimme sie zum letzten Mal in ihrem Schlafzimmer gehört hatte.

»Warum haben wir denn bisher darauf geachtet, dass uns keine sieht?«, fragte der andere.

»Sie wird es niemandem mehr erzählen können. Außerdem ...«

Ein heiseres Lachen erklang, das ihr einen Schauder über den Rücken jagte.

»Pfui Teufel!«, brummte der andere und ging, seinen Schritten nach zu urteilen, in Richtung Ausgang. Eine Tür wurde geschlossen, dann war sie allein mit dem anderen Mann. Mit seinem leise rasselnden Atem. Mit seinen langen Fingern, die nun an dem Gegenstand zupften, der ihr Gesicht verhüllte. Sie blinzelte, ein erster, noch gedämpfter Lichtstrahl fand den Weg zu ihren Augen, und plötzlich musste sie die Lider wieder zusammenkneifen, weil das grelle Tageslicht wie eine Welle über ihr brach.

»Mach ruhig die Augen auf«, zischte die Stimme vor ihr.

Ganz langsam hob sie die Lider ein wenig, schloss sie und hob sie wieder etwas, bis sie nach einigen Anläufen die ungewohnte Helligkeit aushalten konnte.

»Na, wach?«, erkundigte sich der Mann, den sie erst vorhin in ihre Wohnung gelotst hatte. Erst vorhin – wann das wohl gewesen war?

Sie gab ein gedämpftes Ächzen von sich, das er mit einem bösen Grinsen quittierte. Er warf die Stofftasche zur Seite, die er ihr vom Kopf gezogen hatte. Sie versuchte, ihn wütend oder zumindest furchtlos anzustarren, aber der verklebte Mund, die Fesseln und die wenigen Worte, die sie von dem Streitgespräch der beiden Männer aufgeschnappt hatte, ließen keinen Zweifel daran, dass ihr nichts Gutes bevorstand. Was genau es sein würde, wollte sie sich erst gar nicht ausmalen – trotzdem schwappte in diesem Moment eine neue Woge eiskalter Angst über sie hinweg. Das Grinsen des Mannes wurde breiter.

»Endlich muss ich deine Stimme nicht mehr hören«, ätzte er, »und gewaschen habe ich dich auch. War höchste Zeit, du Schlampe.«

Er sprach das Schimpfwort mit so viel Inbrunst aus, als habe er schon lange darauf gewartet, jemanden mal so nennen zu können. Er spuckte ihr ins Gesicht, viel zu schnell, als dass sie noch hätte ausweichen können, und es kostete sie große Überwindung, die aufkommende Übelkeit zu unterdrücken. Er war zufrieden mit dem, was er vor sich sah. Mehr als zufrieden. Seine Augen funkelten, die Schnalle seines Gürtels machte ein leises Geräusch, dann sah sie, wie seine Hand in seine Hose glitt. Sie hob den Blick und wandte sich zu den beiden Fenstern rechts von ihr. Der Himmel war wolkenlos, die Dämmerung hatte eingesetzt, dem warmen Tag würde wohl eine milde Nacht folgen.

Sie versuchte sich auf die Welt dort draußen zu konzentrieren, die unerreichbar fern war und deren Geräusche durch die geschlossenen Fenster gedämpft wurden. Sein Keuchen dagegen, das Rascheln von Stoff und ihr eigener, gepresster Atem waren ganz nah und viel zu deutlich vernehmbar.

Tränen zogen eine kühlende Bahn über ihre Wangen.

Eine Zeit lang hatte Maja mit dem Kopfhörer auf den Ohren am Fenster gestanden, ohne Musik zu hören. Trotz der gedämpften Wahrnehmung begannen sie die Geräusche aus Daniels Zimmer nach einer Weile zu stören. Sie legte eine CD ein und kehrte ans Fenster zurück. Bald hüllte sie die Musik völlig ein.

Entsprechend heftig zuckte sie zusammen, als sie sachte an der Schulter berührt wurde. Sie fuhr herum und hatte das Gesicht von Markus Brodtbeck vor sich, der sie entschuldigend anlächelte. Er bewegte den Mund, aber sie hörte keinen Laut. Erst stutzte sie, dann fiel ihr wieder ein, dass sie einen Kopfhörer trug, und sie nahm ihn ab.

»Wie bitte?«, fragte Maja.

»Die Familie Mögel scheint gerade etwas Pech zu haben. Vorhin hat mich ein Kollege informiert, dass der Neffe Ihrer ermordeten Nachbarin erpresst wird. Jemand hat ihm einen Zettel in den Briefkasten gesteckt, in dem er ihm droht, ein Geheimnis aufzudecken und seine Familie zu zerstören, wenn er nicht zahlt.«

»Was für ein Geheimnis denn?«

»Das konnte der Kollege nicht sagen.«

»Wie hat Ihr Kollege denn von dem Schreiben erfahren? Hat Herr Mögel wegen des Erpresserschreibens Anzeige erstattet?«

»Nicht direkt. Er hat die Polizei angerufen, weil er sich Sorgen um seine Frau und die Kinder gemacht hat. Und das Erpresserschreiben hat seine Befürchtungen natürlich noch gesteigert.«

»Gibt es denn eine konkrete Geldforderung?«

»Nein, und es gab übrigens auch keine Entführung.«

Maja sah ihn verständnislos an, und Brodtbeck schilderte ihr, was genau heute um die Mittagszeit vorgefallen war beziehungsweise was die Streifenbeamten, die zu Mögel gefahren waren, davon berichten konnten.

»Also scheint Arne Mögel tatsächlich etwas zu verbergen«, schloss Maja. »Und zwar etwas, wovon seine Frau nichts weiß.«

Brodtbeck lächelte und nickte.

Wieder sah Arne Mögel nach, ob eine Nachricht auf seinem Handy eingegangen war. Längst hatten sie zu Abend gegessen, die Kinder hatten gebadet, und er hatte sie ins Bett gebracht. Der Große würde sich noch einen Film auf dem Tablet anschauen, während die Kleine schon tief und fest schlief. Und er hatte Zeit, sich Sorgen um seine Frau zu machen.

Vor etwa zwei Stunden hatte sie sich aufgemacht. Selbst wenn sie eine längere Strecke unter die Laufschuhe genommen hatte als sonst, selbst wenn sie in dichteren Verkehr geraten war als üblich – inzwischen müsste sie längst wieder zurück sein.

Das Erpresserschreiben kam ihm wieder in den Sinn. Ihm fiel nur ein Geheimnis ein, worauf sich der Absender beziehen konnte. Inzwischen hatte er Hanna angerufen, um ihr zu erklären, warum sie sich nicht mehr treffen konnten. Aber das machte nicht ungeschehen, dass sie miteinander geschlafen hatten, dass er sich in diese lebenssprühende Frau verliebt hatte und sie begehrte, weil sie auch ihm ihr Begehren zeigte. Hanna hatte ihm gegeben, was er sich von seiner Frau seit Längerem vergeblich wünschte ...

Er ertappte sich dabei, schon wieder Rechtfertigungen

dafür zu suchen, warum er seine schöne, treue, wunderbare Frau betrogen hatte, nur weil sie derzeit weniger körperliche Nähe zu brauchen schien als er.

Nein, er wollte nicht nach Entschuldigungen suchen. Er hatte das Verhältnis mit Hanna beendet. Er wollte seine Frau nicht länger hintergehen. Aber er wollte sie auch nicht verlieren, weil irgendjemand ihr verriet, dass ihr Mann ihr untreu gewesen war. Nicht zum ersten Mal an diesem Nachmittag nahm er sich vor, endlich mit Lisa darüber zu reden. Hoffentlich würde sie ihm zugutehalten, dass er von sich aus Schluss gemacht hatte.

Arne Mögel ging in der Wohnung auf und ab. Er schaute aufs Handy, horchte, ob sich nicht endlich der Schlüssel im Schloss drehte. Nichts, keine Nachricht, kein Geräusch.

Und was, wenn dieser Unbekannte, dieser Irre, der ihm den Zettel in den Briefkasten gesteckt hatte, gar kein Geld wollte? Was, wenn er einfach nur darauf aus war, eine Familie zu zerstören? Wenn er ihm Lisa nehmen wollte? Einfach so, weil er es konnte?

Er tippte eine WhatsApp in sein Smartphone und wartete. Doch es kam kein Hinweis, dass Lisa die Nachricht geöffnet hatte. Er wartete fünf Minuten und noch einmal fünf, dann war er mit seiner Geduld am Ende. Er nestelte die Visitenkarte, die ihm die Polizeibeamtin heute Mittag gegeben hatte, aus der Hosentasche und wählte die darauf abgedruckte Nummer. Ein Mann ging ran und rasselte routiniert seinen Namen und den seiner Dienststelle herunter.

»Arne Mögel hier.«

Er wartete einen Moment, in der Hoffnung, dass er vielleicht den Streifenkollegen der Polizistin am Apparat hatte, dem sein Name etwas sagte und dem er nicht erst lange erklären musste, was heute schon vorgefallen war. Aber der Beamte fragte nach einer kurzen Pause nur leicht genervt nach, wie er denn nun helfen könne.

»Es tut mir leid, dass ich schon wieder anrufe, aber ich fürchte, dass meine Frau entführt wurde.«

»Entführt? Wie kommen Sie darauf?«

Nun fasste er doch kurz die bisherigen Ereignisse zusammen.

»Ach, Sie sind das ...«, knurrte der Polizist. »Die Kollegen haben mir alles erzählt – übrigens auch, dass sich Ihre Befürchtung letztlich in Luft aufgelöst hat.«

»Aber meine Frau ist nun wirklich verschwunden. Sie ist vor mehr als drei Stunden weggefahren und wollte nur eine Runde joggen – sie müsste längst wieder zu Hause sein. Ans Handy geht sie auch nicht, und ich ...«

»Hören Sie, Herr Mögel, wir können nicht jedes Mal mit einer Streife anrücken, wenn Ihre Frau etwas länger joggen oder spazieren geht, als Sie das gerne hätten.«

»Aber das Erpresserschreiben!«

»Gab es denn inzwischen eine Geldforderung?«

»Nein, aber ...«

»Sehen Sie, Herr Mögel, Sie machen sich unnötig Sorgen. Haben Sie schon mit Ihrer Frau über das Geheimnis gesprochen, das auf dem Zettel angedeutet wird?«

»Nein, ich ... ich hatte noch nicht die Gelegenheit.«

»Vielleicht sollten Sie erst mal mit Ihrer Frau reden. Machen Sie reinen Tisch, sobald sie wieder zurück ist. Glauben Sie mir, das ist das Beste.«

»Hören Sie mal!«, brauste Arne Mögel auf. »Das geht Sie ja wohl gar nichts an!«

»Jetzt beruhigen Sie sich bitte, ja? Das scheint mir wirklich kein Fall für die Polizei zu sein. Ihre Frau wird sich eben Gedanken machen über dieses Geheimnis. Vielleicht ist sie deswegen sauer oder durcheinander, und wahrscheinlich sitzt sie im Moment irgendwo mit einer Freundin zusammen und schüttet der ihr Herz aus.«

»Das ist aber nicht ihre Art!«

»Na ja, so wie Ihre Frau nicht alles über Sie zu wissen scheint, wissen ja vielleicht auch Sie nicht alles über sie.«

»Jetzt werden Sie nicht unverschämt, sondern schicken Sie endlich Hilfe!«

»Herr Mögel, es ist besser, wenn wir das Gespräch jetzt beenden.«

Damit legte der andere auf. Arne Mögel schleuderte das Telefon in das Regal, in dem die Ladestation stand. Unruhig ging er wieder in der Wohnung auf und ab und dachte fieberhaft darüber nach, was er nun tun konnte.

Die Nachbarin hatte kurz gezögert, weil sie Besuch erwartete, aber als Arne Mögel anbot, ihr das Babyfon zu bringen, und ihr versprach, wieder nach Hause zu kommen, sobald sie ihm eine entsprechende Nachricht auf sein Handy schickte, war sie doch einverstanden, auf die Kinder aufzupassen. Arne Mögel checkte noch einmal seine

Nachrichten, aber nach wie vor hatte sich Lisa nicht gemeldet. Er nahm eine dünne Jacke vom Haken, steckte den Schlüssel seines Geschäftswagens ein und schulterte den Rucksack, in den er eine Taschenlampe und für alle Fälle ein bisschen Verbandszeug gepackt hatte. Leise verließ er die Wohnung, dann eilte er die Treppe hinunter, riss die Haustür auf und stieß beinahe mit einer Frau und einem Mann zusammen, die gerade vor den Klingelknöpfen standen und die Namensschilder studierten. Als Arne Mögel sah, dass der Mann gerade seine Klingel drücken wollte, hielt er ihn auf.

»Bitte nicht. Meine Kinder sind gerade eingeschlafen, wecken Sie sie bitte nicht auf.«

»Sie sind Herr Mögel?«, erkundigte sich der Mann.

Arne Mögel nickte, und der andere zückte seinen Dienstausweis und stellte sich als Kriminalhauptkommissar Markus Brodtbeck vor.

»Meine Kollegen haben mich informiert, dass Sie Ihre Frau vermissen – schon das zweite Mal heute.«

»Er hat Sie informiert? Wenigstens das!«

»Wie meinen Sie das?«

»Na ja, der Beamte am Telefon hat mich ganz schön abblitzen lassen. Ich würde mir völlig grundlos Sorgen machen und solle mich erst mal mit meiner Frau aussprechen, wenn sie wieder daheim ist.« Arne Mögel schüttelte den Kopf. »Erst habe ich mich furchtbar über ihn aufgeregt – aber nachdem sich heute Mittag alles als Missverständnis herausgestellt hat, kann ich im Grunde genommen auch verstehen, dass die Polizei nun nichts unternehmen will.«

»Das stimmt nicht ganz, immerhin bin ich hier.«

Mögel warf einen Blick auf die Frau, die neben Brodt-beck stand.

»Danke, dass Sie und Ihre Kollegin nun doch gekommen sind.«

»Frau Ursinus ist keine Kollegin. Sie war eine Nachbarin Ihrer Tante und hat mir gerade eine wichtige Information im Zusammenhang mit deren Tod überbracht, als die Kollegen mich über Ihren Anruf informierten. Ich dachte mir, für die Suche nach Ihrer Frau kann es nicht schaden, wenn wir eine Person mehr sind. Ich hoffe, das ist Ihnen recht.«

»Ja, klar.«

»Und wo sollen wir suchen? Hat Ihre Frau gesagt, wo sie hinwollte?«

»Zum Langwieder See. Sie läuft dort regelmäßig.«

»Gut, dann beeilen wir uns. Hätten Sie noch ein Foto Ihrer Frau für mich?«

»Reicht es, wenn ich Ihnen unterwegs eins aufs Handy schicke?«

»Natürlich. Kommen Sie?«

Die Fahrt ging zügig, und sie erreichten den Parkplatz am Langwieder See in knapp zwanzig Minuten. Sie fuhren die Reihen der abgestellten Autos ab, doch der Familienkombi der Mögels war nicht darunter. Trotzdem machten sich Maja und Arne Mögel anschließend auf den Weg entlang des Ostufers. Sie umrundeten die Südspitze des Sees, untersuchten auch das Gelände der Wasserwacht und das Gebüsch, das zwischen Autobahn und Westufer kaum

Platz zum Durchkommen ließ. Auf dem Rückweg trafen sie Brodtbeck, der unterdessen das Areal um das Hotel und den Biergarten abgesucht hatte und mit dem Fernglas das jenseitige Ufer ins Visier genommen hatte – ebenfalls ohne Ergebnis. Sie teilten sich wieder auf, suchten den Uferweg am benachbarten Lußsee ab und alle anderen Wege in dem weiträumigen Gebiet, wo Lisa Mögel üblicherweise joggte. Sie befragten alle Passanten auf den Wegen und die Eltern auf dem Spielplatz, doch ohne Resultat. Schließlich gaben sie auf.

»Wo könnte Ihre Frau denn sonst noch hingefahren sein, Herr Mögel?«, fragte Brodtbeck im Auto, als sie auf dem Rückweg in die Stadt waren. »Hat sie ein Lieblingslokal? Eine Freundin, mit der sie nach der Aufregung heute vielleicht einfach mal alles in Ruhe durchquatschen wollte?«

Arne Mögel verneinte.

»Bleibt noch das Geheimnis, auf das in dem Erpresserschreiben angespielt wird. Könnte es sein, dass Ihre Frau inzwischen weiß, worum es sich da dreht – und dass sie vielleicht dorthin gefahren ist, wo sie mehr darüber erfahren kann?«

Mögel sank auf dem Rücksitz von Brodtbecks Wagen in sich zusammen. Er schaute angestrengt zum Seitenfenster hinaus und kaute auf der Unterlippe. Brodtbeck wusste, dass jetzt Geduld gefragt war.

Franz DeLeyden war nach Hause gegangen, unter dem Arm den Karton mit den seltsamen Trophäen und dem

Laptop, der den Film von ihm und der sterbenden Beate Muhr enthielt. Der Mann wartete am Küchenfenster, bis er im Wagen davongefahren war. Der Tonfall, in dem DeLeyden ihm erzählt hatte, dass er sich auf seine Frau freue, hatte ihn in der Entscheidung bestärkt, die den Tag über in ihm gereift war. Und so machte er sich daran, alle Spuren zu beseitigen. Nur die Einrichtung des Wohnzimmers würde er zurücklassen, aber weder dort noch woanders in dieser Wohnung würde irgendetwas mit ihm in Verbindung gebracht werden können. DeLeyden dagegen … Mit einem bösen Grinsen tastete er nach dem Stick in seiner Hosentasche. Vom heutigen Film hatte er eine Kopie gezogen, nachdem dieser widerliche DeLeyden fertig gewesen war – gerade noch rechtzeitig, bevor dieser den Laptop mitgenommen hatte. Es stimmte schon: Die Frau im Wohnzimmer würde niemandem mehr sagen können, wen sie da vor sich gesehen hatte. Aber die Aufnahme eines Mannes, der sich selbst in solch einer Situation filmte, um später … Er musste nur noch entscheiden, wann er der Polizei die Daten zuspielen würde.

Das Putzen in der Küche ging schnell. Bevor er sich um Bad und Flur kümmern würde, packte er die Utensilien, die nicht mehr gebraucht wurden, in zwei Klappkisten, die hinter der Küchentür bereitgestanden hatten. Da ließ ihn ein Geräusch erstarren. Er hatte nur ganz kurz Metall auf Metall schlagen hören. Nun lauschte er angestrengt, ging von der Küche in den Flur und horchte weiter. Draußen waren Schritte zu hören, dazu ein zweites Geräusch, das er nicht zuordnen konnte. Also hatte er sich nicht getäuscht: Die Aufzugtür war vorhin ins Schloss gefallen.

War DeLeyden zurückgekommen? War ihnen jemand auf der Spur? Er huschte zurück in die Küche, nahm eines der Messer wieder aus der Klappkiste und stellte sich hinter die Wohnungstür. Dass es im Flur inzwischen fast dunkel war, kam ihm zugute. Vom Wohnzimmer her war ein gedämpftes Stöhnen zu hören. Auch Beate Muhr hatte offenbar bemerkt, dass sich jemand näherte.

Die Schritte im Treppenhaus verstummten, ein Schlüssel wurde ins Schloss gesteckt und umgedreht, die Tür wurde entriegelt und schwang auf. Das Licht im Treppenhaus blendete ihn kurz, im ersten Augenblick konnte er nur die Umrisse einer Person sehen, die einen Rollstuhl in die Wohnung schob. Dann erkannte er Katrin Reeb.

»Was machen Sie denn hier?«, fuhr er sie im ersten Ärger an, dann besann er sich, legte seinen Zeigefinger auf die Lippen und bedeutete ihr, möglichst leise durch den Flur in die Küche zu gehen. Er schloss hinter ihr die Wohnungstür, folgte ihr und zog auch die Küchentür zu.

»Was soll das, Frau Reeb?«

»Ich habe hier jemanden für uns.«

Sie zog die schwarze Stofftasche vom Kopf der Person im Rollstuhl. Eine junge Frau, bewusstlos, schlank, attraktiv – aber ihr schönes Gesicht sagte ihm nichts.

»Lisa Mögel«, erklärte Katrin Reeb. »Sie ist verheiratet mit dem Neffen von Gertrud Mögel und will mit ihm und den Kindern in die frei gewordene Wohnung seiner Tante ziehen.«

»Und weshalb ist sie hier?«, fragte er mit nur mühsam gezügelter Wut.

»Sie wird hier sterben.«

»Nein, Frau Reeb, das wird sie nicht! Was ist bloß in Sie gefahren? Sie können doch nicht einfach irgendwelche Frauen in München aufgabeln und herbringen!«

»Sie passt wunderbar in unsere Pläne, glauben Sie mir. Inzwischen gibt es ja nicht nur eine Frau, die wir der Kripo als Giftmörderin präsentieren können, sondern in Maja Ursinus auch noch eine zweite.«

Das war ihm längst schmerzlich bewusst, und er zermarterte sich schon seit Tagen das Hirn, wie er den Verdacht der Kriminalpolizei von der jungen Apothekerin weg und hin zu jener Frau lenken konnte, die er aus dem Weg haben wollte. Durch eine Verurteilung als Mörderin oder wenigstens durch Gerüchte, die ihrer Karriere schaden würden.

»Wenn also diese Frau in die Wohnung unter Frau Ursinus einziehen will, würden wir mit ihrem Tod unter anderem eine weitere Spur in ihre Richtung legen.«

»Ich war ja schon dagegen, diese Mögel zu vergiften, aber Sie beide haben mich da leider überredet. Und sie hatte DeLeyden in seinem ... nun ja ... Hobbykeller erwischt. Aber das geht mir jetzt wirklich zu weit!«

»Mit der Muhr waren Sie doch auch einverstanden!«

»Die hatte ebenfalls was mit Ihrem Mann, sie hat ihn beklaut, und Sie haben mir erzählt, dass er sie schon längst rausgeworfen hätte, wenn sie nicht ...«

»Sagen Sie's nur«, stieß sie hervor. »Wenn sie nicht für ihn die Beine breit gemacht hätte!«

227

Er zuckte mit den Schultern.

»Die Muhr hat mit ihm geschlafen, genau wie die Ursinus und wer weiß wie viele andere auch!«

Er deutete auf die Bewusstlose im Rollstuhl.

»Die da auch?«

»Nicht dass ich wüsste.«

»Dann passt sie doch gar nicht ins Bild, genauso wenig wie die Mögel. Die Polizei muss ein Muster erkennen können, sonst bringt das alles nichts!«

»Die werden sich ihr Muster schon zusammenreimen. Außerdem hat Lisa Mögel mich gesehen.«

Er blinzelte, ein Gedanke tauchte auf, aber er konnte ihn noch nicht richtig fassen.

»Wie meinen Sie das?«

»Erzähle ich Ihnen gleich. Und obendrein passt sie sehr wohl ins Bild. Ihr Mann hat sie betrogen. Kurz nachdem er vom Tod seiner Tante erfahren hat, ist er zu einer alleinstehenden Frau gefahren, die nahe der Theresienwiese wohnt. Er hat seinen Wagen ein Stück von ihrem Haus entfernt abgestellt und ist ziemlich lange geblieben. Sie müssten diese Frau übrigens kennen, wenn ich im Internet richtig recherchiert habe: Hanna Wöllpert.«

Er stutzte.

»Ich war heute Vormittag in der Landsberger Straße und wollte gerade ein fingiertes Erpresserschreiben in den Briefkasten der Mögels stecken«, fuhr Katrin Reeb fort.

»Was ist denn das wieder für ein Blödsinn?«, unterbrach er sie, aber sie hob nur die Hand, um ihn zum Schweigen zu bringen.

»Ich erkläre Ihnen das gleich. Jedenfalls saß ich noch im Wagen, da kam Pleidering, dem das Haus in der Valpichlerstraße gehört. Nachdem er bei den Mögels geklingelt hatte, wurde er eingelassen. Er hatte eine Aktentasche dabei – vielleicht wollte er irgendetwas wegen der Wohnung der Tante besprechen. Lisa Mögel ist kurz darauf die Treppe runtergekommen und mit den Kindern spazieren gegangen. Ich habe das Erpresserschreiben in den Briefkasten gesteckt und bin der Frau zu einem Spielplatz am Nymphenburger Schlosspark gefolgt. Nach einer Weile hat ihre Tochter losgeheult, und die Mutter ist mit den Kleinen ein Stück in den Schatten gegangen. Ich bin auf sie zugegangen, habe ihr meine Hilfe angeboten, und sie war einverstanden, dass ich sie und die Kinder nach Hause fahre. Den sperrigen Kinderwagen haben wir vorher in einem Gebüsch versteckt. Ich hatte gehofft, dass mein Zettel noch im Briefkasten steckt und sie ihn vor ihrem Mann entdeckt – ich hatte in dem Schreiben nämlich angedeutet, dass er etwas vor ihr geheim hält. Doch der Zettel war weg, er hatte ihn wohl schon gefunden. Nachdem die Mutter mit ihren beiden Kindern hochgegangen war, habe ich mich in einiger Entfernung auf die Lauer gelegt und gewartet. Erst ist ein Streifenwagen gekommen, der Arne Mögel nach Hause gebracht hat. Eine Beamtin hat Lisa Mögel das Erpresserschreiben gezeigt, dann ist die Polizei davongefahren, und die Mögels sind ins Haus gegangen. Ich war mir sicher, dass ich jetzt alles Nötige ins Rollen gebracht hatte – aber es dauerte mehr als vier Stunden, bis sich endlich etwas tat. Lisa Mögel verließ das

Haus und fuhr zu Hanna Wöllperts Adresse. Sie wohnt schräg gegenüber einer Polizeistation. Eine Zeit lang beobachtete sie das Haus, aber als das einem Polizisten auffiel, zog sie die Laufschuhe an und joggte zur Theresienwiese.«

Er hörte nur halb zu, während sich der vage Gedanke, den er vorhin noch nicht hatte fassen können, zu einem Plan formte.

»Ich bin ihr hinterhergefahren, habe sie überholt, den Wagen abgestellt und bin ihr dann zu Fuß entgegengegangen«, fuhr Katrin Reeb fort. »Sie erkannte mich zwar wieder, hielt das Zusammentreffen aber lange genug für einen Zufall, dass ich sie mit demselben Mittel betäuben konnte wie meinen Mann. Mit dem Wagen habe ich sie hergebracht, und wo Sie den Rollstuhl im Kellergeschoss unterstellen, weiß ich ja.«

In seinem Kopf wurde der Plan jetzt immer konkreter. Ja, so müsste es gehen. Und so dürfte er gleich mehrere Fliegen mit einer Klappe schlagen. Zwei, um genau zu sein. Die Frau, die eben noch auf ihn eingeplappert hatte, deutete sein zufriedenes Lächeln falsch.

»Sehen Sie? Es fügt sich alles ganz wunderbar zusammen«, meinte sie.

»Ja«, entgegnete er. »Es fügt sich alles ganz wunderbar zusammen, Sie haben recht.«

»Na also! Kommen Sie, wir gehen es gleich an.«

Katrin Reeb machte Anstalten, den Rollstuhl ins Wohnzimmer zu schieben. Bisher wusste sie offenbar nicht, dass Beate Muhr noch lebte. Das konnte ruhig so bleiben.

»Warten Sie«, sagte er. »Das müssen Sie nicht machen.

Dass Sie Ihren Mann selbst töten und auch mit ansehen wollten, wie er stirbt, habe ich verstanden. Um die Muhr und die Mögel hat sich DeLeyden gekümmert. Diese Frau hier übernehme ich – dann sind wir alle drei schuldig, und keiner muss befürchten, dass einer von uns die anderen reinreitet.«

Katrin Reeb zögerte, dann nickte sie.

»Klingt vernünftig. Und Sie brauchen keine Hilfe?«

»Nein, das schaff ich allein, keine Sorge. Sie können in Ruhe nach Hause gehen. Oder noch besser: Gehen Sie in ein Restaurant oder ins Kino, dann haben Sie für alle Fälle ein Alibi.«

»Gut, mache ich.«

Auch diesmal wartete er, bis sie die Wohnung verlassen hatte und mit dem Wagen davongefahren war. Dann fühlte er Lisa Mögel den Puls. Sie würde wohl noch eine ganze Weile bewusstlos bleiben. Für seine Zwecke sollte es reichen. Er feuchtete einen Lappen an, nahm ein Geschirrtuch in die andere Hand und ging ins Wohnzimmer hinüber. Als er ins Blickfeld von Beate Muhr trat, erschrak sie, er konnte es an ihren schreckgeweiteten Augen sehen.

»Vor mir müssen Sie sich nicht fürchten, Frau Muhr«, sagte er mit sanfter Stimme. Erst tupfte und wischte er ganz vorsichtig ihr Gesicht sauber, dann trocknete er es sorgfältig ab.

»Geht es so?«, fragte er.

Beate Muhr nickte leicht, sah ihn aber noch mit großen Augen an. Er gönnte ihr ein freundliches Lächeln und verließ das Wohnzimmer wieder. Den feuchten Lappen legte er mit DeLeydens Speichel nach oben auf die Spüle, das Geschirrtuch kam in eine der Kisten. Dann schob er den Rollstuhl mit Lisa Mögel aus der Wohnung, schloss die Tür hinter sich ab und wandte sich in Richtung Fahrstuhl.

8

Schließlich hatte sich Arne Mögel doch noch dazu durchgerungen, Brodtbeck und Maja von seinem Verhältnis zu Hanna Wöllpert zu erzählen. Er betonte mehrmals, dass er die Beziehung heute Nachmittag telefonisch beendet habe, und lotste den Kommissar bis in die Beethovenstraße. Dort deutete er erstaunt auf einen Kombi, der am Straßenrand stand.

»Das ist Lisas Wagen«, sagte er, und es war ihm anzuhören, dass er sich nach wie vor große Sorgen machte. Brodtbeck parkte sein Auto in einer Lücke zwischen zwei Streifenwagen und ließ Mögel zum Haus seiner ehemaligen Geliebten vorausgehen. Dann folgte er ihm zusammen mit Maja.

Schon kurz nach dem ersten Läuten meldete sich Hanna Wöllpert über die Sprechanlage, doch als Arne Mögel seinen Namen nannte, trennte sie die Verbindung wieder. Brodtbeck klingelte erneut, bis sie noch einmal an die Sprechanlage kam, und unterbrach ihren wütenden Redeschwall, indem er sich als Kripokommissar vorstellte, der wegen eines Mordfalls dringend mit ihr reden müsse. Es dauerte noch einen Moment, dann summte der Türöffner, und die beiden Männer betraten das Haus. Maja blieb auf dem Gehweg stehen, und Brodtbeck sah sie fragend an.

»Ich schau mich mal hier unten um, für den Fall, dass Frau Mögel doch nicht oben in der Wohnung ist. Und sollte sie mir über den Weg laufen, gebe ich Bescheid.«

Brodtbeck schaute einen Moment lang überrascht, dann nickte er. Maja entnahm seinem Gesichtsausdruck, dass er von Hannas und ihrer Freundschaft wusste – doch er sagte nichts dazu, sondern bedeutete Mögel, ihm zu folgen. Sie war ihm dankbar dafür, dass er gerade geschwiegen hatte. Dass Hanna mit ihrem ehemaligen Geliebten konfrontiert wurde, war genug Zumutung auf einmal. Da musste sie nicht auch noch die Freundin vor sich haben, die sie angeschwindelt oder ihr zumindest wichtige Zusammenhänge verschwiegen hatte, um ihr Details zum Mord an Gertrud Mögel zu entlocken.

Während die beiden Männer im Haus verschwanden, versuchte Maja sich in Lisa Mögel hineinzuversetzen. An ihrer Stelle wäre sie ganz sicher nicht zu der Frau in die Wohnung gegangen, mit der ihr Mann sie betrogen hatte. Aber wohin hatte sich Lisa Mögel dann wohl gewandt? Sie war zwar zu dem Haus gefahren, in dem die Geliebte ihres Mannes wohnte, danach aber war sie zu Fuß weitergegangen und hatte den Wagen stehen lassen. Durch die Heckscheibe des Kombis war ein Paar Ballerinas zu sehen. Also hatte sie wohl ihre Laufschuhe angezogen und war joggen gegangen, wie sie es ihrem Mann angekündigt hatte – nur eben nicht am Langwieder See, sondern ausgerechnet in Hannas Straße. Ob sie versucht hatte, ihrer Verwirrung, ihrer Wut oder ihrem Schmerz durch ein intensives Lauftraining beizukommen? Gut möglich.

Maja sah sich um. An Lisa Mögels Stelle hätte sie gewiss eine Runde um die Theresienwiese gedreht. Sie ging die Beethovenstraße hinunter und blieb am Rand der riesigen Fläche stehen, über die sich längst die Dunkelheit gesenkt hatte. Nur durch die Fenster an den Wohnwagen der Schausteller schien noch Licht. In einer Woche würde hier während der Wiesn der Teufel los sein, und weder Lisa Mögel noch Brodtbeck hätten einen freien Parkplatz gefunden.

Aber wohin mochte sich Lisa Mögel heute gewandt haben? War sie geradeaus über die Theresienwiese gegangen? War sie links dem Bavariaring gefolgt – oder war sie nach rechts gegangen? Sie selbst wäre ganz sicher nicht quer über einen freien Platz gerannt, sondern wäre dem Weg drum herum gefolgt.

Also rechts oder links? Die Chancen standen fünfzig zu fünfzig. Maja entschied sich für links und überquerte die Matthias-Pschorr-Straße, die wie ein Boulevard auf die Bavaria und die Ruhmeshalle zuführte. Kurz bevor der Fußweg durch die nächste Straße unterbrochen wurde, kam ihr auf dem Bavariaring ein Wagen mit altersschwachen Scheinwerfern entgegen. Am Steuer saß ein älterer Herr mit feistem Gesicht, der in den Rückspiegel schaute, als wolle er sich vergewissern, dass ihm niemand folgte.

Aus einer Eingebung heraus versuchte Maja sich das Kennzeichen zu merken, doch das Nummernschild war verschmutzt und die Lichtverhältnisse zu schlecht. Was blieb, wäre im Ernstfall eine sehr dürftige Beschreibung gewesen: ein dicker Fahrer in einem älteren Kombi.

Sie setzte ihren Weg fort, und schließlich glaubte sie ein Stück vor sich einen liegenden Körper in der Dunkelheit zu sehen. Sie beschleunigte ihre Schritte, und als sich die betreffende Stelle nur noch etwa zehn oder fünfzehn Meter von ihr entfernt befand, erkannte sie, dass dort wirklich eine Gestalt am Boden lag, die sich nicht regte. Rechts davon bildete eine an einem Gitter befestigte Kunststoffplane einen Sichtschutz in Richtung Theresienwiese, links von ihr verbarg eine hüfthohe Hecke den Weg und die liegende Gestalt vor Blicken von der Straße und aus den Häusern des angrenzenden Wohngebiets. Maja näherte sich, ohne die Gestalt am Boden aus den Augen zu lassen. Es schien sich um eine Frau zu handeln, und sie trug Laufschuhe.

»Frau Mögel?«, rief Maja ihr zu, doch die Person reagierte nicht.

Stattdessen legte sich von hinten eine Hand auf Majas Mund und Nase. Einen Augenblick lang nahm sie noch einen süßlichen Geruch war, dann wurde es schwarz um sie.

Das Gespräch mit Hanna Wöllpert war zäh verlaufen. Lisa Mögel kenne sie nicht, sagte sie, und es sei vor dem Besuch der beiden Männer heute auch noch niemand bei ihr in der Wohnung gewesen. Doch als Brodtbeck ihr auf seinem Handy ein Foto von Lisa Mögel zeigte, fiel ihr die Frau ein, die sie vorhin unten auf der Straße gesehen hatte.

»Dann war das wohl Arnes Frau, die aus dem Wagen da unten gestiegen ist. Vermutlich hat sie meine Wohnung beobachtet.«

Brodtbeck wollte von ihr wissen, was Lisa Mögel nach dem Aussteigen gemacht hatte.

»Sie hat den Kofferraumdeckel geöffnet und nach einer Weile wieder geschlossen. Und dann ist sie in Richtung Theresienwiese gejoggt.«

»Und dann?«

»Sie hat den Bavariaring überquert und ist nach links weitergelaufen. Danach konnte ich sie nicht mehr sehen.«

»Warum haben Sie die Frau denn beobachtet, wenn Sie doch gar nicht wussten, wer sie war?«

»Ich habe die Frau nicht beobachtet!«, protestierte Hanna Wöllpert. »Wie Arne Ihnen vielleicht erzählt hat, habe ich heute Nachmittag einen Anruf von ihm bekommen. Das war wirklich kein schönes Gespräch, und ich habe mich anschließend ans Fenster gestellt, um nachzudenken. Dabei habe ich den Blick ein bisschen schweifen lassen, das ist alles. Es war ansonsten unten auf der Straße nicht viel los heute.«

»Schon gut, Frau Wöllpert, und danke. Ist Ihnen sonst noch etwas aufgefallen?«

»Nein, ich … Moment mal … Die Frau ist losgelaufen … und direkt danach ist ein Sportwagen angefahren. Er muss unter meinem Fenster am Straßenrand gestanden haben und ist erst langsam die Straße entlang bis zum Bavariaring gerollt und dann links abgebogen.«

Sie sah Brodtbeck nachdenklich an.

»Jetzt, wo Sie mich fragen, kommt es mir fast so vor, als wäre er der Joggerin hinterhergefahren.«

Arne Mögel war aus der Wohnung nach unten gestürmt, ohne auf Brodtbeck zu warten. Als der Kommissar aus dem Haus trat, sah er Mögel schon in Richtung Theresienwiese davonrennen. Er selbst dagegen wandte sich zu der Polizeiinspektion auf der anderen Straßenseite und zeigte der Frau am Empfang erst seinen Ausweis und dann das Bild von Lisa Mögel.

»Schicken Sie bitte sofort ein paar Kollegen raus – diese Frau wird vermisst. Sie heißt Lisa Mögel und wurde heute am späten Nachmittag zuletzt hier in der Straße gesehen. Ihr Wagen steht gleich dort vorn, und sie ist in Richtung Theresienwiese gejoggt.«

»Geht klar«, antwortete die Frau am Empfang, ließ sich von ihm das Foto der Vermissten zusenden und begann sofort zu telefonieren.

Brodtbeck hastete nun ebenfalls in Richtung Bavariaring davon und bog links ab. Schon bald entdeckte er ein Stück vor sich im diffusen Licht der Straßenlaternen eine Gestalt, die auf dem Boden kniete und sich bei genauerem Hinsehen als Arne Mögel entpuppte. Mit den Händen umfasste er den Kopf seiner Frau Lisa. Sie hatte die Augen geschlossen, ihr Körper lag schlaff vor ihm ausgestreckt, und seine Miene spiegelte blanke Verzweiflung wider.

Brodtbeck beugte sich zu ihr hinunter und streckte die Finger aus. Sofort drehte sich Arne Mögel etwas zur Seite, als ob er seine Frau vor ihm beschützen müsse. Brodtbeck wartete kurz, dann beugte er sich weiter nach unten und ertastete mit seinen Fingerspitzen die Halsschlagader der Frau.

Maja brauchte einen Moment, bis sie das Geräusch zuordnen konnte, das sie umgab, ja, das sie im Grunde genommen auszufüllen schien. Sie hörte einen Motor, der sich ganz in ihrer Nähe befinden musste, denn sie spürte sein Vibrieren mit jeder Faser ihres Körpers. Außerdem war da ein schmerzhaftes Pochen hinter den Schläfen, und als sie ihre Augen mit etwas Mühe öffnen konnte, war es vor ihr so schwarz wie zuvor. Sie versuchte sich zu bewegen, stieß aber nach wenigen Zentimetern mit den Fingerspitzen an etwas Hartes, Kunststoff vielleicht. Ihre Füße berührten ebenfalls eine glatte, harte Fläche. Ihre eine Schulter schien auf einem dünnen Teppich oder etwas Ähnlichem zu liegen, und als sie ihre andere Schulter ein wenig bewegte, stieß sie auch damit gegen etwas Hartes.

Schlagartig wurde ihr bewusst, wo sie sich befinden musste. Das Motorengeräusch, der Teppich unter ihr – sie war im Kofferraum eines Autos gefangen. Sie schnappte nach Luft, rollte sich auf den Rücken und presste die Hände auf das Metall über ihr, wieder und wieder. Sie atmete schwer, ihr Puls begann zu rasen, aber natürlich gab der Kofferraumdeckel nicht nach. Wie eng es hier war! Wie dunkel! Und mit jeder Kurve, die der Wagen nahm, wurde sie mal zur einen, mal zur anderen Seite geschleudert. Vor allem aber war es eng, verdammt eng!

Der Schweiß brach ihr aus, ihre Kehle schnürte sich zu, und dann trommelte sie wie verrückt gegen das Metall über ihr und trat zugleich mit ihren Füßen um sich. Sie tobte und raste, bekam dadurch allerdings auch immer schwerer Luft und wurde zunehmend panisch. Dann, nach einer Ewigkeit, wie ihr schien, wurde die Drehzahl des Motors niedriger, bis der Wagen schließlich ganz stehen blieb. Eine Tür wurde geöffnet. Sie versuchte zu lauschen, hörte aber in erster Linie das Pochen ihres Pulsschlags an den Schläfen. Dann wurde der Deckel des Kofferraums aufgeklappt.

Licht, endlich!

Wobei ... es war nur der schwache Schein einer Straßenlaterne. Sie riss den Mund auf und sog die frische Nachtluft ein. Dabei musste sie husten, atmete durch die Nase und dachte einen Moment lang daran, sich vielleicht mit einem schnellen Sprung zu befreien. Doch ihre Beine fühlten sich taub an und gehorchten ihr nicht gleich, und dann war die Gelegenheit auch schon wieder verstrichen. Die Person, die den Deckel geöffnet hatte, stützte sich nun auf sie und hielt ihr die Nase zu. Maja riss den Mund auf, da spürte sie schon, wie ihr etwas auf die Zunge geträufelt wurde. Sie sah noch, dass die Person über ihr eine Frau war. Und sie glaubte trotz der plötzlich aufsteigenden Schatten um sie herum zu erkennen, dass sich ein zufriedenes Lächeln auf das Gesicht der Frau legte.

Kannte sie die Frau? Von einem Foto vielleicht?

Müdigkeit breitete sich in ihr aus, Dunkelheit griff nach ihr. Die Frau stöberte in ihrer Kleidung, bis sie Majas Handy fand. Dann drückte sie die Kofferraumklappe wieder zu und stieß sie damit zurück in Enge und Atemnot. Doch Maja fand nicht einmal mehr die Kraft dazu, erneut in Panik zu verfallen. Sie nahm die Geräusche um sich herum nur noch gedämpft wahr, konnte nichts sehen, und ihr ganzer Körper fühlte sich taub an …

Er war schon häufiger nachts hier gewesen, aber heute achtete er besonders gründlich darauf, ob er in dem Gebäude auch wirklich allein war. Er schaute nach links und rechts, während er aufs Grundstück rollte und hinter das Haus fuhr, wo er das Auto neben der Rampe abstellte. Dann stieg er aus und lauschte, ließ seinen Blick über die Rampe gleiten und zog dann die Metalltür auf, die ins Treppenhaus und in das Lager im Erdgeschoss führte. Er machte ein paar Schritte in die Dunkelheit hinein, schloss die Augen und horchte. Nichts.

Einmal noch, dieses eine letzte Mal, durfte nichts schiefgehen. Dann würde er dieses Grundstück nie wieder betreten, würde vielleicht noch eine gewisse Zeit abwarten müssen, bevor er hoffentlich die Früchte seiner Anstrengungen würde ernten können.

Er nahm den Fahrstuhl nach oben, trat auf den Flur hinaus und ging leise zu der Hausmeisterwohnung, in der bald das letzte Sterben beginnen würde. In der Wohnung war es still. Auch Beate Muhr gab keinen Laut von sich.

Er stellte eine Bluetooth-Verbindung zwischen seinem Smartphone und dem Handy im Wohnzimmer her, das über die Kamerafunktion nach wie vor Liveaufnahmen nach nebenan sendete. Dann ging er in die Küche und betrachtete das Bild auf dem Display. Offenbar war die Frau eingeschlafen. Er zog das Prepaidhandy hervor, das er auf Franz DeLeydens Namen registriert hatte, öffnete das Küchenfenster, trat wieder ein, zwei Schritte in den Raum zurück und filmte. Er achtete darauf, dass vom Zimmer nur der Fensterrahmen zu sehen war – und von der Umgebung so viel, dass man darauf kommen konnte, wo sich das Gebäude befand, aus dem gefilmt wurde, dass man dafür aber eine gewisse Zeit benötigen würde.

Zeit, die er als Vorsprung brauchte.

Dann legte er das Prepaidhandy wieder weg und putzte weiter, in der Küche, im Wohnungsflur, im Bad. Auch im Wohnzimmer würde er alle Spuren beseitigen, die auf ihn hindeuten konnten, aber zuvor musste er einige Stunden schlafen. Er programmierte die Weckfunktion an seinem Smartphone und machte es sich auf einem alten Sofa leidlich bequem. Schon bald war er eingeschlummert.

Lisa Mögels Puls deutete darauf hin, dass ihr ein starkes Betäubungsmittel verabreicht worden war. Ansonsten schien es ihr einigermaßen gut zu gehen. Auf den ersten Blick waren keine Verletzungen festzustellen, und als wenig später ein Rettungswagen eintraf, konnte auch der Notarzt Entwarnung geben.

»Sie wird noch ein bisschen schlafen, wir nehmen sie zur Beobachtung mit – aber es gibt keinen Grund zur Sorge.«

Arne Mögel kletterte zu seiner Frau in den Fond des Krankenwagens, und die Bewusstlose wurde ins nahe gelegene Krankenhaus gebracht.

Die Suche nach Maja war dagegen erfolglos. Die herbeigeeilten Beamten der Polizeiinspektion hatten die Theresienwiese umrundet, sie hatten die Freifläche abgesucht und die Wege zwischen den Fahrgeschäften und den Wohnwagen. Außerdem hatten sie die Schausteller und ihre Mitarbeiter befragt – aber Maja Ursinus blieb wie vom Erdboden verschluckt.

Brodtbeck wollte gerade die Kollegen von der Kriminaltechnik anrufen, als die Nummer von Kommissar Schnell auf dem Display erschien. Der Kollege teilte ihm mit, dass sie endlich den Internisten von Gertrud Mögel erreicht hatten. Doch ihre Besuche in seiner Praxis gaben keinen Anhaltspunkt: Sie hatte wohl an Bluthochdruck gelitten, und ihr Arzt hatte sie daraufhin einige Male untersucht und ihr ein Medikament verschrieben.

»Ich wollte gerade die KT bitten, das Handy von Frau Ursinus zu orten«, erklärte Brodtbeck. »Sie hatte sich auf die Suche nach Lisa Mögel gemacht – und nun ist sie verschwunden.«

»Das übernehme ich für dich. Ich melde mich gleich wieder.«

Das Warten wurde ihm schon nach gut einer Minute zu lang, und er rief die Kriminaltechnik doch selbst an.

»Ja, ich hab sie«, sagte der Kollege. »Ihr Handy befindet sich ein Stück östlich von euch und bewegt sich weiter Richtung Osten. Hat Frau Ursinus ein Auto dabei?«

»Nein, sie hat sich zu Fuß auf die Suche gemacht.«

»Im Moment scheint sie jedenfalls in einem Auto unterwegs zu sein, sie befindet sich gerade in der Nähe des Maximilianeums. Moment ... Jetzt bewegt sich das Signal nicht mehr.«

Brodtbeck hörte, wie der Kollege jemandem im Raum zurief, dass sofort eine Streife zum Maximilianeum fahren müsse.

»So, da ist gleich jemand vor Ort. Oh ... Mist! Das Signal ist weg!«

»Weg? Ist da ein Tunnel oder so was?«

»Nein. Sieht eher danach aus, dass der Akku aus ihrem Handy entfernt wurde.«

Der Klingelton seines Handys weckte ihn gegen halb fünf. Er streckte sich und lauschte. Die Wohnung lag so still da wie zuvor. Nachdem er das Gerät im Wohnzimmer von seinem Smartphone getrennt hatte, stellte er stattdessen eine Bluetooth-Verbindung zum Prepaidhandy her. Das Display zeigte die nach wie vor schlafende Beate Muhr. Er nahm den Infusionsbeutel zur Hand und ging ins Wohnzimmer hinüber. Als er den Beutel an den Deckenhaken hängte und den Plastikschlauch in die passende Öffnung einführte, blinzelte die Frau einige Male, öffnete schließlich die Augen und sah sich um, als müsse sie sich erst besinnen, wo sie sich befand. Dann kehrte die blanke Angst in ihren Blick zurück – sie hatte sich offenbar erinnert. Fragend starrte sie ihn an.

»Franz DeLeyden kommt nicht mehr«, beruhigte er sie mit sanfter Stimme und sorgte mit geübten Griffen dafür, dass die ersten Tropfen der Flüssigkeit aus dem Infusionsbeutel in den Plastikschlauch fielen. Nun weiteten sich ihre Augen erneut vor Schreck, sie versuchte, zu dem an der Decke hängenden Beutel hinaufzuschauen, und gab ein gedämpftes Ächzen von sich.

»Es kann Sie niemand hören, und ich kann Sie nicht verstehen«, sagte er zu ihr und lächelte sie freundlich an, was die Frau natürlich nicht beruhigte. »An Ihrer Stelle würde ich mit meinen Kräften haushalten. Sie werden sie noch brauchen, glauben Sie mir.«

Damit wandte er sich ab, obwohl das Ächzen noch eine ganze Weile weiterging. Er holte Putzzeug und machte nun im Wohnzimmer gründlich sauber, zuerst in dem Teil des Raums, den Beate Muhr überblicken konnte, dann in dem Bereich, der außerhalb ihres Blickfelds lag. Er ließ sich Zeit, arbeitete sorgfältig und ohne Eile, und als er mit dem Ergebnis zufrieden war, hatte der Himmel draußen einen rötlichen Schimmer angenommen.

Schließlich trug er das Putzzeug in die Küche, leerte den Wassereimer ins Spülbecken und packte ihn mit allem anderen in die Klappkiste, in der noch Platz dafür war. Danach kehrte er ins Wohnzimmer zurück, ging hinter die beiden Stellwände im Rücken von Beate Muhr und hob ein mit Computerausdrucken beklebtes Plakat vom Boden auf. Er pinnte das Plakat mit vier Reißzwecken so hinter dem Handystativ an die Wand, dass die Frau auf dem Stuhl es genau sehen konnte. Dann überprüfte er noch einmal, ob die Kamera des Handys im Wohnzimmer auch exakt auf Beate Muhr ausgerichtet war, und verließ den Raum.

Inzwischen war die Morgendämmerung fast vorüber, die oberen Stockwerke der umliegenden Gebäude spiegelten bereits die ersten Sonnenstrahlen wider. Er löschte das Licht in allen Räumen, nahm das Prepaidhandy zur Hand und schickte den darauf befindlichen Kurzfilm, der den Blick aus dem Fenster der Hausmeisterwohnung zeigte, auf eine Nummer in seiner Kontaktliste. Damit hatte der Wettlauf begonnen.

Den Rest erledigte er zügig, aber ohne Hast. Sorgfalt geht vor Schnelligkeit, war seine Devise. Er richtete auf dem Prepaidhandy einen Livestream ein, dessen Link er teilte – mit derselben Handynummer, an die schon das Fenstervideo gegangen war.

Mit der Handynummer von Maja Ursinus.

9

Als Maja erwachte, stellte sie schnell fest, dass etwas nicht stimmte. Ihr Schädel brummte, ihr Mund war trocken, doch als sie schlucken wollte, stieß ihre Zunge gegen ein Hindernis. Sie blinzelte mehrmals. Es war hell. Mühsam schlug sie die Lider auf. Draußen schien die Sonne. Im Zimmer flirrte Staub im grellen Licht, die Schatten waren lang. Früher Morgen? Später Abend? Es war kühl, die Luft roch frisch. Vorsichtig drehte sie den Kopf in die Richtung, aus der sie einen Luftzug spürte.

Eine Frau stand am geöffneten Fenster, die Arme verschränkt, und wandte ihr den Rücken zu. Maja vermied jedes Geräusch und sah sich um, soweit ihre Lage es zuließ. Sie befand sich in einem modern eingerichteten Wohnzimmer, dem Blick aus dem Fenster nach zu urteilen, in einer oberen Etage eines vier- oder fünfstöckigen Gebäudes. Sie wollte mit ihrer Zunge den Mundraum erkunden, aber ihre Zunge ließ sich kaum bewegen. Offenbar war sie geknebelt. Bis zum Boden reichte ihr Blickfeld nicht, und ihre Hände waren offenbar hinter ihrem Rücken fixiert, aber der Druck an den Hand- und Fußgelenken deutete auf Fesseln hin. Sie war nackt, hatte jedoch den Eindruck, dass sie ihren Slip noch trug. An Mund und Wange war etwas mit Klebestreifen befestigt, ein transparenter Plastikschlauch führte dort nach oben und mündete in einen Infusionsbeutel, der an der Decke befestigt war. Aus dem Beutel tropfte unablässig eine farblose Flüssigkeit, und nun spürte sie es auch ihre Kehle hinunterlaufen. Der Schlauch war wohl durch den Knebel in ihren Mund geführt.

War das eine Solaninlösung? Würde sie auf diese Weise sterben? Und wie lange wurde ihr die Lösung wohl schon verabreicht? Sie konnte aus ihrer Position nur grob abschätzen, wie viel Flüssigkeit noch in dem Beutel war, aber wenn er voll gewesen war, hatte sie sicher schon einen halben Liter der Lösung geschluckt. Einen Moment lang musste sie gegen das Gefühl ankämpfen, wegen des verstopften Mundes nicht genug Luft zu bekommen, aber ihre Nase war frei, und sie konnte die Angst mit einigen ruhigen, tiefen Atemzügen niederkämpfen.

Maja horchte in sich hinein. Von den Kopfschmerzen und der unbequemen Sitzposition abgesehen, ging es ihr gut. Sie ging in Gedanken noch einmal alle gängigen Symptome einer Solaninvergiftung durch, aber nichts davon machte ihr im Moment zu schaffen. Offenbar hatte sie noch nicht viel von der Lösung abbekommen.

Plötzlich spürte sie eine unerwartete Berührung an ihrem linken Bein und zuckte zusammen. Ihre Bewegung verursachte ein leises Geräusch, und die Frau am Fenster drehte sich zu ihr um. Es war dieselbe Frau, die sie vorhin gesehen hatte, als sie im Kofferraum des Wagens mit dem lauten Motor eingesperrt gewesen war.

Maja drehte den Kopf zu dem kleinen Tischchen, das nicht weit von ihr entfernt stand. Darauf waren mehrere gerahmte Bilder angeordnet, auf denen immer dasselbe Paar sich umarmte, gemeinsam in die Kamera lächelte, sich umschlungen hielt. Sie zeigten Sören Reeb und die Frau am Fenster.

»Ah, Sie sind wach. Wie schön. Ich darf mich vorstellen? Katrin Reeb. Ich war mit dem Mann verheiratet, der Sie gevögelt hat.«

Sie schlenderte vom Fenster herüber und setzte sich in einen Sessel, der ihrem Stuhl gegenüberstand. Auch neben dem Sessel stand ein kleines Tischchen, darauf ein halb volles Glas. Um Katrin Reebs Beine strich eine schöne Katze mit schwarz-weiß geflecktem Fell.

»Tinka hat Sie ja schon begrüßt.«

Sie deutete auf das Tier, das Majas Beine eben gestreift hatte. Katrin Reeb nahm das Glas zur Hand und trank einen kleinen Schluck.

»Sie werden entschuldigen, dass ich Ihnen nichts anbiete«, sagte sie mit spöttischem Tonfall und deutete nun auf den Infusionsbeutel und den Plastikschlauch. »Aber Sie sind ja auch schon versorgt.«

Gern hätte Maja sie gefragt, was sie vorhatte – auch wenn sie es sich schon denken konnte. Gern hätte sie es ihr ausgeredet. Hätte ihr gesagt, dass es ihr leidtue, dass sie ihre Ehe nicht zerstören wollte, dass … Jedes Wort wäre gelogen gewesen, und doch hätte sie alles gesagt, von dem sie auch nur vage hoffen durfte, dass es ihr vielleicht noch eine Chance eröffnen würde, lebend aus dieser Situation herauszukommen.

Dann kam ihr ein anderer Gedanke. Würde Brodtbeck sie nicht suchen? Wie lange war es her, dass diese Frau sie entführt hatte? Dass sie spurlos verschwunden war? Sie hatte Hunger, aber nicht allzu sehr. Sie hatte kaum Durst – und wenn sie nicht mehr als das an Flüssigkeit aufgenommen hatte, was in dem Beutel fehlte, hatte sie seit ihrem Verschwinden vermutlich knapp einen halben Liter getrunken, was auch immer es war. Verschwunden war sie abends, also konnte jetzt noch nicht viel mehr Zeit vergangen sein als eine Nacht – dann war es jetzt morgens. Sie dachte angestrengt nach. Morgens. Montagmorgen.

Ihr Verschwinden musste Brodtbeck längst aufgefallen sein, und ganz sicher setzte er alle Hebel in Bewegung, um sie zu finden. Schließlich musste er davon ausgehen, dass ihr Leben bedroht war, dass sie das nächste Opfer dieser Irren sein konnte, die offenbar erst ihren Mann vergiftet hatte und nun auch seine Geliebte töten wollte. Lisa Mögel kam ihr in den Sinn, die sie gestern Abend gesucht hatten – wie passte sie in die Reihe der Opfer? Hatte auch sie ein Verhältnis mit Sören gehabt? Gertrud Mögel ja wohl ganz sicher nicht. Was also war die Gemeinsamkeit, worin bestand Katrin Reebs Beuteschema? Oder gab es gar keins?

Maja schob die Frage beiseite und ging die Möglichkeiten durch, die Brodtbeck hatte, um sie aufzuspüren. Ihr

Handy fiel ihr ein. Hatte sie nicht mal irgendwo gelesen, dass die Polizei moderne Smartphones auch orten konnte, wenn sie ausgeschaltet waren?

»Na, genug nachgedacht?«, fragte Katrin Reeb. »Ich will es Ihnen ein bisschen einfacher machen. Wir haben jetzt kurz nach sieben Uhr morgens. Wir haben Montag. Sie sind seit gestern Abend in meiner Gewalt. Und falls Sie sich Hoffnungen machen, dass die Polizei Sie findet, weil sie Ihr Handy orten kann …«

Katrin Reeb griff nach ihrer Handtasche, die auf dem Boden neben dem Sessel lag, und hielt wenig später Majas Smartphone in der einen Hand – und den Akku in der anderen. Nun nahm sie die Rückseite des Geräts ab, brachte den Akku an und schaltete das Smartphone ein.

»Sie hätten Ihr Handy wirklich mit einer PIN schützen sollen, Frau Ursinus«, sagte Katrin Reeb leichthin und sprach grinsend weiter: »Da kann ja jeder sehen, was Sie so an Nachrichten oder Videos bekommen.«

Sie öffnete den Nachrichteneingang des Handys und schaute eine Zeit lang aufmerksam auf das Display.

»Sehr interessant, was Ihnen so geschickt wird«, fuhr sie fort.

Katrin Reeb beugte sich zu dem Tischchen neben Maja und lehnte das Handy so gegen einen der Bilderrahmen, dass Maja im Querformat einen Film sehen konnte, den sie im ersten Moment für ein Foto hielt.

»Schauen Sie ruhig genau hin. Das ist Beate Muhr – Sie wissen schon: *Beate klaut.* Ja, die Nachricht habe ich Ihnen geschickt. Und es hat ja funktioniert, Sie sind dem

Hinweis nachgegangen. Eigentlich hatte ich gehofft, dass Sie sich dadurch noch verdächtiger machen, als Sie es ohnehin schon waren – aber so ist das halt mit Plänen, nicht wahr? Am Ende kommt doch alles anders als gedacht. Frau Muhr jedenfalls hat einen Plastikschlauch im Mund, und durch den wird ihr die Flüssigkeit in dem Beutel eingeträufelt – ganz wie bei Ihnen. Sie hat allerdings schon etwas Vorsprung, wie Sie erkennen können, wenn Sie etwas genauer hinschauen. Die Symptome einer Vergiftung mit Solanin sind Ihnen sicher geläufig. Als Apothekerin sind Sie ja vom Fach.«

Katrin Reeb hob ihr Glas.

»Prost, Frau Ursinus!«

Sie trank erneut, stellte das Glas weg und deutete dann grinsend auf Majas Smartphone.

»Falls Sie sich jetzt Hoffnungen machen, weil die Polizei Ihr Handy ja nun orten kann und Sie deshalb rechtzeitig finden könnte: Die Ortung wird klappen, aber ein ›rechtzeitig‹ gibt es nach einer Vergiftung mit Solanin nicht. Tut mir leid.«

Maja starrte wie gebannt auf das Display ihres Smartphones. Die Frau war wie sie nackt bis auf den Slip, ihre Hand- und Fußgelenke waren gefesselt, und ihre Augen waren vor Entsetzen geweitet.

Die Kriminaltechnik arbeitete fieberhaft, und Brodtbeck hatte die ganze Nacht neben den Kollegen ausgeharrt. Alle Eingänge auf dem Handy von Maja Ursinus kamen gleichzeitig auch auf einem Rechner der KT an. Das war gegen

6:45 Uhr ein kurzes Video gewesen, das offenbar aus einem Fenster im dritten Stock gefilmt worden war. Die Aufnahme zeigte kein Gebäude mit dem Schriftzug einer Firma und auch kein Gebäude, das so markant war, dass es jemand von den Kollegen sofort hätte identifizieren können. Aber das Haus, von dem aus gefilmt worden war, schien in einem Gewerbegebiet zu stehen, und seit dem Eingang des Films waren mehrere Beamte damit beschäftigt, den Standort des Gebäudes zu bestimmen. Zweimal hatten sie schon geglaubt, das Haus lokalisiert zu haben. Doch die Streifenwagen, die sofort losgeschickt wurden, fuhren vergeblich.

Kurz nach Eingang des Videos hatte ein Livestream begonnen, der eine Frau zeigte, die geknebelt und nackt bis auf den Slip auf einen Metallstuhl gefesselt war. Aus einem Infusionsbeutel lief ihr durch einen Plastikschlauch tröpfchenweise Flüssigkeit in den Mund. Brodtbeck hatte die Frau als Beate Muhr identifiziert, und auch wenn er sich hatte sagen lassen, dass es für eine Vergiftung mit Solanin kein Gegenmittel gab, musste doch alles versucht werden – und zwar so schnell wie möglich.

Inzwischen hatte ein Kollege über den Netzbetreiber des Handys, von dem der Livestream an Maja gesendet worden war, dessen Standort lokalisiert: in einem Gewerbegebiet in München-Zamdorf, zwischen Truderinger Straße und A94. Aus dem ganzen Umkreis wurden Streifenwagen zusammengezogen, und auch Schnell machte sich mit einigen Kripokollegen auf den Weg, während Brodtbeck zurückblieb, um losfahren zu können, sobald Majas Handy endlich geortet wurde. Doch das Smartphone war und blieb tot.

Im Flur waren schnelle Schritte zu hören, und ein Kollege hastete in den Raum.

»Wir haben sie. Gerade wurde das Handy von Maja Ursinus eingeschaltet.«

»Auch in Zamdorf?«

»Nein«, sagte der Kollege. »In einem Wohnhaus am Habsburger Platz.«

Brodtbeck wurde blass. Dort hatte Sören Reeb gewohnt, das erste Opfer, das mit Solanin vergiftet worden war.

Maja hörte laute Rufe, dann zerbarst etwas mit großem Getöse, und wenig später war das Wohnzimmer voller Menschen. Beamte eines Einsatzkommandos durchkämmten in voller Montur die Wohnung und riefen sich militärisch knapp zu, dass dieser oder jener Raum gesichert sei. Zwei Sanitäter und ein Arzt stürmten auf sie zu, der Arzt fühlte ihr den Puls, während sich die Sanitäter beeilten, die fast nackte Frau mit einer Decke zu verhüllen und den Plastikschlauch aus ihrem Mund zu ziehen. Der eine entfernte den Knebel, der andere nahm den Infusionsbeutel von der Decke und überreichte ihn einem Polizisten mit der Bitte, den Inhalt sofort im Labor untersuchen zu lassen.

Brodtbeck hatte den Raum direkt nach dem Arzt betreten, wollte ihn und die Sanitäter aber nicht von der Arbeit abhalten und blieb deshalb in respektvoller Entfernung stehen. Doch seinem Blick war anzusehen, dass er sich große Sorgen um Maja machte. Der Arzt setzte seine Untersuchung fort, schien aber an ihr nichts Beunruhigendes festzustellen. Nun trat Brodtbeck doch neben ihn.

»Und?«, fragte er.

»Was auch immer in dem Infusionsbeutel war, Solanin dürfte es nicht gewesen sein«, sagte der Arzt und wandte sich nun an Maja, die inzwischen wieder sprechen konnte: »Wie geht es Ihnen?«

»Gut so weit. Ich bin mir auch ziemlich sicher, dass mir kein Solanin verabreicht wurde. Die Flüssigkeit lief mir schon in den Mund, als ich erwachte, und das müsste inzwischen schon mehr als eine halbe Stunde her sein. Da hätte ich längst die ersten Symptome spüren müssen.«

Maja warf einen Blick zu Katrin Reeb hinüber, die zurückgelehnt in ihrem Sessel lag, Arme und Beine kraftlos von sich gestreckt, Mund und Augen weit aufgerissen. Der Arzt erhob sich und deutete auf das Glas, das neben der Toten stand.

»In dem Rest Flüssigkeit«, sagte er, »werden die Kollegen im Labor vermutlich eher fündig.«

Brodtbeck musterte Maja, nach wie vor besorgt.

»Mir geht's wirklich gut«, versicherte sie. »Nur losbinden könnte mich mal jemand.«

Brodtbeck eilte um ihren Stuhl und löste die Handfesseln, dann kniete er sich vor sie und band die Fußgelenke los. Schließlich half er ihr beim Aufstehen und stützte sie, als sie zunächst noch ein bisschen wacklig wirkte. Er fasste ihr ins Gesicht und zog einen Rest Klebeband von ihrer Wange.

»Danke«, sagte sie, und Brodtbecks Gesicht leuchtete auf, als hätte sie ihm eine Liebeserklärung gemacht. Und in diesem Moment war sie auch wirklich kurz davor.

»Kommen Sie«, sagte er. »Ich bring Sie zum Wagen, und dann ruhen Sie sich erst mal aus.«

»Brauchen Sie denn nicht meine Aussage?«

»Natürlich brauchen wir die. Aber das können wir genauso gut bei Ihnen daheim machen oder bei mir. Kollege Schnell will auch dabei sein, aber er war auch der Meinung, dass wir dazu nicht zwingend ins Kommissariat müssen. Sie haben ja einiges durchgemacht, nehme ich an.«

Er reichte ihr den Arm, es wirkte sehr galant. Maja nahm dankend an, sah sich aber suchend um.

»Ihr Handy müssen wir leider noch ein bisschen behalten«, bedauerte Brodtbeck. »Aber Sie bekommen es natürlich wieder, so schnell es geht.«

»Schon recht, aber ich suche nicht mein Handy, sondern die Katze.«

»Welche Katze?«

»Frau Reeb hat eine Katze. Tinka heißt sie. Um die muss sich doch auch jemand kümmern.«

Brodtbeck versicherte sich, dass Maja inzwischen allein sicher genug stand. Er drehte sich im Kreis und rief in die Runde: »Hat jemand eine Katze gefunden?«

»Ja, ich, leider.«

Ein Beamter kam aus dem Nebenzimmer und zeigte seine rechte Hand vor. Blutige Striemen zogen sich über den Handrücken.

»Das Mistvieh hockt im Flur unter dem Telefontisch-
chen. Ich werde es da aber ganz sicher nicht noch einmal
hervorzerren.«

Maja war schon auf dem Weg. Als sie vor dem kleinen
Tisch in die Hocke ging, musste sie sich auf dem Boden
abstützen. Im selben Moment ergriff Brodtbeck sie am
Oberarm, damit sie nicht umfiel. Als er bemerkte, wie fest
er zugepackt hatte, ließ er los und murmelte eine Entschuldigung.

Es stellte sich heraus, dass Majas Aussage weniger wichtig
war, als sie gedacht hatte. Katrin Reeb hatte in ihrer Handtasche ein mehrseitiges Geständnis hinterlassen.

Das Schreiben begann mit einer Erklärung, warum sie
Maja geknebelt und gefesselt und einen Plastikschlauch in
ihrem Mund befestigt hatte, als wolle sie sie mit einer
Solaninlösung vergiften: »Sie hat mich leiden lassen, weil
sie mir meinen Mann wegnehmen wollte – nun wollte ich
sie leiden lassen. Wer immer diesen Brief liest: Sagen Sie
ihr, dass ich vermutlich mehr gelitten habe als sie!«

Im nächsten Abschnitt ging es um die Gründe für ihren
Selbstmord – während Maja dachte, sie selbst müsse sterben, hatte Katrin Reeb vor ihren Augen den Rest einer
starken Solaninlösung getrunken.

»Mir war klar geworden«, schrieb sie in ihrem Geständnis, »dass die beiden Männer mich ans Messer liefern
wollten. Dass ich der Sündenbock auch für ihre Taten
werden sollte. Sie wussten, dass Lisa Mögel mich gesehen
hatte und mich auf einem Foto jederzeit wiedererkennen

würde. Sie wollten aber nicht zulassen, dass diese Frau vergiftet wird, und haben sie bewusstlos, aber lebend an der Theresienwiese abgelegt – weil sie nicht ins Muster passen würde. Auch Gertrud Mögel passte nicht ins Muster, aber ihr Tod sollte einen der Männer schützen. Mein Schutz schien ihnen dagegen nicht die Mühe wert! Egal, das braucht es jetzt auch nicht mehr. Aber die beiden dürfen so nicht davonkommen! Ich werde Ihnen ihre Namen nennen.«

Das musste aber noch warten, denn erst begründete sie weitschweifig, dass ihr die ständigen Seitensprünge ihres Mannes so sehr zugesetzt hatten, dass sie irgendwann begann, ihn zu verfolgen und zu beobachten, Informationen über seine Geliebten zu sammeln und sie zusammen mit ihrem Mann zu fotografieren. Sie beschrieb auch, wo das entsprechende Fotoalbum zu finden war – obwohl die Spurensicherung es keinesfalls übersehen hätte, sie stellte ohnehin die ganze Wohnung auf den Kopf.

Ein Anruf von Franz DeLeyden hatte Katrin Reeb schließlich einen Weg gezeigt, wie sie sich an ihrem untreuen Gatten rächen konnte. Er hatte Sören Reeb von einem Privatdetektiv beschatten lassen, um etwas in die Hand zu bekommen, womit er Reeb erpressen konnte. Was er mit der Erpressung bezweckte? Katrin Reeb tippte auf Geld, doch die Kripo sollte bald den wahren Grund erfahren.

Reebs Ehefrau gab dem Anrufer zu verstehen, dass er nicht auf Geld hoffen konnte, weil sie längst von den Seitensprüngen ihres Mannes wisse. Daraufhin schwenkte

DeLeyden um und bot ihr an, sich mit ihr zusammenzu-
tun, um Sören Reeb für seine Untreue zu bestrafen. Und
zwar ziemlich endgültig zu bestrafen – indem er ermordet
wurde. Brodtbeck, der das Geständnis wieder und wieder
las, nahm an, dass DeLeyden seinen Gesinnungswandel
Katrin Reeb gegenüber besser begründet hatte, als es in
ihrem Schreiben nachzulesen war. Jedenfalls war sie ihrem
eigenen Bericht zufolge schon bald damit einverstanden
gewesen, ihren Mann zu vergiften und den Verdacht auf
eine der Geliebten von Sören Reeb zu lenken. DeLeyden
wollte das Gift beschaffen, er wollte für einen Raum sorgen, in dem Reeb ungestört getötet werden konnte, und
er hatte auch schon einen Vorschlag, welche Geliebte als
Mörderin hingestellt werden sollte.

Allerdings war damit nicht Maja gemeint, sondern
Dr. Martina Gräff, die Leiterin der Rechtsmedizin an der
Ludwig-Maximilians-Universität München, mit der Reeb
ebenfalls ein Verhältnis gehabt hatte. Und zwar eines, das
noch andauerte, nachdem er mit Maja Schluss gemacht
hatte.

DeLeyden wurde in seinem Haus festgenommen. Er
war völlig überrumpelt, als vorne zwei Beamte in Zivil klin-
gelten und durch die Hintertür mehrere SEK-Beamte ein-
drangen. Erst wunderten sich die Polizisten darüber, denn
überall im Garten und im Keller waren Überwachungskameras angebracht – warum also hatte der Hausherr, der
gerade im Begriff war, zur Arbeit zu fahren, ihr Kommen
nicht bemerkt? Dann stellte ein Beamter fest, dass alle
Kameras im Keller und im Garten abgeklemmt waren.

DeLeyden wurde ins Kommissariat gebracht, er bestand aber darauf, sich mit seinem Anwalt zu besprechen, bevor er eine Aussage machte. Seine Frau wurde ebenfalls zur Befragung mitgenommen, aber es zeigte sich schnell, dass sie von nichts wusste. Offenbar hatte sie nicht die geringste Ahnung davon, was ihr Mann in seinem Kellerraum getrieben hatte. Die Beamten hatten dort einen Karton entdeckt, in dem nicht nur das billige China-Handy und die Halskette mit dem Silberherz lagen, die Siehloff seiner Freundin geschenkt hatte, sondern auch Sören Reebs teure Armbanduhr und ein Ehering, der wohl Beate Muhr gehört hatte. Außerdem hatten sie in dem Karton einen Laptop gefunden, dessen Passwort die IT-Kollegen schon bald geknackt hatten. Er enthielt Filmaufnahmen, die das Sterben von Gertrud Mögel und Sören Reeb dokumentierten. Auf dem Video, das Beate Muhr nackt und zur Vergiftung vorbereitet zeigte, war auch Franz DeLeyden zu sehen, wie er die Frau anstarrte und dann Dinge tat, die bei Brodtbeck Brechreiz verursachten. Er mochte sich gar nicht vorstellen, wie diese Bilder auf die Kollegen wirken mussten, die Beate Muhr schließlich in der Wohnung in Zamdorf entdeckt hatten und hilflos mit ansehen mussten, wie der Notarzt vergeblich um ihr Leben kämpfte.

Was es damit auf sich hatte, dass der Mordverdacht ausgerechnet auf Dr. Martina Gräff gelenkt werden sollte, konnte Katrin Reeb in ihrem Geständnis nicht erklären – ihr war es wohl vor allem recht gewesen, dass mit Gräff die Frau ins Visier genommen wurde, mit der sich Sören Reeb mutmaßlich am längsten getroffen hatte. Dieser Punkt ließ sich jedoch schon bald aufklären, denn bei dem zweiten Mann, den Katrin Reeb nannte, handelte es sich um einen Mitarbeiter von Gräff, Dr. Jens Hoffmann, jenen Arzt, der Brodtbeck die Resultate von Gertrud Mögels Obduktion erklärt hatte.

Zusammen mit einer Kollegin fuhr Schnell in die Rechtsmedizin und befragte Hoffmann noch einmal zu den wichtigsten Merkmalen an Gertrud Mögels Leiche – und vertraute ihm dann an, dass die Rechtsmedizin demnächst erneut ein Solaninopfer auf den Tisch bekommen werde. Hoffmann ließ sich nichts anmerken. Nur als Schnell andeutete, dass es Indizien gebe, die auf seine Chefin Dr. Gräff als Tatverdächtige hinwiesen, konnte er ein ganz kurzes Zucken um die Mundwinkel nicht unterdrücken.

Noch während Schnell mit Hoffmann sprach, war ein Durchsuchungsbeschluss für dessen Wohnung ergangen – und wenig später konnte Schnell den Arzt nach einem Telefonat mit den Kollegen vor Ort damit konfrontieren, dass bei ihm neben mehreren leeren Infusionsbeuteln und einer kleinen Menge Solaninlösung auch ein Datenstick gefunden worden sei, der DeLeyden zusammen mit der gefesselten Beate Muhr zeigte.

»Und einer der Schlüssel in Ihrer Wohnung passt vermutlich zum Schloss eines leer stehenden Firmengebäudes in Zamdorf, stimmt's?«

Hoffmann leugnete noch eine halbe Stunde lang, dann gab er zu Protokoll, dass er es jahrelang nur schwer habe ertragen können, dass ihm die deutlich jüngere Kollegin vorgezogen worden sei, als die Leitung der Rechtsmedizin neu besetzt werden musste. Er selbst hatte sich offenbar große Hoffnungen auf den Posten gemacht – und als DeLeyden Hilfe für den Mord an Sören Reeb brauchte, brachte Hoffmann ihn auf die Idee mit dem Giftmord, und er versprach auch, das Solanin zu beschaffen, wenn Spuren in Richtung seiner Vorgesetzten als Täterin gelegt würden. DeLeyden war das wohl gleichgültig, Katrin Reeb war es nur recht – und so hatte jeder für den ersten Mord sein eigenes Motiv.

DeLeyden und Hoffmann hatten sich Jahre zuvor kennengelernt. Franz DeLeyden war in leitender Position eines osteuropäischen Pharmaunternehmens tätig, das Generika produzierte und vertrieb, also mit Arzneimitteln sein Geld verdiente, für die das Patent ausgelaufen war. Daneben hatte DeLeyden einen schwunghaften Handel mit gefälschten Markenmedikamenten aufgezogen, für den er nach und nach auch Hoffmann eingespannt hatte. Dieses Geschäft hatte offenbar noch großes Potenzial, und irgendwann hatte DeLeyden Kontakt mit Sören Reeb aufgenommen, vermittelt durch Hoffmann, der Reeb als Chef eines Arzneimittel-Großhandels kannte. Reeb war eine Rolle für die Verteilung der gefälschten Medikamente in größerem Stil zugedacht – und als Reeb ablehnte, sah DeLeyden nicht nur seine Expansionspläne durchkreuzt, sondern auch das Geheimnis seines lukrativen Nebenjobs gefährdet. Erst wollte er Reeb durch Erpressung gefügig machen, und als das fehlschlug, kam der Mordplan auf den Tisch.

Weitere Morde sollten der Polizei eigentlich nur Verdachtsmomente liefern, die von dem Trio ablenkten. Der ursprüngliche Plan sah vor, dass eine andere Geliebte von Sören Reeb sterben sollte. Katrin Reeb hatte ihnen dafür drei Frauen vorgeschlagen, unter anderem Maja Ursinus. Doch es ergab sich keine Gelegenheit, eine von ihnen zu betäuben und in die Hausmeisterwohnung im leer stehenden Firmengebäude in Zamdorf zu schaffen. Und dann hatte Gertrud Mögels Neugier den Plan durchkreuzt. Sie war wie gewohnt am Donnerstag zum Putzen in der Kirchmairstraße erschienen. Cornelia DeLeyden hatte das Haus zu diesem Zeitpunkt bereits verlassen, und ihr Mann hatte vergessen, den Kellerraum abzuschließen, den nur er allein betreten durfte. Franz DeLeyden saß am Frühstückstisch und verfolgte aus Gewohnheit über das Tablet seiner Frau, wo sich seine Putzfrau gerade befand. Deshalb sah er auch, wie Gertrud Mögel sorgfältiger als sonst den Kellerflur wischte, sich langsam der sonst immer verschlossenen Tür näherte – und schließlich so schnell in den Raum schlüpfte, dass es DeLeyden beim Blick auf die Livebilder um ein Haar entgangen wäre. Er eilte in den Keller und traf seine Putzfrau in dem geheimen Raum an. Auch wenn er nicht sagen konnte, was sie alles schon entdeckt hatte, sah er, dass sie eine Skizze in der Hand hielt, die DeLeyden von Sören Reeb angefertigt hatte. Sie ähnelte dem Mann nur vage, aber der Zeichnung war unschwer anzusehen, dass sie einen toten Mann zeigte. Gertrud Mögel hatte ihn so entsetzt angesehen, dass ihm die Sicherung durchbrannte. Er drängte sie in eine Ecke des Raums,

wo im Wandschrank eine Flasche mit dem Betäubungsmittel stand, das sie für Reeb verwendet hatten. Und noch
bevor Gertrud Mögel wusste, wie ihr geschah, hatte
DeLeyden mit der einen Hand die Schranktür geöffnet
und nach der Flasche gegriffen, ihr mit der anderen die
Nase zugehalten und ihr aus der Flasche eine hinreichende
Menge in den Mund gekippt.

Hoffmann erfuhr von der Planänderung erst, als Gertrud Mögel schon im Wohnzimmer in Zamdorf saß, gefesselt und geknebelt, und er war nicht gerade begeistert. Als
er vor Ort eintraf, irritierte ihn außerdem das Verhalten
von Franz DeLeyden – ihn schienen die Qualen der Frau,
die er bis auf den Slip nackt ausgezogen hatte, zu erregen.
Hoffmann wandte sich angewidert ab und begann darüber nachzudenken, wie er sich aus dieser Sache herauswin-
den und die beiden anderen an seiner Stelle ans Messer
liefern konnte. Bald stand sein Plan fest. Seine letzte Maß-
nahme wäre es gewesen, Katrin Reeb und Franz DeLeyden ebenfalls mit Solanin zu vergiften, bevor sie ihn verraten konnten. Dazu war es nicht mehr gekommen.

Den restlichen Tag verbrachte Maja wie in Trance. Als ihre
Mutter sie anrief, die es wohl schon mehrfach vergeblich
bei ihr versucht hatte, hörte sie nur halb hin.

»Michael hat mir da was erzählt, was ich kaum glauben
kann«, plapperte sie drauflos. Maja ließ die Mutter eine
Weile reden, dann legte sie einfach auf. Der Streit mit
ihrem Vater ging ihr durch den Kopf. Im Angesicht des
Todes hatte sie daran gedacht, sich mit ihm zu versöhnen

oder ihm das zumindest anzubieten – denn die Apotheke in Füssen wollte sie nach wie vor nicht übernehmen. Doch dafür fehlte ihr heute die Kraft.

Stattdessen telefonierte sie lange mit ihrem Großonkel Heribert und versprach ihm, bald zu einem ausgedehnten Besuch nach Neumarkt zu kommen. Sie informierte ihre Chefin in der Dachstein-Apotheke, dass die Morde an ihrer Nachbarin und an ihrem Ex-Freund aufgeklärt wären und sie selbst von jedem Verdacht losgesprochen sei – dass sie aber die Tage dennoch gern freinehmen wolle, um die sie schon am Samstag gebeten habe.

Tinka, die Katze von Katrin Reeb, hatte sie mit in die Valpichlerstraße genommen. Markus Brodtbeck hatte ihr schon angeboten, nach dem Tier zu sehen, wenn sie mal verreist sein sollte. Aber Maja hatte eher an das Ehepaar Färber gedacht, die beiden netten Rentner aus dem Erdgeschoss. Begeistert sagten die beiden zu.

»Wir lassen eine Katzenklappe in unsere Balkontür einbauen, und für den knappen Meter bis hinunter in den Garten bastelt mein Mann eine Katzenleiter«, schlug Ilse Färber vor. »Das machst du doch, Walter, oder?«

»Natürlich mache ich das«, sagte er und zwinkerte Maja zu. »Die Katze wird es genießen, wenn jeder im Haus sie streicheln will – vor allem die Kinder von Frau Mögel werden sich freuen!«

»Lisa Mögel wird mit ihren beiden Kindern einziehen, sobald die Polizei die Wohnung freigibt«, erzählte Ilse Färber. »Ihr Mann bleibt vorerst noch in der bisherigen Wohnung, er wird die neue Bleibe seiner Familie aber herrichten, wird tapezieren, Möbel schleppen und so weiter. Die junge Frau Mögel will ihn ein wenig zappeln lassen, habe ich den Eindruck. Wissen Sie, warum?«

»Nein«, schwindelte Maja. »Aber die beiden werden wissen, was sie tun. Das wird schon werden.«

Da öffnete sich die Haustür, und Markus Brodtbeck betrat das Treppenhaus.

»Na, alles klar?«, fragte er leichthin und ging in die Knie, als Tinka mit senkrecht erhobenem Schwanz aus der Wohnung der Färbers auf ihn zusteuerte. Er kraulte das Tier, stellte sich dabei aber etwas ungeschickt an. Maja ging neben ihm in die Hocke und zeigte ihm die Stellen, an denen Katzen am liebsten gekrault werden. Tinka schnurrte und blieb stehen wie angewachsen, um nur ja nicht das Ende der Liebkosungen zu riskieren. Schließlich stand Brodtbeck auf und schaute lächelnd auf seine Nachbarin und die Katze hinunter. Als sich auch Maja erhob und die Katze sofort begann, um ihre Beine zu streichen, deutete er auf die Haustür und sah Maja fragend an.

»Ich drehe jetzt meine Runde. Möchten Sie mitkommen?«

»Was für eine Runde?«

»Nach jedem abgeschlossenen Mordfall schwirren mir die ganzen Details durch den Kopf, die mir während der Ermittlungen begegnet sind. Früher habe ich gedacht, dass ich meinen Kopf mit einer Flasche Wein wieder freibekommen könnte. Das hat mir aber nicht besonders gutgetan, und wirklich geholfen hat es auch nicht.«

»Und jetzt?«

»Jetzt fahre ich alle Orte ab, zu denen mich die Ermittlungen geführt haben. Ich lasse alles noch einmal in Ruhe Revue passieren, und danach kann ich relativ gut mit dem Fall abschließen.«

»Klingt vernünftig.«

»Eben. Und diesmal würde ich gern meine ehrenamtliche Kollegin mitnehmen. Schließlich haben Sie ja tatkräftig mitgearbeitet, Frau Ursinus.«

Sie sah ihn eine Weile ruhig an, dann streckte sie ihre rechte Hand aus.

»Maja«, sagte sie.

»Markus«, erwiderte er lächelnd und ergriff ihre Hand.

Als die beiden das Haus verließen, sahen ihnen die Färbers nach, lächelten sich wissend an und kehrten dann in ihre Wohnung zurück, gefolgt von Tinka, die den Anschein erweckte, als habe sie nie woanders gelebt.

Danksagung

Sollte sich jemand in diesem Buch wiedererkennen, danke ich dafür, dass meine Romanfiguren als so lebendig empfunden werden – aber natürlich sind alle handelnden Personen, viele der Schauplätze und die Geschichte selbst frei erfunden.

Und obwohl dieser Kriminalroman von mir geschrieben wurde, wäre er doch ohne die Hilfe vieler anderer nicht möglich gewesen. Deshalb danke ich ganz herzlich all meinen Gesprächspartnern, die meine Fragen zu Pharmazie, pflanzlichen Wirkstoffen und allen anderen Themen, die der Krimi berührt, geduldig und kenntnisreich beantwortet haben – ich habe viel lernen dürfen und das Gelernte hoffentlich so in die Handlung eingebunden, dass sich meine Quellen nicht dafür genieren müssen. Ebenso wichtig sind die Mitarbeiter des Piper Verlags, die das Buch von der ersten Idee bis zum fertigen Roman begleitet haben – und es auch künftig noch begleiten werden. Und schließlich danke ich im Voraus allen Lesern für ihr Feedback, für Gespräche und am liebsten natürlich für Lob – ich freue mich darauf, Ihnen im Rahmen meiner Lesungen zu begegnen.

Alle Termine, Neuigkeiten und Ankündigungen finden Sie unter: www.seibold.de

Jürgen Seibold

»Unterhaltsam und spannend zugleich.«

Allgäuer Zeitung

Hier reinlesen!

Jürgen Seibold
Rosskur
Ein Allgäu-Krimi

Piper Taschenbuch, 384 Seiten
€ 11,00 [D], € 11,40 [A]*
ISBN 978-3-492-30074-2

Die Kripo Kempten ist in hellem Aufruhr. Nach spektakulär gescheiterten Mordermittlungen soll ein neuer Hauptkommissar übernehmen – ein Niedersachse. Ein Skandal im traditionsbewussten Allgäu und denkbar schlechte Voraussetzungen für Eike Hansen. Sein erster Fall: Ein Mann soll von der Lechbrücke gestürzt sein. Doch als die Beamten am vermeintlichen Tatort eintreffen, fehlt von der Leiche jede Spur …

Leseproben, E-Books und mehr unter www.piper.de